本书为广东省哲学社会科学"十二五"规划基金项目"明清小说选本研究"的最终成果（项目编号：GD14XZW02，结项证书号：GHGJ2018192）

明清小说选本研究

MINGQING XIAOSHUO
XUANBEN YANJIU

代智敏◎著

暨南大学出版社
JINAN UNIVERSITY PRESS

中国·广州

图书在版编目（CIP）数据

明清小说选本研究/代智敏著 . —广州：暨南大学出版社，2023. 12
ISBN 978 - 7 - 5668 - 3807 - 0

Ⅰ. ①明… Ⅱ. ①代… Ⅲ. ①古典小说—小说研究—中国—明清时代 Ⅳ. ①I207. 41

中国国家版本馆 CIP 数据核字（2023）第 211960 号

明清小说选本研究

MINGQING XIAOSHUO XUANBEN YANJIU

著 者：代智敏

- -

出 版 人：阳 翼
责任编辑：陈绪泉
责任校对：刘舜怡 黄晓佳
责任印制：周一丹 郑玉婷

出版发行：暨南大学出版社（511443）
电 话：总编室（8620）37332601
    营销部（8620）37332680 37332681 37332682 37332683
传 真：（8620）37332660（办公室） 37332684（营销部）
网 址：http：//www. jnupress. com
排 版：广州市新晨文化发展有限公司
印 刷：广州市友盛彩印有限公司
开 本：787mm×1092mm 1/16
印 张：15. 75
字 数：260 千
版 次：2023 年 12 月第 1 版
印 次：2023 年 12 月第 1 次
定 价：59. 80 元

（暨大版图书如有印装质量问题，请与出版社总编室联系调换）

（前）（言）

　　中国古代"选本"之学源远流长。流传至今的先秦时期"孔子删诗"说即为最初的选本意识，南朝梁昭明太子萧统之《文选》开始表明真正文学意义上的选本已经出现。此后，诗文类选本大量涌现，《千家诗》《唐诗品汇》《河岳英灵集》《诗归》等都是著名的选本，但文学体裁始终拘于诗文一隅。直到明代，通俗小说创作大量出现，加上前代小说的累积，小说选本才随之出现并发展起来。总体而言，悠久的选学传统是小说选本产生的文化基础，小说发展的繁荣兴盛是其文化生成的内在前提，而书坊刊刻的兴盛与接受群体的多样化又为它提供了必要的客观条件。尤其是在小说繁荣兴盛的明清时期，小说编选与经济发展、印刷刊刻技术进步、小说观念发展等相结合，小说选本作为古代文学选本不可或缺的一部分，在形式、内容、选家观念和审美意识方面显示出与其他体裁选本迥异的特色，从而具有独特的价值和意义。

一、小说选本的概念界定

　　所谓选本，是指按照一定的取舍标准进行选择、对原作篇目顺序加以重新编排而形成的文本，以作品集的形式出现。"凡选本，往往能比所选各家的全集或选家自己的文集更流行，更有作用。册数不多，而包罗诸作，固然也是一种原因，但还在近则由选者的名位，远则凭古人之威灵，读者想从一个有名的选家，窥见许多有名作家的作品。"① 选本对于当时和后来的文学创作影响很大，正如鲁迅先生所言："评选的本

---

　　① 鲁迅：《集外集·选本》，《鲁迅全集》第七卷，北京：人民文学出版社 2005 年版，第 138 页。

子，影响于后来文章的力量是不小的，恐怕还远在名家的专集之上。"①朱光潜也说过："编一部选本是一种学问，也是一种艺术。顾名思义，它是一种选择。有选择就要有排弃，这就可显示选者对于文学的好恶或趣味。……一部好选本应该能反映一种特殊的趣味，代表一个特殊的倾向。"② 这些都精练地概括出了选本的特色和接受心理，小说选本的研究成为小说研究领域中不可缺少的一部分。

　　本书所论及的明清时期的小说选本，是指从明代洪武元年（1368年）到清代宣统三年（1911 年）间出现的小说选本，其中有四种"虞初"系列小说选本（《虞初续新志》《虞初近志》《虞初广志》和《虞初支志》）产生和出版于民国初年，在论述中为了保持"虞初"系列的完整性，会涉及这几部作品，但它们不是本书研究的重点。明清小说选本包括文言小说选本和白话小说选本两种类型，笔者确立的小说选本概念界定标准主要有以下六点：①全书所选小说大多选自前代已有典籍，不是选者原创的，如《剑侠传》《艳异编》等。②与原作相比，选本的情节、结构、人物等一般不变，仅在题目、语言和字句上稍有改动，如《今古奇观》《今古传奇》等。③明中期盛行的通俗类书型选本，如《万锦情林》《国色天香》等，书中所选多为中篇传奇小说，本书视为小说选本。④文字改动较大，对前作的改编、节录、摘抄或再创造的作品，不视为选本，如冯梦龙创作的"三言"，经谭正璧先生《三言二拍源流考》考证可知，大多作品均有本事，但是经冯梦龙加工之后，显现出远高于原作的艺术价值，所以笔者不视为小说选本。⑤明清时期文言类小说与笔记的区分时有混淆，对于只有只言片语记录杂事的笔记选编，笔者不视其为小说选本，如《香案牍》《豪谱》等。⑥选本不包括总集和丛书，如《顾氏文房小说》《晋唐小说畅观》等不视为小说选本。

　　根据笔者的界定，结合前人已有研究成果，本书梳理统计出明清小说选本共计 63 种，具体篇目见本书所附《明清小说选本叙录》。这些选本大致可分为文言类和白话类两种，文言类选本中包括选唐传奇类、

---

　　① 鲁迅：《集外集·选本》，《鲁迅全集》第七卷，北京：人民文学出版社 2005 年版，第 139 页。

　　② 朱光潜：《谈文学选本》，《朱光潜全集》第九卷，合肥：安徽教育出版社 1993 年版，第 217 - 218 页。

中篇传奇类、人物传记类三类作品，白话类选本包括选"三言二拍"类和西湖小说类两类作品，对明清小说选本类型的阐述可参见第二章"明清小说选本类型论"。

二、研究历史与现状概述

与明清时期的多部名著研究相比，选本研究显然不太引人注目。近年来，在小说选本的发现与整理出版、重要选本的版本源流考证、作品的思想艺术研究等方面，学界取得了一定成绩，这使我们对古代小说的接受、传播及古人的小说观念有了更加深刻、全面的认识。目前虽有许多研究者开始注意明清时期小说选本的研究，但我们所取得的成绩与小说选本自身所蕴含的研究意义和价值之间，尚有相当大的差距。

（一）20 世纪 80 年代以前的小说选本研究

（1）鲁迅在其具有开创意义的小说史著作《中国小说史略》中谈到小说选本，此书第二十一篇"明之拟宋市人小说及后来选本"提到明代小说选本《今古奇观》，认为《今古奇观》"凡四十卷四十回，序为'三言'与《拍案惊奇》合之共二百事，观览难周，故抱瓮老人选刻为此本"[1]。并提及《今古奇闻》《续今古奇观》等，所言不多，并未涉及对这些选本的艺术分析，也没有提及其他小说选本。

（2）继鲁迅之后，孙楷第以其扎实的学术功力，用乾嘉学派治学的功夫，从版本学、目录学着手，开创了中国古代小说研究的新局面。《中国通俗小说书目》《日本东京所见小说书目》《大连图书馆所见小说书目》《戏曲小说书录解题》等小说书目著录了他寻访海内外公私图书馆所见的小说版本，其中收录了不少小说选本，如《今古奇观》《海内奇谈》《国色天香》等。这些著作重点在于对通俗小说的辑佚及版本校勘、对国内未见版本的介绍等方面，对选本文本本身的研究并不是很多。

（二）新时期的小说选本研究

20 世纪 80 年代以后，社会经济得到了较大的发展，中国古典小说和小说理论的批评与研究进入多元化时期，学者们不但注重小说选本文

---

① 鲁迅：《中国小说史略》，上海：上海古籍出版社 1998 年版，第 144 页。

本的整理和分析，而且注意到小说作家的复杂性格和社会环境对小说创作的影响，小说选本的研究思路和研究方法都有较大进步，表现在以下几方面：

1. 小说选本文本整理

20 世纪 80 年代以后，明清小说成为整理出版的热点，如上海古籍出版社影印出版的《古本小说集成》、中华书局出版的《古本小说丛刊》、台湾天一出版社出版的《明清善本小说丛刊初编》、春风文艺出版社出版的《中国古代珍稀本小说》等。这些大型古籍丛书的整理出版，其中包括了不少小说选本，如《艳异编》《绣谷春容》《万锦情林》《虞初志》《虞初新志》等。笔记小说大观本、历代笔记小说集成、清代笔记小说丛刊等也收录了不少小说选本。这些都对小说选本的研究起到了推动作用。

胡士莹在《话本小说概论》（中华书局 1980 年版）第十三章"明代话本的著录和叙录"第二节"现存明人编撰的话本集叙录"中的选集一项列出明代的小说选集有《小说传奇合刊》《海内奇谈》《僧尼孽海》《今古奇观》4 种；第十五章"清代的说书和话本"第三节"清人编刊的拟话本集叙录"中，罗列出清代小说选集有《觉世雅言》《警世奇观》《今古传奇》《飞英声》等 15 种小说选本。他从诸多小说集中辑录出小说选本，为其后的研究者提供了不少借鉴和参考。话本小说整理方面还有陈桂声的《话本叙录》（珠海出版社 2001 年版），该书对宋元话本直至明清话本进行搜集整理，注明版本、本事、故事梗概以及流传影响，并详加考辨，其中涉及部分选本，搜集较为详细。书中对话本小说故事来源的考证和分析，提供了较好的研究方法，不过主要集中在对话本小说的研究，对话本小说以外的选本较少论及。

2. 小说选本研究

（1）关于小说选本概念的提法。目前，在讲述明清小说史时，研究者大多对明清时期小说选本这一现象做过简单介绍，但著者并未明确采用"小说选本"这一提法。任明华《中国小说选本研究》① 明确提出"小说选本"的概念，对小说史上的选本现象进行论述。全文分为上下

---

① 任明华：《中国小说选本研究》，华东师范大学博士学位论文，2003 年。文中提及此文时均与此处版本相同。

两编，上编分别从小说选本的流变、编纂体例、类型和价值四个方面对小说选本进行论述。其中，将小说选本的流变分为五个时期，即选本的萌生期、发展期、消歇期、繁荣期和衰落期，作者阐述了五个时期小说选本的特点，从小说选本形式和内容两方面论述了小说选本的形态，并将选本分为资料汇编型、文人赏鉴型和通俗传播型三种。最后一章从小说选本的阅读传播价值，理论批评价值和小说史、文学史价值三个方面进行分析。下编"小说选本叙录"对历代小说选本进行概括和简介，资料翔实。该文对小说选本的研究具有系统性和全面性，有不少创新之处，作者从整个小说发展史中理出选本发展的脉络，对小说选本进行分类讨论，具有较高的学术价值。但是，由于此文论及的是整个小说史上的小说选本，因此，存在一些不足之处。如：在对小说选本概念界定上，借用古代小说观念，以古代公私小说书目著录为判断依据，一个选本只要被著录为小说，不管其作品是否选自小说书，都认定为小说选本，如小说丛书《顾氏文房小说》和抄撮、节录的部分，对原作进行增润和改动的，都被作者界定为小说选本，特别是将一些改编较大的作品界定为选本，如将"三言"界定为选本。笔者认为，"三言"共120篇作品，其中一部分是对宋元旧本的改订，另一部分是以野史逸闻或其他文学作品为题材的创作，这些作品不仅是收集整理宋元市人小说遗存，而且对所收集的旧作进行了润色修改甚至改编重写，但依然保留了原作体式，将文人创作渗透到市人话本小说的创作中。"三言"作为话本小说中的优秀作品，将其视为"选本"不能体现小说作者在整理改编时所创造的价值。陈大康《明代小说史》第十四章"文言小说的创作与小说选编本的流行"，指出"小说选集的成批出现，是万历朝小说领域中的新气象"。①并分析认为"编选那些作品时固然也含有编者文学爱好的侧重因素，但主要是适应读者群的迅速膨胀以及他们阅读不断扩展的要求"，指出了小说选本出现的一个重要原因，但并未就小说选本的具体概念进行详细论述。陈国军《明代志怪传奇小说研究》第四章第三节"嘉靖时期小说的汇编"②和第六章第一节"《雪窗谈异》与明代小说汇编的终结"③两节分别论述了明代的小说汇编现象。占骁勇

---

① 陈大康：《明代小说史》，上海：上海文艺出版社2000年版，第489页。
② 陈国军：《明代志怪传奇小说研究》，天津：天津古籍出版社2006年版，第261页。
③ 陈国军：《明代志怪传奇小说研究》，天津：天津古籍出版社2006年版，第482页。

《清代志怪传奇小说集研究》绪论部分讲到"各时期小说集分布情况"①时，指出各时期小说选钞出现的种类。邹云湖《中国选本批评》第四章第六节"市民文学的勃兴与通俗选本的产生"谈到"小说编撰之风与《今古奇观》"②，他主要从文艺理论批评的角度关注《今古奇观》作为选本所具有的批评意义。秦川《中国古代文言小说总集研究》所论述的文言小说总集中的"专题性小说总集"③，部分界定与笔者"小说选本"概念相近。任明华《近百年古代小说选本研究简述》④ 对他所界定的小说选本进行了研究状况的简述。任明华又有《中国古代小说选本形态论》⑤ 一文，从外在体例、节录与全录、评点与改编三方面讨论了小说选本的形态，并认为小说选本形态不仅仅是单纯的体例和形式问题，而且能够体现出编者的小说观念、读者的接受状况和小说的社会地位等问题。

（2）从明清小说选本产生的原因分析来看，一般认为明代社会思潮和商业利益的驱使直接促进了小说选本的发展。如任明华《明代小说选本论略》⑥ 指出，明中后期出现了众多通俗类的小说选本；这些选本往往随意更改篇名，妄题作者，实为书坊主为了销量假托名人。笔者《论明代社会思潮对小说选本的影响》⑦ 指出明初的复古思潮与诗文选本的兴盛、明代出现的商业求利思想和小说评点之风在一定程度上促进了小说选本的产生。程国赋《三言二拍传播研究》指出：传播的需要、商业利益的驱动、出于维护教化的目的和由于禁书的缘故是导致"三言二拍"选本大量出现的原因。以上著述都指出了小说选本产生的几个主要原因。⑧ 不过，结合明清时期社会思潮与文言、白话两类不同选本的关系进行考察，仍有不少可以开拓之处。

（3）从明清小说选本的艺术价值来看，程国赋《三言二拍选本与

---

① 占骁勇：《清代志怪传奇小说集研究》，武汉：华中科技大学出版社 2003 年版，第 27 页。

② 邹云湖：《中国选本批评》，上海：上海三联书店 2002 年版，第 212 页。

③ 参见秦川：《中国古代文言小说总集研究》，上海：上海古籍出版社 2006 年版，第 60 - 62 页。

④ 任明华：《近百年古代小说选本研究简述》，《学术月刊》2003 年第 11 期。

⑤ 任明华：《中国古代小说选本形态论》，《文艺理论研究》2003 年第 4 期。

⑥ 任明华：《明代小说选本论略》，《明清小说研究》2006 年第 4 期。

⑦ 代智敏：《论明代社会思潮对小说选本的影响》，《贵州文史丛刊》2006 年第 1 期。

⑧ 参见程国赋：《三言二拍传播研究》，北京：中国社会科学出版社 2006 年版，第 34 - 37 页。

原作的比较研究》① 梳理出 14 种"三言二拍"的选本,通过对选本的具体文本与原作进行比较,发现选本与原作比较中反映出人物语言的变化;并且通过原作与选本内容的增删等比较,揭示出选本所体现的选者小说观念的变化及其批评价值。任明华《中国古代小说选本形态论》② 从小说选本的编选方法和刊刻形式等外在体例和作品的选录方式、评点等方面进行研究,但未对具体选作与原作之间进行比较分析。任明华的另一篇论文《古代"小说选本"命名的理论批评价值》③ 从选本命名方式上分析了小说选本的特点,认为:"小说选本的命名始终呈现出对小说奇异性的审美追求,文言小说选本的命名,呈现出教化劝惩功能愈益淡化、娱乐遣怀功能愈益突出的发展态势;白话小说选本的命名则与文言小说选本相反;'小说'作为一种文体,逐渐摆脱史传文化的影响,确立了独立的文体地位。这些变化与小说创作、读者的欣赏习惯等密切相关。"文中就文言小说选本和白话小说选本两类选本的命名问题展开探讨,论述精当。

3. 比较重要的小说选本研究

(1)《虞初志》《虞初新志》及"虞初"系列选本研究。对《虞初志》的研究主要集中在以下三个方面:首先,选本编者问题。程毅中《〈虞初志〉的编者和版本》④ 一文认为编者为陆采,秦川在《中国古代文言小说总集研究》中认为编者是吴仲虚,陈大康《明代小说史》、黄翠华《"虞初"系列选集研究》则支持编者为陆采说。其次,选本版本问题。历来有七卷本的扫叶山房本,八卷本如隐草堂本、上海图书馆藏本之分歧,秦川对两种版本进行比较,认为"今所见通行本均为明刻《陆氏虞初志》补辑本的传本;八卷、七卷并非删节,只是分卷的不同而已"⑤。黄翠华则认为八卷本系早出,目前所见七卷本多刊刻于明末。共同的认识是,七卷本和八卷本只是分卷的不同,篇目文字基本一致。最后,《虞初志》的评点研究。且不论评点署名袁宏道、汤显祖、屠

---

① 程国赋:《三言二拍选本与原作的比较研究》,《明清小说研究》2004 年第 2 期,第 60–62 页。

② 任明华:《中国古代小说选本形态论》,《文艺理论研究》2003 年第 4 期。

③ 任明华:《古代"小说选本"命名的理论批评价值》,《文艺理论研究》2003 年第 1 期。

④ 程毅中:《〈虞初志〉的编者和版本》,《文献》1988 年第 2 期,第 39–42 页。

⑤ 秦川:《中国古代文言小说总集研究》,上海:上海古籍出版社 2006 年版,第 102 页。

【前言】

隆、李贽等人之真伪，各家评点的作用使《虞初志》不单是一部小说选本，而且是具有较高艺术价值的融选评于一体的小说集，从各家评点中可窥见各评点者的小说观念，因而也成为研究者关注的重点。孔庆茂《〈虞初志〉三家评略论》[①] 以袁宏道、汤显祖、屠隆三家评点的侧重问题为参照点，分析了他们的文学思想、审美倾向，以及对小说的认识和理解。陈清茹《明清传奇小说评点的审美差异——以〈虞初志〉和〈虞初新志〉之评点比较为例》[②] 运用比较研究方法对两者的评点所体现出的审美特征进行了深入的分析。

关于《虞初新志》的研究。首先，文本内容研究方面。朱青红《文言小说集〈虞初新志〉研究》[③] 一文对《虞初新志》的成书、版本进行考述，并对文本思想内容进行了分类概括和理论总结。刘和文《张潮研究》[④] 一文在对张潮作品的分析中，讨论了《虞初新志》与张潮的小说观念。陈文新《论清代传奇体小说发展的历史机遇》[⑤] 一文对《虞初新志》所选人物类型进行了划分，并指出各类型人物的特色。王恒展、宋瑞彩的《奇人奇技抒奇怀——〈虞初新志〉奇人小说散论》[⑥] 将编者所选人物形象共同点——"奇"拈出来，反映出独特时期的文人心态，指出选作既具有个性，又展示了选作的社会内涵。刘和文所作《文多时贤，事多近代——〈虞初新志〉所表现的士人心态及其文化意蕴》[⑦] 一文对选本人物形象进行分类，并将其置于中国传统文化与清初文化的纵横交错点上，从文化心态入手探讨选者主情、尚奇和任侠的小说观念。其次，《虞初新志》对"虞初"系列小说的贡献研究。张小明的《论张潮〈虞初新志〉对虞初体的贡献》[⑧] 一文论述《虞初新志》对"虞初体"小说的贡献，使"虞初体"进入张潮所开创的新体式阶

---

① 孔庆茂：《〈虞初志〉三家评略论》，《明清小说研究》1999 年第 1 期。

② 陈清茹：《明清传奇小说评点的审美差异——以〈虞初志〉和〈虞初新志〉之评点比较为例》，《中州学刊》2003 年第 5 期。

③ 朱青红：《文言小说集〈虞初新志〉研究》，南京师范大学硕士学位论文，2007 年。

④ 刘和文：《张潮研究》，安徽师范大学硕士学位论文，2004 年。

⑤ 陈文新：《论清代传奇体小说发展的历史机遇》，《社会科学研究》1994 年第 1 期。

⑥ 王恒展、宋瑞彩：《奇人奇技抒奇怀——〈虞初新志〉奇人小说散论》，《蒲松龄研究》2004 年第 2 期。

⑦ 刘和文：《文多时贤，事多近代——〈虞初新志〉所表现的士人心态及其文化意蕴》，《明清小说研究》2005 年第 2 期。

⑧ 张小明：《论张潮〈虞初新志〉对虞初体的贡献》，《黄山学院学报》2007 年第 2 期。

段，辑录当时作家所写的各类人物传记、传奇故事和山川游记作品，并以小说选本为时人保存文献，一些作品因他的辑录而流传下来，大大加强了文言小说选本的文献功能。

对"虞初"系列小说的研究成果主要有：谢春玲《"虞初"系列小说及其研究述评》①一文对"虞初"概念进行了历史溯源，并对20世纪以来的研究现状进行了概括总结。任明华《中国小说选本研究》②在下编"小说选本叙录"中对《虞初志》《续虞初志》《虞初新志》和《广虞初志》选本的序跋、凡例、主要内容、体例评点进行了简单介绍，并录有选本的编者、编者生平、书目著录、版本、卷数、成书时间和藏书地点，是研究选本较为详细的资料，特别是其中的版本介绍和整理分析，具有一定的学术价值。黄翠华《"虞初"系列选集研究》③一文虽名为系列选集研究，但关注重点基本在《虞初志》和《虞初新志》两种选集。秦川《中国古代文言小说总集研究》一书在第四章、第六章论及"虞初体"小说，理出"虞初"系列一线，对明清两代不同时期的代表《虞初志》和《虞初新志》进行了论述。④其中对《虞初周说》中的故事类型进行考证，并认为《虞初志》作者为吴仲虚。他的单篇论文《明清"虞初体"小说总集的历史变迁》⑤探讨了"虞初"系列小说所体现的小说观念和时代精神，并将选本的特点概括为："由选前代到选近代、当时人作品"，"由俗到雅"以及小说观念的变化。

（2）《今古奇观》研究及"三言二拍"系列选本研究。首先，文本及内容研究。连俊彬的《国内〈今古奇观〉研究综述》⑥一文对2005年以前《今古奇观》的研究状况做了较为全面的概述，从篇目来源、选辑者和选编标准等几个主要方面对其国内的研究状况做了梳理。"三言二拍"作品全部发现之后，《今古奇观》40篇的来源出处已经没有疑问，但对选辑者的考证仍有待新材料的发现。最近几年对《今古奇观》的研究仍不断出现，使连俊彬所撰综述一文显得有所欠缺，如陈国军的

① 谢春玲：《"虞初"系列小说及其研究述评》，《科技信息》2007年第13期。
② 任明华：《中国小说选本研究》，华东师范大学博士学位论文，2003年。
③ 黄翠华：《"虞初"系列选集研究》，首都师范大学硕士学位论文，2007年。
④ 秦川：《中国古代文言小说总集研究》，上海：上海古籍出版社2006年版，第78、126页。
⑤ 秦川：《明清"虞初体"小说总集的历史变迁》，《明清小说研究》2002年第2期。
⑥ 连俊彬：《国内〈今古奇观〉研究综述》，《零陵学院学报》2005年第3期。

【前言】

《辉煌与式微：〈今古奇观〉的历史沉浮》① 从三个方面探讨了《今古奇观》，即编选方面为选本的无名与选本的盛名、编选内容为市民风俗的画像和时代的新声、域外传播方面为域外汉学研究的宠儿，并认为：随着"三言二拍"全本的发现，《今古奇观》承亡继续的历史使命已经完成，在世界范围内，有关《今古奇观》的研究均不可挽回地式微了。但从历史时段和选本观念来看，《今古奇观》仍有着难以掩盖的辉煌。周晴的《从〈今古奇观〉看抱瓮老人的美学思想》② 则从美学角度分析了编选者以"真"与"奇"为入选标准，以厌俗崇雅、点铁成金为美学追求；并分析了《今古奇观》所体现出的人性美与人情美的审美趣尚。其次，保存与传播价值方面的研究。保存文献是选本的重要价值之一，许多单篇小说就是依赖选本而流传下来。在论及选本的价值时，经常会提到《今古奇观》对"三言二拍"的保存作用和传播作用。在清代，在小说被不断禁毁的情况下，现在读者得以见到拟话本小说的真实面目，实在有赖于《今古奇观》。在域外传播方面，较早的研究论文有张桂贞的《〈今古奇观〉的德译文本及其传播》③；近年来出现的研究论文有卫茂平的《〈今古奇观〉在德国》④，统计了19世纪到20世纪《今古奇观》在德国的翻译出版情况，并指出从单篇来看，《庄子休鼓盆成大道》翻译或重版次数最多，对德国文学创作产生了较大的影响。"三言二拍"系列选本研究方面的主要论著为程国赋的《三言二拍传播研究》，从传播学的角度阐释了"三言二拍"传播的几种方式，其中之一就是选本传播。

（3）类书型（杂志型）小说选本研究。这一类型的选本主要有《国色天香》、《绣谷春容》、《万锦情林》、《刻注释艺林聚锦白眉》、《精选故事黄眉》、《风流十传》、《花阵绮言》、《燕居笔记》（四种）等。刘天振的《明代通俗类书研究》（齐鲁书社2006年版）将《国色天香》、《万锦情林》、《绣谷春容》、《燕居笔记》（林本、何本、冯本）一共六种书定义为娱乐型通俗类书，对其版本源流、编排体例、内容和

---

① 陈国军：《辉煌与式微：〈今古奇观〉的历史沉浮》，《武警学院学报》2005年第3期。
② 周晴：《从〈今古奇观〉看抱瓮老人的美学思想》，《滨州学院学报》2008年第4期。
③ 张桂贞：《〈今古奇观〉的德译文本及其传播》，《南开学报》（哲学社会科学版）1999年第3期。
④ 卫茂平：《〈今古奇观〉在德国》，《寻根》2008年第3期。

思想内涵进行了分析，并对其中中篇传奇的文化品格、中篇传奇小说的叙述方式溯源以及诗文小说进行了阐释，对笔者的研究有许多可借鉴之处。程国赋的《论明代坊刊小说选本的类型及兴盛原因》[①] 对明代小说各类型选本的兴盛原因进行了具体分析，认为"类书编撰之风直接影响到杂志型小说选本的形成与发展"。

总的来看，小说选本研究在近年来取得了不少成果，在整个小说史的研究中占有重要的一席之地，较之先前有不少新的突破和收获，但同时亦可看出，这类小说的研究也还存在着一些不足之处，这主要表现在如下几个方面：

首先，研究视野较为狭窄，研究领域有待拓展。尽管相关著述已有不少论及选本，但研究对象一直集中在《今古奇观》《虞初志》《艳异编》等几部作品上，对其他的作品涉及不多，比如从选本角度讨论《万锦情林》《国色天香》等方面的研究仍比较缺乏。相关著述对整个明清小说选本的点和面相结合的研究还不够深入。

其次，研究方法较为单一。一些研究者的注意力主要集中在作品思想意蕴和艺术特色的简单归纳和分析上，对一些重要的文学现象，比如小说选本与文化思潮、小说选本与编选者的小说观念的关系等并没有做深入的探讨。小说选本是小说集中比较特殊的一类，与小说总集相比，既有重合的地方，又有其本身的特点，在多角度、多层面的开掘方面，仍有较大发展空间。

最后，仍有一些研究者对小说选本的价值抱有疑问，认为这类作品缺乏经典之作，文学价值不高，因而重视程度不够。这与中国古代小说研究偏重经典作品，研究格局不平衡的整体状况是一致的。

三、研究意义与研究方法

小说选本作为选者和读者之间的纽带，不仅仅是提供阅读的作品集，而且是一种批评形式，它蕴含着编选者的小说观念、时代精神以及当时读者的欣赏趣味。对小说选本的研究可以了解明清小说选本对小说发展、传播的影响；通过探讨小说选本与小说评点的关系，可以发掘小说选本的价值及其在小说史上的地位；通过对选本的研究，有助于分析

---

① 程国赋：《论明代坊刊小说选本的类型及兴盛原因》，《文艺理论研究》2008 年第 3 期。

目 录
CONTENTS

第一章
明清小说选本的发展及兴衰

明代是小说发展的兴盛时期，经过明初的社会经济发展，刊刻出版业逐渐繁荣，明代小说作品数量迅速增长，陈大康在《明代小说史》中甚至认为明初小说的创作是"战乱后的创作飞跃"①。明代小说作品确实表现出生机与活力，作品数量多，类型丰富，佳作纷呈。《三国演义》《水浒传》《西游记》和《金瓶梅》这样的经典之作陆续出现并刊刻出版，通俗小说受到文人市民的关注，社会影响不断扩大。就小说选本来讲，明代前中期的小说选本却是寥寥无几。嘉靖初年出现的《文苑楂橘》被认为是"明代文言小说选本之始"②，而小说选本真正兴盛则是在万历时期。

第一节　明初到嘉靖、万历时期：小说选本的兴起

嘉靖到万历时期小说选本的编选主要有两种类型，一类是以选短篇文言故事为主的小说选本，有《文苑楂橘》、《虞初志》、《续虞初志》、《广虞初志》、《剑侠传》、《艳异编》、《广艳异编》、《续艳异编》、《续剑侠传》、《古今清谈万选》、《新镌仙媛纪事》、《青泥莲花记》、《才鬼记》和《小说传奇合刊》（三种）16种。另一类是选中篇传奇小说的类书型（杂志型）小说选本，如《国色天香》、《绣谷春容》、《万锦情

---

① 陈大康：《明代小说史》，上海：上海文艺出版社2000年版，第38页。
② 参见刘世德主编：《中国古代小说百科全书》，北京：中国大百科全书出版社1998年版，第567页。

林》、《刻注释艺林聚锦故事白眉》、《精选故事黄眉》、《风流十传》、《燕居笔记》（四种）10种。

一、小说选本出现在嘉靖、万历时期的原因

（一）文化政策的导向与经济的发展

朱元璋建立明王朝后，为使政权永固，首先，他废除历代延续的丞相与中书、门下、尚书三省制度，大肆杀戮功臣，强化中央集权。他继位之后不久即开始进行排除异己的"三杀"——杀功臣、杀文人、杀贪官。杀戮面之广，手段之惨烈，史无前例。洪武二十三年（1390年），左丞相胡惟庸以私通日本、蒙古罪被凌迟处死，因该案牵连，"坐诛者三万余人"①，"乃为《昭示奸党录》布告天下，株连蔓引，迄数年未靖"②。"胡狱坐死之功臣封侯者至二十余人"③，洪武二十六年（1393年），又兴蓝党大狱，指大将军蓝玉谋为不轨，将其处死，"列侯以下坐党夷灭者不可胜数"④，"手诏布告天下，条列爱书为《逆臣录》……族诛者万五千人"⑤。同时，处决、监禁或放逐了大批认为不甚驯服的文士。朱棣命胡广、杨荣等人修四书五经和《性理大全》，并改唐宋之诗赋取士为八股取士，专从四书五经命题，大力推行程朱理学，以牢笼知识分子。在对一些文人进行笼络、利用的同时，又采取了极为严厉的高压政策。"寰中士夫不为君用，其罪至抄剳。"⑥ 其次，洪武十五年（1382年），朱元璋设锦衣卫，监视官员与百姓。"天下重罪逮至京者，收系狱中，数更大狱，多使断治，所诛杀为多。"⑦ "永乐中，明成祖朱棣复设之，又倚宦官立东厂、西厂，厂卫特务横行，布满全国各地。""自京师及天下，旁午侦事，虽王府不免。"⑧忠良官吏，

---

① （清）张廷玉：《明史》卷三百八《奸臣传》，北京：中华书局1974年版，第7908页。
② （清）张廷玉：《明史》卷三百八《奸臣传》，北京：中华书局1974年版，第7908页。
③ 孟森：《明史讲义》，上海：上海古籍出版社2008年版，第66页。
④ （清）张廷玉：《明史》卷一百三十二《蓝玉传》，北京：中华书局1974年版，第3866页。
⑤ （清）张廷玉：《明史》卷一百三十二《蓝玉传》，北京：中华书局1974年版，第3866页。
⑥ （清）张廷玉：《明史》卷九三《刑法一》，北京：中华书局1974年版，第2284页。
⑦ （清）张廷玉：《明史》卷九五《刑法三》，北京：中华书局1974年版，第2335页。
⑧ （清）张廷玉：《明史》卷九五《刑法三》，北京：中华书局1974年版，第2331页。

"无辜受屈者甚多",甚至连"民间斗詈鸡狗琐事,辄置重法,人情大扰"。① 明成祖朱棣以篡得位,排除异己,"建文奸党案"一直延续至明神宗万历年间,其间一百七八十年,被杀者达数万人。赵翼在《廿二史札记》论及明初的政治气氛云:"明祖惩元季纵驰,特用重典驭下,稍有触犯,刀锯随之,时京官每旦入朝,必与妻子诀。及暮无事,则相庆,以为又活一日。"② 这种稍有触犯则刀锯随之的恐怖氛围,使得当时的上层贵族无不小心翼翼。明初统治者又软硬兼施,大兴文字狱,加强对诗文小说领域的思想控制。正统年间开始禁《剪灯新话》:"若不严禁,恐邪说异端日新月盛,惑乱人心。"③ 小说被视为"无根之言""邪说异端""惑乱人心"之书。在明代这种反复无常的政治斗争和残酷的统治下,文人们谨小慎微,噤若寒蝉,必然造成创作的萎缩,直接影响到小说与小说选本的发展。

明中期以后,统治政策和世风发生了明显的变化。首先是统治政策出现了放松。小说引起了统治阶层的注意,钱希言《桐薪》卷三曾经记载,武宗南幸,夜忽传旨取《金统残唐记》善本,中官重价购之肆中,一部售五十金。这则记载表明书肆中已有小说售卖,文人创作小说已经不少。《剪灯新话》被公开宣布禁毁的时间是正统七年(1442年)二月,二十多年过去,又被重新刊刻面世。陈大康在《明代小说史》中认为:"曾被点名禁毁的《剪灯新话》在成化三年(1467年)公然刊印行世,便是控制松动的表现之一。"④ 同时刊出的又有李昌祺的《剪灯余话》。嘉靖年间,随着社会精神生活氛围的逐渐宽松,"迨嘉靖间,唐人小说乃复出"⑤,"盖传奇风韵,明末实弥漫天下,至易代不改也"⑥。专选唐传奇小说的选本《文苑楂橘》和《虞初志》即诞生于嘉靖初年。特别是明中期出现"土木之役"与"夺门之变"之后,封建统治者对意识形态领域的控制已渐渐显得力不从心,政治禁令逐渐失去

---

① (清)张廷玉:《明史》卷三百四《宦官一》,北京:中华书局1974年版,第7779页。
② (清)赵翼撰,董文武译注:《廿二史札记》卷三十二《明祖晚年去严刑》,北京:中华书局2008年版,第254页。
③ (清)顾炎武撰,严文儒、戴扬本校点:《日知录》,《日知录之余》卷四《禁小说》,上海:上海古籍出版社2012年版,第1418页。
④ 陈大康:《明代小说史》,上海:上海文艺出版社2000年版,第184页。
⑤ 鲁迅:《中国小说史略》,上海:上海古籍出版社1998年版,第146页。
⑥ 鲁迅:《中国小说史略》,上海:上海古籍出版社1998年版,第146页。

了魔力，文人小说创作与编选开始出现。

明中叶以后，封建经济得到了长足的发展。万历时期，张居正改行一条鞭法，大大削弱了农民对封建国家和地主阶级的人身依附关系，促进了社会分工和工商业的发展，使一些已从乡土农耕中脱离出来转事其他职业的人，更是于法有据地完全摆脱农田赋税的负担。传统的重农抑商国策已受到社会实践的猛烈冲击，城市工商业的发展正迅速改变着人们的认识，"工商皆本"的思想观念已逐渐浸入人心。① 原本富庶的东南沿海地区，其纺织、矿冶、造船、制瓷、造纸等手工业迅速发展，由家庭作坊发展到手工工场。如纺织业，"机户出资，织工出力，相依为命久矣"②。这些经济形势的变化，给人们的生活带来巨大的改变。中国漫长的封建社会历史上，或为小农经济所限制，或囿于礼法等级制度，民风一般崇尚俭约朴素。人们在服饰、房舍、饮食和舆马等方面能够依制而行，不尚奢华。明中期以后，商品经济的发展使传统的生活秩序受到冲击，富商大贾雄居社会生活之上层，他们不再甘于礼制的束缚，凭借财势，冲破了明初对服饰的规定。嘉靖、万历年间张瀚曾对江南，尤其是苏州一带引领时尚潮流的奢侈之风提出批评：

> 至于民间风俗，大都江南侈于江北，而江南之侈尤莫过于三吴。自昔吴俗习奢华、乐奇异，人情皆观赴焉。吴制服而华，以为非是弗文也；吴制器而美，以为非是弗珍也。四方重吴服，而吴益工于服；四方贵吴器，而吴亦工于器。是吴俗之侈者愈侈，而四方之观赴于吴者，又安能挽而之俭也。③

由这段话可知，"丰屋、美服、厚味、姣色"成为人们追逐时尚的热点。王士性《广志绎》记载杭州地区就连平民家庭也"均不以储蓄为意"，"奔劳终日，夜则归市酤酒，夫妇团醉而后已，明日又别为

---

① 参见韦庆远：《张居正和明代中后期政局》，广州：广东高等教育出版社1999年版，第648页。
② 胡广等编：《明实录·神宗实录》卷三六一，台北"中央"研究院历史语言研究所1962年版，第6741页。
③ （明）张瀚：《松窗梦语》卷四，北京：中华书局1985年版，第79页。

计"①，民风日益走向奢靡放纵。奢靡与放纵二者相辅相成，互相促进，如一股激流无情地冲击着晚明风雨飘摇的封建礼法与传统道德伦理观念，腐蚀甚至瓦解着当时的封建秩序。李泽厚曾指出："当一种享乐哲学代表着新兴的社会势力，向已经腐朽的社会势力所提倡的禁欲主义开火的时候，这种享乐哲学就是有进步意义的，马克思、恩格斯提到的近代法国启蒙主义的享乐哲学就是如此。"② 这股奢靡之风已经如一股暗流在民间社会流传。

以商贾势力膨胀与市民阶层力量壮大为基础，万历朝思想界的活跃也远远地超出了以往，而其中最突出的是李贽异端思想的出现。李贽可以说是中国封建社会中富于理论勇气与理论眼光的思想家，他受王学左派与佛学的影响，对程朱理学和一切伪道学进行猛烈的抨击。他强调"穿衣吃饭即是人伦物理，除却穿衣吃饭，无伦物矣"③。"夫天生一人，自有一人之用，不待取给于孔子而后足也。若必待取足于孔子，则千古之前无孔子，终不得为人乎？"④ 与此同时，与心学颇有相通之处的禅宗，也在文人阶层中广泛渗透。此时明代文坛洋溢着一种叛逆的勇气和张扬个性的精神，心学与禅宗相结合，并在社会上广泛传播，促使人们在思想观念、思维方式上发生了变革，开始用批判的眼光去对待传统、人生和自我，为明代掀起复苏人性、张扬个性的思潮创造了一种气氛，启发了一条新的思路，提供了一种理论武器。从明初到万历时期，从学术思想到日常生活，从官员士大夫到平民百姓，有一种离经叛道、追新求异的时尚风气影响着普通人的生活，从上到下不拘祖宗成法的异端言行，使万历时期的明代社会呈现出新鲜的气息。

（二）书坊、刻书业的进步和书稿的相对不足

从明清两朝官方对小说的态度来看，整个官方的立场实际是禁止书坊私刻小说，如洪武年间颁布歌舞、小书的禁令，明成祖颁布词曲禁令

---

① （明）王士性撰，周振鹤点校：《广志绎》，北京：中华书局 2006 年版，第 265 页。

② 李泽厚、刘纲纪主编：《中国美学史》第二卷（上），北京：中国社会科学出版社 1987 年版，第 304 页。

③ （明）李贽：《焚书》卷一《答邓石阳》，见张建业主编：《李贽全集注》第一册，北京：社会科学文献出版社 2010 年版，第 8 页。

④ （明）李贽：《焚书》卷一《答耿中丞》，见张建业主编：《李贽全集注》第一册，北京：社会科学文献出版社 2010 年版，第 40 页。

等。清代颁布书坊刊刻市卖小说的禁令更多，如"禁小说淫词""严禁淫辞"等。① 但这些禁令后来在许多地方成为一纸空文。通俗小说《三国演义》就是经由皇家司礼监经厂刊印的，随后武定侯郭勋与都察院分别刊印了《三国演义》与《水浒传》，民间书坊紧紧跟上。明代书坊的发展达到真正成熟的阶段主要是嘉靖年间至明末。② 据统计，明代书坊集中于南北两京、建宁，各有九十家左右，杭州、苏州和徽州书坊所刻亦不少。③ 而万历年间的书坊总数占到整个明代书坊总数的二分之一左右。从嘉靖到万历前期，刻书中心在福建建宁地区。建宁府书坊一直为全国重要的出版地之一，在南宋时"建本"已远销到高丽、日本。清闽人陈寿祺云："建安麻沙刻盛于宋，迄明未已。四部巨帙自吾乡锓板以达四方，盖十之五六。"④ 而明代为建阳独盛。嘉靖《建阳县志》卷五载建阳书坊书目多至四百五十一种，是嘉靖二十四年（1545 年）的数字，自二十四年以后至明末建本小说杂书，更如夏夜繁星，数量众多，占全国出版总数之首位。书坊经营者或数代相传，或独创新号，影响很大，如书坊主熊大木、余邵鱼、余象斗等人，经营书坊在当时十分有名，他们的刻书经验和倡导极大促进了小说选本的刊刻与编选。万历中期以后，刊刻的中心逐渐转移到江浙一带，杭州、苏州、金陵刻书较多，越来越多地受到欢迎，特别是苏州，不但刊本多，而且版本精良。可以说嘉靖以后各地书坊业已经具备良好的刊刻小说条件，只等优秀小说抄本或稿源的到来。

《三国演义》与《水浒传》刊刻行世，社会大众强烈的阅读欲望被激起⑤，小说阅读市场已被打开，但是投入小说创作领域的文人并不多，书稿并不充裕，如周曰校在《三国志通俗演义识语》上标明："购求古本。"（北京大学图书馆藏万历刊本）书坊刊刻小说的稿源最初多为求购，说明好的小说稿源很难得到。程国赋在《明代坊刊小说稿源研

---

① 参见王利器：《元明清三代禁毁小说史料》，上海：上海古籍出版社 1981 年版，第19、21 页。

② 参见戚福康：《中国古代书坊研究》，北京：商务印书馆 2007 年版，第 161 页。

③ 张秀民著，韩琦增订：《中国印刷史》，杭州：浙江古籍出版社 2006 年版，第 240 页。

④ 转引自张秀民著，韩琦增订：《中国印刷史》，杭州：浙江古籍出版社 2006 年版，第266 页。

⑤ 陈大康：《明代小说史》，上海：上海文艺出版社 2000 年版，第 530 页。

究》① 一文中分析了坊刻小说几种稿源并指出，在小说稿源并不充足的情况下，受到商业利益的刺激，也为开辟新的广阔的市场，书坊主开始自己动手编选小说选本，在学识和写作能力并不是非常强的情形下，根据市场需要对前代小说进行编选成为一种不错的选择。特别是《国色天香》编成刊刻问世之后，"悬之五都之市，日不给应"②，这表明，他们编选的作品填补了阅读市场的巨大空白，随后的《绣谷春容》《万锦情林》的风靡行世表明了当时小说的巨大市场。

（三）小说创作的繁荣，读者接受群的扩大

读者对阅读小说的态度变化是小说读者群扩大的原因，他们对小说的推崇与追捧时有出现，首先是文人圈子里对小说的接受。正统朝时"君子弗之取"是对小说的普遍舆论，可是到弘治年间就有人公然做翻案文章，表现出对小说的喜爱。许浩尖锐地批评对小说的偏见："遇事有可记，随笔记录……自是益勤。……今春教谕弟携叶文庄公《水东日记》回，与予记事者多相同。因与弟辈究竟录出，凡若干条。"③ 自称"每见小说，窃甚爱之"的侯甸甚至还直截了当地对孔子的小说观表示非议："幽怪之事，固孔子所不语，然而使人可惊可异、可忧可畏，明显箴规而有补风教者，此博洽君子不可不知也。"④《三国演义》刊刻之后，"书成，士君子之好事者，争相誊录，以便观览"⑤。《金瓶梅》成书之后，文人之间的传抄已有记载，如袁中郎万历二十四年（1596 年）给董其昌的信："《金瓶梅》从何得来？……后段在何处？抄竟当于何处倒换？幸一的示。"⑥ 而在《与谢在杭》中说："仁兄近况何似？《金瓶梅》料已成诵，何久不见还也？"⑦ 这都说明文人之间传抄阅读小说已是很平常的事情了。

---

① 参见程国赋：《明代坊刊小说稿源研究》，《文学评论》2007 年第 3 期。
② 《国色天香·序》，《古本小说集成》据万历丁酉（1597）金陵书林周氏万卷楼重锲本影印，上海：上海古籍出版社 1990 年版，第 1 页。
③ 参见陈大康：《明代小说史》，上海：上海文艺出版社 2000 年版，第 692 页。
④ （明）侯甸：《西樵野记·自序》，见陈大康：《明代小说史》，上海：上海文艺出版社 2000 年版，第 707 页。
⑤ 参见丁锡根：《中国历代小说序跋集》，北京：人民文学出版社 1996 年版，第 887 页。
⑥ （明）袁宏道著，钱伯城笺校：《袁宏道集笺校》卷五《董思白》，上海：上海古籍出版社 2008 年版，第 289 页。
⑦ （明）袁宏道著，钱伯城笺校：《袁宏道集笺校》卷五十五《未编稿之三·与谢在杭》，上海：上海古籍出版社 2008 年版，第 1596 页。

其次是普通读者对小说的接受。程国赋在《明代小说读者与通俗小说刊刻之关系阐析》①一文中指出："从总体上看，明代通俗小说的读者阶层在不断扩大"，并认为明代中期以前，士人群体是小说的重要读者；在明代后期的读者队伍中，"随着下层读者的大量介入，市民群体、商人、士子共同构成通俗小说读者群体，其中，以下层百姓的数量最多，最为引人瞩目"。士、民均为小说的读者，表明读者阶层由文士阶层扩大到一般民众，如万历末林瀚《隋唐志传序》中记载："使愚夫愚妇一览可概见耳"②，明末大涤余人《刻忠义水浒传缘起》云："以此写愚夫愚妇之情者"③，这两点说明了小说的接受群体为普通民众，作品内容以普通人的生活为主。接受群体的扩大使小说的销路有了保证，适应读者需求的作品随之产生。书坊刊刻的大多数为描写普通人的生活的小说读物和实用类普通读物，书坊与读者的共同作用既促进了小说的刊刻，也扩大了小说的读者接受群。

二、嘉靖、万历时期小说选本的编选特点

如前所述，这一时期的小说选本大致可分为两种类型，一类是以选短篇文言故事为主的小说选本，另一类是通俗类书型（杂志型）小说选本，这两类选本的编选特点将分别论述。

（一）以编选短篇文言故事为主的小说选本的特点

程国赋在《论明代坊刊小说选本的类型及兴盛原因》④一文对明代坊刻的二十六种小说选本的类型和成因进行了分析，指出了这两类小说选本的特点，如认为文言短篇小说体现以下一些特点：一是编者重视评点；二是对原文的标题，作者喜作改动。杂志型小说选本的特点一是选作内容庞杂，重复情况相当突出；二是在刊刻形态上（除《花阵绮言》外）一般采取上下栏的刊刻形式。

---

① 程国赋：《明代小说读者与通俗小说刊刻之关系阐析》，《文艺研究》2007 年第 7 期，第 64－71 页。

② （明）林瀚：《隋唐志传序》，转引自丁锡根编著：《中国历代小说序跋集》，北京：人民文学出版社 1996 年版，第 949 页。

③ （明）大涤余人：《刻忠义水浒传缘起》，明末芥子园刻本《忠义水浒传》卷首，转引自朱一玄、刘毓忱编著：《〈水浒传〉资料汇编》，天津：南开大学出版社 2002 年版，第 200 页。

④ 程国赋：《论明代坊刊小说选本的类型及兴盛原因》，《文艺理论研究》2008 年第 3 期。

除此以外，笔者认为，短篇文言故事为主的小说选本还有以下特点：

　　（1）选者注重小说自身的艺术成就，精选佳作。这些选本所选短篇文言故事以唐传奇故事为主，而且几乎全为流传下来的比较经典的作品，如《红线》《虬髯客传》被《文苑楂橘》《虞初志》《剑侠传》《艳异编》四种选本选入，《昆仑奴传》《杨娼传》等入选次数也较多，由此可以看出小说选者非常注重唐传奇本身的艺术成就。宋人洪迈在《容斋随笔》中将唐代的小说与诗歌并称"一代之奇"，《唐人说荟·例言》也引称洪迈所评"唐人小说不可不熟，小小情事，凄惋欲绝，洵有神遇而不自知者，与诗律可称一代之奇"①。鲁迅在《中国小说史略》第八篇中写道："小说亦如诗，至唐代而一变。虽尚不离于搜奇记逸，然叙述宛转，文辞华艳，与六朝之粗陈梗概者较，演进之迹甚明，而尤显者乃在是时则始有意为小说。"② 汪辟疆校录《唐人小说》序中指出，"唐代文学，诗歌小说，并推奇作"③。这些都表明唐传奇以其自身魅力不断吸引着各时代的读者和选家。从人物描写上看，唐传奇刻画人物形象细致生动。传奇小说除自觉的言行描写以外，已经出现了肖像和细节等描写方式。如《霍小玉传》等优秀作品，开始围绕情节的发展刻画人物的性格，能用动静结合的方式描写人物的嬉笑怒骂、外貌、服饰、表情、姿态等。霍小玉刚亮相，作者就先写其神采和眼神，再写其音容笑貌。在李益背信弃义时，作者用"流涕观生""含怒凝视""长恸号哭"等词语，细腻地表现了霍小玉善良、痴情和敢于反抗的性格。这些唐传奇的叙述和描写宛转细致，已经达到较高的审美艺术特质，其中的侠义观念又引起选者的喜爱。正如陈平原所说："'侠'的观念（武侠小说中）是一种历史记载与文学想象的融合，社会规定与心理需求的融合，以及当代视角与文类特征的融合。"④《剑侠传》中所选的侠义故事往往表达了文人的理想。如《宣慈寺门子》中描绘了路见不平拔刀相助的忠义之士；《李胜》为胸怀绝技的书生，对一个于他无礼的道士用特别

_____

　　① （清）莲塘：《唐人说荟·例言》，转引自丁锡根：《中国历代小说序跋集》，北京：人民文学出版社1996年版，第1793页。

　　② 鲁迅：《中国小说史略》，上海：上海古籍出版社1998年版，第44页。

　　③ 汪辟疆校录：《唐人小说·序》，北京：人民文学出版社2018年版，第1页。

　　④ 陈平原：《千古文人侠客梦》，北京：新世界出版社2002年版，第2页。

的方法给予警示，"（道士）见所卧枕前插一匕首，劲势犹动，自是改心礼胜"。当文弱书生遇到难以抒怀的不平之气时，这样的侠客义举能一洗心中的愤懑积郁。

（2）短篇文言小说选本编选初期，自娱倾向明显，万历中期以后编选的作品，商业利益驱动的编撰动机较为突出。按入选的短篇文言选本的大概成书日期进行分类，《文苑楂橘》《艳异编》《剑侠传》《虞初志》四种大概属于前期，其他六种属于后期。《艳异编》《剑侠传》相传是王世贞于嘉靖四十年到四十五年间，与弟里居吴中，为父守孝时编选。明末浙江诸暨骆问礼在《藏弄集》卷五《与叶元春》中曾写道："会闻王凤洲先达，以《艳异编》馈人，而后复分投赎归，亦必有不得已者。"① "弇州后居九列之尊，羞言其少作，或亦官场所宜有。"② 在文人士大夫中，闲暇无聊时，自选自创小说以自娱者不在少数。如桂衡在《剪灯新话》序中写道，瞿佑作此书乃是"取其事之尤可感发、可以惩创者，汇次成编，藏之箧笥，以自怡悦"③。文人编选小说的目的主要还是出于兴趣和爱好，意在自娱和消遣，是政事宴会余暇、闲情逸致的产物，具有强烈的私人化色彩。他们的小说观念多为非通俗化的，既有正统观念，又有反传统意识相互混杂，强调个人的自娱作用。在这种观念指引下，假借小说来表达自己对传统思想或现实的不满或者说是对当朝统治思想的离心意识，编选小说选本自娱自乐也是情理之中的事了。谢肇淛《虞初志·序》认为："夫人得志则熙然以喜，失意则悄然以悲，遇可喜可悲之事、倏忽变幻之事，则莫不异而传之。"④ 编选唐传奇之类的小说是编者有感而发，借事抒怀，借前代故事以表达自己的情感与审美理想。

《续虞初志》《广虞初志》《广艳异编》《续剑侠传》等几种选本的编撰动机首先表现为仿写、续写和对前作的扩写。由于前期选本编选成功，影响较大，已经拥有不少读者，对前人已有作品进行续写，

---

① 转引自徐朔方：《小说考信编》，上海：上海古籍出版社1997年版，第586页。
② 参见陈国军：《明代志怪传奇小说研究》第四章"志怪传奇小说的兴盛前期"第三节中的"'艳异'类小说选本的出现"，此处考证《艳异编》的作者为王世贞。天津：天津古籍出版社2006年版，第272－285页。
③ 丁锡根：《中国历代小说序跋集》，北京：人民文学出版社1996年版，第602页。
④ 柯愈春编纂：《说海·虞初志》，北京：人民日报出版社1997年版，第6页。

既可以迎合读者口味，又可以保证作品销路，借前作成功的效应扩大影响。其次表现为对前作进行评点，如邀请名家对《虞初志》进行评点，然后将各名家评点合刻于一书《续虞初志》，附于《虞初志》之后，作为一书出版。同样，《艳异编》出现之后，《广艳异编》即仿其前选，《广艳异编》与《续艳异编》两种选作不分先后地出现，甚至有现代研究者认为《续艳异编》是对《广艳异编》这一选本的再精选。[1] 在再次刊刻时，将两书合为一编，分为"正编""续编"，可以看出乃出于商业利益的考虑，借前作扩大新作影响。选唐传奇作品成为万历时期小说编选的重要内容，其后，《太平广记》中的作品成为小说编选者的资料库，一选再选，仿、续之作结集成编，扩大了小说的影响，成为小说选本的重要形式。

（3）选作多与《太平广记》作品篇目内容相同，但任意改换标题。唐传奇作品大多收在《太平广记》的"杂传类"中，将这些作品归为一类而单列为杂传类，说明编者已经认识到这类作品与一般文言笔记小说的不同之处，即小说意味强，辞采华丽，因此将它们单列一类，此种分法某种程度上可以视为编选者小说观念的进步。《太平广记》搜集了大量在现在看来可以归为小说类的作品，这些小说都因为它而保存下来，成为后来研究者的重要资料。《艳异编》《广艳异编》《虞初志》和《广虞初志》所选唐传奇作品多与《太平广记》篇目内容相同，但是任意改换题目，这也是明代小说编选较具随意性的体现。通过比照可以发现，《虞初志》中的《古镜记》即《太平广记》中的《王度》，《离魂记》即《太平广记》中的《王宙》，《南柯记》即《太平广记》中的《淳于棼》等。

（二）通俗类书（杂志）型小说选本的特点

通俗类书（杂志）型小说选本出现在万历朝到明后期，具有较鲜明的时代特色，作品的小说故事以"艳情"故事为主，其他内容以日常生活所需之文字、书函、诗话、琐记等为主，刘天振将之归为"娱乐

---

[1] 参见陈国军：《明代志怪传奇小说研究》第四章"志怪传奇小说的兴盛前期"第三节中的"'艳异'类小说选本的出现"对《艳异编》《广艳异编》《续艳异编》的分析，天津：天津古籍出版社2006年版，第272-285页。

型通俗类书"①，并且指出"明代娱乐性类书仅存四种六部"②，即《国色天香》《绣谷春容》《万锦情林》《何本燕居笔记》《林本燕居笔记》和《冯本燕居笔记》，实际上，与此类似的还有萃庆堂所刊《刻注释艺林聚锦故事白眉》和《精选故事黄眉》，所选内容大致相近。本书从小说选本的角度分析其中具有小说价值的中篇传奇小说，而不是像《明代通俗类书研究》所关注的为类书内容，所以将选有中篇传奇的《风流十传》和《花阵绮言》也与之归为一类，纳入此处论述。它们几乎全部产生于明万历中后期，集中刊刻于建阳和金陵两地，刊刻时间、地域相对集中，作为小说选本中的一种类型，具有与其他类型选本不同的特点。

（1）不少通俗类书是书坊主自己编刊或是聘请文人编刊，以实用、娱乐为主。如《国色天香》编者"吴敬所生平无考，但必是与金陵书林有密切关系之下层文人"③。《万锦情林》、《冯本燕居笔记》分别出自建阳书坊主余象斗、余公仁之手，《林本燕居笔记》也是书坊主和编辑者合作而成，甚至没有目录和序。《绣谷春容》编辑者起北斋赤心子真实姓名不详，"可以推测赤心子于万历十年左右于金陵书林相当活跃，或本人即为书坊主人亦未可知"④。这些书坊主亲自动手参与编撰小说，对流行一时的作品立即出版，意味着书坊主抓住市场时机，以出版作品的数量来占领市场，并通过出版通俗小说进一步主宰通俗小说市场，体现出阅读市场与小说创作两者强大的相互作用，促进了这一时期小说市场的发展。这些通俗类书所选内容以当时流行的中篇传奇故事为主，杂以其他实用文体，集娱乐、休闲和实用于一体，体现出以读者阅读口味来编选小说选本的特点。这种以读者阅读需求为原则的编书方式到清代仍有出现，如《艳情逸史》收传奇小说六篇，⑤ 所选即出自《绣谷春容》和《燕居笔记》，与《国色天香》《万锦情林》《花阵绮言》《风流十传》诸书间或互见。

---

① 参见刘天振：《明代通俗类书研究》第四编"娱乐性通俗类书研究"，济南：齐鲁书社2006年版，第260－268页。

② 刘天振：《明代通俗类书研究》，济南：齐鲁书社2006年版，第262页。

③ 刘天振：《明代通俗类书研究》，济南：齐鲁书社2006年版，第270页。

④ 刘天振：《明代通俗类书研究》，济南：齐鲁书社2006年版，第278页。

⑤ 参见石昌渝主编：《中国古代小说总目·文言卷》词条"艳情逸史"，太原：山西教育出版社2004年版，第575页。

表 1-1 六种杂志型选本编刊情况一览表

题名	题署	刊刻地点	刊刻时间	收传奇作品篇数
国色天香	抚金养纯子吴敬所编辑	书林万卷楼周对峰绣锲	万历十五年	七篇
绣谷春容	羊洛敕里起北斋赤心子汇辑	建业大中世德堂主人校锲	万历二十年左右	八篇
新刻芸窗汇爽万锦情林	三台馆山人余象斗纂	书林双峰堂文台余氏梓	万历二十六年	七篇
重刻增补燕居笔记	古临琴涧居士何大抡元士题	□（大）盛堂梓行	万历二十六年后	五篇
新刻增补燕居笔记	林近阳增编	萃庆堂余泗泉梓	万历年间	五篇
增补批点图像燕居笔记	冯梦龙增编	书林余公仁批补	明末	九篇

（2）选入当时流行的中篇传奇故事，重复篇目多。这些中篇传奇的内容均为艳情故事，明人高儒认为此类小说"但取其文采词华，非求其实也"①。中篇传奇故事承自唐传奇故事，元末即有《娇红记》，明初又有"剪灯二话"等传奇类故事出现，万历中期，这些中篇传奇的结集出版可能完全是为了适应读者需要而产生的。从内容上看，重复选入篇目多，主要集中在对十三部作品的选编。

表 1-2 八部选本所收中篇传奇一览表

	国色天香	绣谷春容	花阵绮言	万锦情林	风流十传	燕居笔记（何）	燕居笔记（林）	燕居笔记（冯）	收入次数
娇红记		√	√		√	√	√	√	6
钟情丽集	√	√	√	√		√	√	√	8
三奇传				√	√	√			3

---

① （明）高儒：《百川书志》卷六《史·小史》，上海：上海古籍出版社 2005 年版，第 89 页。

【第一章 明清小说选本的发展及兴衰】

（续上表）

	国色天香	绣谷春容	花阵绮言	万锦情林	风流十传	燕居笔记（何）	燕居笔记（林）	燕居笔记（冯）	收入次数
天缘奇遇	√	√	√	√	√	√	√	√	8
三妙传	√	√		√	√	√	√	√	7
怀春雅集			√	√	√	√	√	√	6
刘生觅莲记	√	√						√	6
双双传	√				√			√	3
龙会兰池录	√	√		√					3
寻芳雅集	√	√							2
五金鱼传				√				√	2
秀娘游湖				√					1
联芳楼记		√							1

　　注：中篇传奇的篇名以《风流十传》为准，如《风流十传》中题为《三妙传》，《万锦情林》中题为《白生三妙传》，上表中列为《三妙传》。篇目统计除《风流十传》以百花文艺出版社 2002 年版统计，其余均据上海古籍出版社 1990 年版古本小说集成本统计。

　　由表 1-2 可知，《钟情丽集》《天缘奇遇》《三妙传》和《娇红记》为入选篇次最多的作品，特别是《钟情丽集》和《天缘奇遇》两篇，这八种选本均选入。后文在论及中篇传奇的艺术特色及选入原因时，多以这两部作品为代表来作具体分析。

　　（3）小说选本内容庞杂，分上下栏刊刻。从成书角度来看，很明显，通俗类书是商业性跟风之作，重复辗转抄袭，与前文所述"仿、续、扩"不同，"仿、续、扩"类型的作品还在一定程度上体现了编选者对已有作品体例或者内容的承袭，并在对前代作品的编选中体现出对前作的共同审美认识，而这些杂志型选本更大程度上表现出的是粗制滥造、应急仿造之作，完全是为占领市场而迅速编撰的，以迎合阅读者的需求。除了《风流十传》和《花阵绮言》为单选中篇传奇，没有与其他内容混杂外，其他六部都是分上、下两栏刊刻，一部分为传奇故事，一部分为诗词歌吟等实用性文体。

　　嘉靖、万历时期，社会大众的阅读欲望已被强烈地激起，书坊主为开辟广阔的市场，自己动手编创，或者参与编创新作，或者编选选本，其中杨尔曾编撰的《新镌仙媛纪事》，刻字清秀，版面清新，插图精美，"（是书）有插图，甚精，记刻工曰：'黄玉林镌'"①，是一部质量上乘的神仙故事选本。虽然这一时期大多小说选本质量并不一定很高，但是在没有新创作品出现的情况下，它们满足了读者的需求，也带来了巨大的商业利益，促进了小说创作的繁荣。

第二节　明泰昌、天启到清乾隆时期：小说选本的鼎盛

　　明末清初是小说选本发展的鼎盛时期。明末小说创作获得了前所未有的丰收，特别是通俗小说的创作收获颇丰，"即使将明末清初之际难以断代的小说全都略去不计，新出小说尚有近七十种"②。各种小说流派如历史演义、神魔小说、人情小说等都出现了大量优秀作品。白话短篇小说方面，出现了"三言二拍"等小说集。其中"三言二拍"近两百篇白话短篇小说③一出现即占据了出版市场，"肆中人见其行世颇捷，意余当别有秘本，图出而衡之"④"肆中急欲行世，征言于余"⑤，这些都表明阅读市场对白话短篇小说类作品的需求促使了"二拍"的产生。这些作品大都根据前代故事或"宋元旧种"加以敷演，总的来说属于对前作的艺术加工，是处于改编向独创转型过程中的产物。当改编的素材不够时，小说作者便会转向独立创作作品。从"三言二拍"作品来看，大多采用一些已有旧素材，对此，谭正璧编《三言二拍资料》进行过详细的梳理考证。但是正如作者在写作的过程中会参考前人资料和搜集写作素材一样，艺术加工后的作品仍可以署名为作者独创。总体来

---

　　① 王重民：《中国善本书提要》，上海：上海古籍出版社1983年版，第400页。

　　② 陈大康：《明代小说史》，上海：上海文艺出版社2000版，第534页。

　　③ 本书所指白话短篇小说即"三言二拍"拟本话本小说和与"三言二拍"类似的短篇小说。"三言二拍"共198篇白话短篇小说。

　　④ （明）凌濛初：《拍案惊奇》，《古本小说集成》据尚友堂本影印，上海：上海古籍出版社1990年版，第1页。

　　⑤ （明）凌濛初：《二刻拍案惊奇·序》，《古本小说集成》据尚友堂刊四十卷本影印，上海：上海古籍出版社1990年版，第10页。

讲，"三言二拍"应归为原创作品，但对"三言二拍"作品的重新编选之作如《今古奇观》则是精选前作的选本。"三言二拍"的选本较多，《今古奇观》之后仍有十三种选本出现，延续到清末未绝。笔者所划分的这一发展阶段为从明泰昌、天启年间到清代康熙、乾隆年间，共有二十六种小说选本，主要为白话类小说选本，选作比较忠实于原作，对原文的情节结构、人物形象、语言文字改动不大，如选"三言"故事的《今古奇观》①，选"西湖类故事"的《西湖拾遗》，也有《虞初新志》这类选自文集人物传记的文言小说选本。

一、明代泰昌、天启至清乾隆时期小说选本兴盛的原因

（一）白话短篇小说迅速崛起并占据阅读市场

如果说嘉靖、万历时期的小说选本大多是书坊主在商业利益的驱使下编撰的话，那么，明末清初的白话短篇小说则让人感觉到商业利益对小说的整个创作、流通环节起到主宰作用，文人加入创作队伍使小说选本质量大幅提高，冯梦龙编纂"三言"更进一步使白话短篇小说在明末的小说舞台上闪亮登场，它的诞生时期就是白话短篇小说发展的高潮时期。这些白话短篇小说大多以商人、文士为主角，讲述普通人的爱情故事和日常生活之事，具有广泛群众基础的通俗小说成为书坊刻书的重点品类，书坊的推动与读者阅读喜好的结合，使白话短篇小说迅速兴起。

1. "三言"刊刻后，受到读者欢迎，对话本小说的创作起到良好的示范作用

这种现象引起了一批有兴趣创作拟话本文人的极大热情，其中成绩最突出的是凌濛初。凌濛初动手之时，"宋元旧种"已被冯梦龙"搜括殆尽"，"一二遗者，比其沟中之断芜，略不足陈已"，不得不拿出创作

---

① 需要说明的是，《今古奇观》选编"三言二拍"四十篇作品，无论是阅读价值和审美价值都比较高，是小说选本研究中的重要文本，在本书的论述中，借鉴了程国赋先生在《三言二拍传播研究》《明代书坊与小说研究》中关于选本部分的描写。鉴于程国赋先生在《今古奇观》文本比较研究方面做出了较高水平和较有价值的研究成果，因此，本书对《今古奇观》文本比较分析从略。

手段，"取古今来杂碎事可新听睹、佐谈谐者，演而畅之"①，《初刻拍案惊奇》四十卷问世后"行世颇捷"，于是在贾人敦请下，又写出《二刻拍案惊奇》，也保持了四十卷的规模。可以说，在"三言二拍"问世之后，掀起了白话短篇小说创作的高潮，如明末的《鼓掌绝尘》《石点头》《西湖二集》《欢喜冤家》等，清初的《清夜钟》《醉醒石》《照世杯》《无声戏》《宜春香质》等。据《逡巡于雅俗之间：明末清初拟话本研究》统计，明末清初拟话本小说大约有 45 部，其中所收辑的单篇作品为 560 余篇②，直到清中期，白话短篇小说才消歇下来。

2. 拟话本小说的大量出现，促使了白话短篇小说的编选

选本的出现往往与创作的繁荣密不可分，《今古奇观》所选皆为"三言二拍"作品，编选者并在序中认为"卷帙浩繁，观览难周，且罗辑取盈，安能事事皆奇。……余拟拔其尤百回，重加绣梓，以成巨览"③。其中所选作品，基本代表了白话短篇小说的精品，在"三言二拍"一度失传的情况下，读者由此得窥明代白话短篇小说及"三言二拍"的风貌。《今古奇观》出现之后，基本取代了"三言二拍"作品，一些选编白话短篇小说类的选本，有的就以《今古奇观》为依据，即再选《今古奇观》篇目，如《觉世雅言》的第三卷题目为《夸妙术丹客提金》即为《今古奇观》第三十九卷的《夸妙术丹客提金》，而不是《拍案惊奇》第十八卷《丹客半黍九还　富翁千金一笑》，类似的还有《再团圆》中的《崔俊臣巧会芙蓉屏》也选自《今古奇观》，而不是《拍案惊奇》原作。④

（二）读者的阅读需求、文化政策方面的禁毁措施促成了白话短篇小说的编选

在清代《禁毁书目》中，《今古奇观》《拍案惊奇》赫然在列，《今古奇观》旁并注明"抽禁"二字，同治七年（1868 年）江苏巡抚

---

① （明）抱瓮老人：《今古奇观·序》，《古本小说集成》据上海图书馆藏本影印，上海：上海古籍出版社 1990 年版，第 7 - 8 页。

② 宋若云：《逡巡于雅俗之间：明末清初拟话本研究》，北京：中国社会科学出版社 2006 年版，第 20 页。

③ （明）抱瓮老人：《今古奇观·序》，《古本小说集成》据上海图书馆藏本影印，上海：上海古籍出版社 1990 年版，第 5 - 6 页。

④ 参见程国赋：《三言二拍传播研究》，北京：中国社会科学出版社 2006 年版，第 38 页。

丁日昌查禁淫词小说,此二书仍在被禁之列。《今古奇观》出版之后,在社会上广泛流传,取代了"三言二拍",而"三言二拍"原作的版本,除《拍案惊奇》在清代有几种刻本外,其余的几种基本上未见刊刻。因此,《今古奇观》的被禁,实际上就代表着"三言二拍"的被禁止传播。一方面,"三言二拍"作为古代白话短篇小说的优秀代表作受到读者欢迎,另一方面,清政府又明令禁止传播,这样,白话短篇小说选本便通过选刻的方式,选刻其部分小说篇目编印成书,取名《续今古奇观》以满足市场需求。《虞初新志》在清朝也遭到抽禁,只因书中选有钱谦益作品和一些清初敏感人物作品。更多的选本是为了与明末清初文化政策相适应,将多种禁书或抽禁之书通过改头换面的方式重新出版。

二、明代泰昌、天启至清乾隆时期小说选本的特点

(一)编选当代或近代作品

与万历时期的小说选本主要编选前代作品特别是多收唐传奇作品不同,明末清初小说选本的编选者主要将目光放在收录当代或近代作品,如《今古奇观》和《觉世雅言》作品全部选自"三言二拍",不收宋元话本。《觉世雅言》所选篇目来自"三言二拍",但其中卷三《夸妙术丹客提金》,据孙楷第考证,此篇"认为实据《今古奇观》录入"①。通过文本比较来看,笔者认同孙楷第这一观点。《虞初新志》所选多为明清时期作品,选者在序中抒发其感叹,认为《虞初志》"独是原本所撰述尽摭唐人轶事,唐以后无闻焉"②,感于近代人的奇闻奇事,于是尽选近代奇事。"问世其事多近代也,其文多时贤也。事奇而穷,文隽而工,写照传神,仿摹逼肖,诚所谓古有而今不必无,古无而今不必不有。"③《四巧说》选清代小说集中四篇奇巧的故事,经过一些删改,组合成集,如第一篇《补南陔》;第二篇《反芦花》,即《八洞天》第一、第二篇同名小说;第三篇《赛他山》,即《照世杯》第一篇《七松园弄

---

① 孙楷第:《中国通俗小说书目》,北京:中华书局2012年版,第73页。

② (清)张潮:《虞初新志》,《古本小说集成》据上海图书馆藏康熙刻本影印,上海:上海古籍出版社1990年版,第4页。

③ (清)张潮:《虞初新志》,《古本小说集成》据上海图书馆藏康熙刻本影印,上海:上海古籍出版社1990年版,第5页。

假成真》；第四篇《忠义报》，即《八洞天》第七篇《劝匪躬》。

由此可见，明末清初的小说编选者将所选对象放在当时流行的作品上，注重小说的时效性，甚至直接从最近出版的选本中再选，虽然有些是不厌其繁重复选入，但也从另一方面看出这些作品的流行程度、当时读者的兴趣所在以及小说编选者和刊刻者对读者市场的反应速度之快。

（二）编选劝诫类作品

白话小说选本注重选本的劝诫作用。从这些选本可以看出，选者大多突出其劝诫思想。《今古奇观》作者在序言中就指出："感于《金瓶》书丽，贻讥于诲淫，《西游》《西洋》，逞意于画鬼，无关风化"，所以选编《今古奇观》，"闻者或悲或叹，或喜或愕，其善者知劝，而不善者亦有所惭恶悚惕，以共成风化之美"。① 《觉世雅言·叙》亦指出："陇西茂苑野史氏家藏小说甚富，有意矫正风化"，② 故选编此书。由此可见，以小说进行劝诫、宣扬社会教化，是编选者共同的选择标准与创作思想。从所选篇目来看，被重复选入次数较多的是宣扬忠孝节义、扶危济困的作品。在"三言二拍"选本中鼓吹孝悌节义的作品有二十余篇（次），如《三孝廉让产立高名》被重复编选四篇（次），先后被《今古奇观》《警世选言》《警世奇观》和刊于光绪年间的《今古奇闻》选入。《裴晋公义还原配》也被选入多次，这些宣扬孝悌节义的作品频繁出现，正好说明了选家欲利用小说宣扬社会教化的创作主旨。

不仅仅是通俗小说选本如此，清初的文言小说选本也体现了劝诫的创作主旨。如《虞初新志》也多收劝诫类作品。如《神钺记》，不孝子因母亲带小孩不周，拿刀追杀，母亲逃往帝庙中，躲在香案下，周将军显灵，杀死不孝子。在篇末张潮评曰："阅至不孝子弑逆处，令人发指眦裂，读至神钺砍颈处，令人拍案称快，世之敢于悖逆者，皆以为未必即有报应耳，则曷不取是篇而读之也。"③《山东四女祠中》一篇，讲述汉景帝时，有傅姓长者叹息年老无子，止有四女，四女立誓不嫁以养父

---

① （明）抱瓮老人：《今古奇观》，《古本小说集成》据上海图书馆藏本影印，上海：上海古籍出版社1990年版，第7页。

② 《觉世雅言》，《古本小说集成》据巴黎图书馆藏明刊本影印，上海：上海古籍出版社1990年版，第5页。

③ （清）张潮：《虞初新志》，《古本小说集成》据上海图书馆藏康熙刻本影印，上海：上海古籍出版社1990年版，第176页。

母。至孝感动上天，"天神鼓乐降于庭，树化为龙，载翁媪及四女上升而去"。① 篇末评曰："昔汉缇萦上书赎父罪，因除肉刑，此只一人耳，不难自行其意，今四女同心，尤为仅见也。"② 对这种至孝行为赞赏有加。

（三）编选作品注重学问化

明末清初的文学作品大多一反明中叶以来的形式主义、模拟复古倾向、作品随意改窜古书、妄题书名等不良现象，提倡博实求证，注重严谨精审。反映在小说选本上，主要体现在以下几个方面：

1. 白话小说选本标题回目整齐

明末白话小说选本回目体制大多沿袭通俗小说已有发展成就，即"七字回目，双回对偶"的特点，如《今古奇观》中的第三卷"滕大尹鬼断家私"，第四回"裴晋公义还原配"，标题大多字数工整，涵盖本篇的基本内容。清初以后小说大多采用"双句标题"，如《今古传奇》卷之一选自《石点头》的卷之二，将原题《卢梦仙江上寻妻》改为《李妙惠被逼守节　卢梦仙江上寻妻》，其他标题也大多如此。出现于清初的《四巧说》则与清初白话小说"三字为目，双句标题"特点一致，如"补南陔　收父骨千里遇生父　裹儿尸七年逢活儿"，下面每一段再用七字标题表现本段内容，如第一段"闻凶信仰天长哭"、第二段"被妒忌舍身出家"等。清初的白话小说作品大多具有"三字为目"的特点，如《飞英声》《贪欣误》《五色石》等，说明从明末到清初小说作者对小说标题也进行了独具匠心的创新，在回目编写方面比明代要工整严谨，在小说篇目命名上出现变化并使这一时期小说具有开创色彩，与前代相比大有不同。

选本在小说所选内容上也大多经过重新改定。为了更好地塑造人物形象、完善人物性格特征，选本适当地增加细节描写、心理描写、场面描写、人物对话等。③ 如《喻世明言》第九卷《裴晋公义还原配》刻画

---

① （清）张潮：《虞初新志》，《古本小说集成》据上海图书馆藏康熙刻本影印，上海：上海古籍出版社1990年版，第213页。

② （清）张潮：《虞初新志》，《古本小说集成》据上海图书馆藏康熙刻本影印，上海：上海古籍出版社1990年版，第213页。

③ 程国赋：《三言二拍选本与原作的比较研究》，《明清小说研究》2004年第2期，第183页。

裴晋公之"义",原作有处细节描写:"原来裴令公闲时常在外面私行耍子。"《今古奇观》选入这篇作品时则改为:"原来裴晋公闲时常在外面私行,体访民情。"将原作中"耍子"改为"体访民情",虽然只有数字之差别,但对塑造裴度的形象却起到了不同的作用,突出了他一心为民、勤政奉公的形象。

2. 文言小说选本大多注明小说原作者,评点详细适当,编选态度认真

《虞初新志》所引篇目均注明原作者,对于未知出处的注明"失名",如《小青传》。张潮在《虞初新志》序中说道:"临川续之合为十二卷,其间调笑滑稽离奇诡异无不引人着胜,究亦简帙无多,搜采未广,予是以慨然有虞初后志之辑,需之岁月始可成。"① 表明自己编选此书花费了大量的时间,《古本小说集成》本该书的"整理前言"中云:"据张潮《自叙》,本书成于康熙二十二年癸亥(1683 年),但所辑的作品又有康熙四十年(1701 年)之后问世的钮琇的《觚剩》,则此书在其生前有过增益。"在一篇之后,若有相近题材作品,选者会尽列于后,如《一瓢子传》后附《游一瓢传》,并在文末评曰:"所纪事大同小异,因并录之。"在《黄履庄小传》后附《奇器目略》,选者在序中就说过,"其事荒诞不经无庸分夫门类""只期便于观览",这说明他在编选作品时虽然没有明确分类,但也注重整理同类题材作品,以便读者观览。文末有评,将评点议论与小说内容结合,融为一体,阐发自己的意见。在此书编选完成之后仍对作品不断地进行修改和增益,并强调"非欲借径沽名,居奇射利",显示了选者的远见卓识。

三、明代泰昌、天启至清乾隆时期小说选本雅与俗的互相渗透

(一)白话短篇小说语言的通俗化

宋元以来,古典小说创作沿着通俗化的道路发展,与唐代及唐以前小说相比,在语言运用、描写重点诸方面,都存在通俗化的趋势,以市民为主要描写对象的白话短篇小说则是古典小说通俗化的集中体现,对

---

① (清)张潮:《虞初新志》,《古本小说集成》据上海图书馆藏康熙刻本影印,上海:上海古籍出版社 1990 年版,第 4 页。

白话小说篇目的编选是小说通俗化的进一步体现。白话短篇小说不再像唐人传奇那样，作为贵族文学流传于社会中上阶层和文人雅士间，而是广泛传播于社会中下阶层并以满足市民的文化需求为主要目的。鲁迅在《中国小说的历史的变迁》中说："这类作品，不但体裁不同，文章上也起了改革，用的是白话，所以实在是中国小说史上的一大变迁。"①苗壮在《笔记小说史》中也认为："中国古代小说文言与白话两大体系的分化（第二次分化），始于唐，显于宋，成于明。"②并认为"文言与白话小说的分化完成于明代，就在于明代小说有不同类型的话本基础上，产生了白话短篇小说拟话体和各种题材类型的长篇章回小说，白话小说的文体已经完备"③。明末的白话短篇小说语言大多体现出俗化的特点，并独立成为一种新的文学样式，在明末完全占据小说市场。

（二）白话短篇小说选本语言的雅化

从小说选本的编选来看，白话短篇小说选本编选过程中对原作的语言进行了一番修饰与雅化。如《今古奇观》将"三言二拍"作品语言中的一些俗语、口语改为书面语。这些小说选本注重现实题材，反映市井生活，关注社会时事，如《四巧说》所选四篇作品，都是因为战乱使小说主人公经历了颠沛流离和种种奇巧之后，家人团圆。雅与俗是一个不断融合的过程，当文人参与创作时，总是会使作品不断雅化。虽然白话短篇小说的产生是因为市民的需要、市场商业利益的驱动，但是在发展的过程中，作者总是不断地将其修饰，使其更加书面化、文人化。在论及白话短篇小说在清中期衰落的原因时，笔者认为是雅化使小说脱离市场，最终走向衰落与灭亡。

在雅与俗的融合过程中，冯梦龙编选的四种小说丛钞——《智囊补》《情史类略》《古今谭概》《太平广记钞》体现出文言小说与通俗小说的融合。笔者认为，小说语言的分化与融合都是为了满足不同类型读者的需求。从文学本身的发展来看，雅与俗本身就是一个相互融合、相互影响的过程，通俗作品逐渐向语言雅化的方向发展，雅文学则以通

---

① 鲁迅：《中国小说的历史的变迁》，《鲁迅全集》第九卷，北京：人民文学出版社 2005 年版，第 329 页。

② 苗壮：《笔记小说史》，杭州：浙江古籍出版社 1998 年版，第 251 页。

③ 苗壮：《笔记小说史》，杭州：浙江古籍出版社 1998 年版，第 252 页。

俗化的姿态吸引更多读者。如果说白话短篇小说满足了市民的阅读口味，那么，这四种小说丛钞则满足了有一定文化素养、喜爱阅读古今奇事、崇尚风雅的读者，如文士、下层文人"好奇"的阅读心理。

第三节 清嘉庆到清末：小说选本的衰落

清中后期是小说选本发展的最后一个阶段，即从清嘉庆年间到清末这段时间，是小说选本的衰落时期。这一时期的小说选本大致有 16 种，主要是白话短篇小说选本和"虞初"系列选本，它们都延续前期这两类选本的特点。如咸丰时期所刊《西湖遗事》与乾隆时期选本《西湖拾遗》选西湖故事大致类似，咸丰时期所刊的《二奇合传》，选《今古奇观》《拍案惊奇》和《二刻拍案惊奇》，所选内容相近的还有《今古奇闻》《续今古奇观》两种。"虞初"系列的有《虞初续志》《广虞初新志》《虞初续新志》《虞初近志》和《虞初广志》《虞初支志》。郑观应仿王世贞《剑侠传》一书辑《续剑侠传》，并有任渭长配图本刊行。这一时期还出现了女性编选女性题材的选本《女聊斋志异》①，署贾茗所编，但也有可能为书商别出心裁以托名女性的方式吸引读者。该书所选内容均为历代史书、小说及笔记中的女子事迹，如《卓文君》《王嫱》《赵飞燕》等。

嘉庆以后，小说各体都已经经历过鼎盛时期，从小说发展演变的规律来看，小说的受众不会总是沉溺于一种趣味，而要求不断有新的刺激。基于经典传世之作的影响，小说选本的反复刊刻大致都是利用前代类似小说的影响力余波。但是，作家和出版商势必要根据读者需求探索新的小说类型，不断翻新花样，以满足变化的图书市场。这一时期从小说类型上来讲，文言小说方面，《聊斋志异》成书于康熙年间，"用传奇法而以志怪"②，一书而兼二体，产生了深远的影响，出现了一批仿《聊斋》的作品，如沈起凤《谐铎》、乐钧《耳食录》、和邦额《夜谈

---

① 贾茗编《女聊斋志异》成书于 1912 年，因论述需要暂于此处提及。
② 鲁迅：《中国小说史略》，上海：上海古籍出版社 1998 年版，第 147 页。

随录》、长白浩歌子《萤窗异草》、宣鼎《夜雨秋灯录》等，也出现了一些反《聊斋》的作品，如袁枚《子不语》、纪昀《阅微草堂笔记》、俞蛟《梦厂杂著》等。通俗长篇小说方面，《红楼梦》一百二十回已于乾隆五十六年（1791 年）由萃文书屋用木活字排印出版，《儒林外史》在嘉庆初年已有卧闲草堂本问世，长篇小说这些经典之作的出现吸引了不少读者的阅读兴趣。武侠小说也流行开来，如《施公案》《彭公案》《三侠五义》《七侠五义》等，而且传播特别迅速，这种发展态势可以视作属于通俗市民文艺的武侠小说本身发展到又一高度的表现。"说书艺人像石玉昆师徒、姜振名这样的杰出的说书艺人，使武侠小故事首先在说书场征服和吸引了听众，然后再插上文字的翅膀飞向图书市场，迅速取代已趋衰变的其他小说类型而成为热门品种。"① 由此可见，清末各种小说类型都已出现经典之作，达到了小说创作的最高峰。同时，这一时期的白话小说类选本走向衰落，文言类有"虞初"系列六种，其他类小说选本也各有特色。

一、清中期白话短篇小说衰落原因探析

论及白话短篇小说选本的衰落状况，笔者认为首先要讨论白话短篇小说的衰落原因。原作作品的发展直接关系到选本的存亡，短篇小说选本主要以编选当时创作的小说为主，以历史素材为编选来源的选本主要为文言类小说选本。所以，本节先论白话短篇小说在清中期衰落的原因。

（一）白话短篇小说的衰落

郭英德在《中国古代文体学论稿》中将文体的基本结构分为四种："（一）体制，指文体外在的形状、面貌、构架，犹如人的外表体形；（二）语体，指文体的语言系统、语言修辞和语言风格，犹如人的语言谈吐；（三）体式，指文体的表现方式，犹如人的体态动作；（四）体性，指文体的表现对象和审美精神，犹如人的心灵、性格。"② 笔者认为体性的变化即小说的表现对象和审美精神的变化是白话短篇小说衰落的重要原因，其他三方面的变化也给白话短篇小说的衰落带来一定的影响。

---

① 谭邦和：《明清小说史》，上海：上海古籍出版社 2006 年版，第 329 页。
② 郭英德：《中国古代文体学论稿》，北京：北京大学出版社 2005 年版，第 4 页。

1. 体制的成熟与僵化

从体制来看，白话短篇小说从《清平山堂话本》到"三言二拍"，再到《清夜钟》，是一个逐步成熟的过程，也是一个走向没落的过程，体制成熟并走向僵化限制了它的生命力，也损害了作品的艺术性。

（1）体制走向成熟。胡士莹先生在《话本小说概论》中，将小说话本的体制作了一个概括。他认为小说话本的体制有六个部分：题目、篇首、入话、头回、正话、篇尾。以不同时期的白话短篇小说为例，可以看出体制的发展与完善过程。冯梦龙在创作"三言"时，入话和头回的区分并不明显，如《醒世恒言》卷三十五《徐老仆义愤成家》中，开篇讲述萧颖士与杜亮的主仆之情，接着讲道："适来小子道这段小故事，原是入话，还未曾说到正传。"这里的"入话"实际上就是"头回"，类似的"头回"与"入话"不分的说法在小说中时有出现。发展到清初的小说《清夜钟》时，体例已经十分规整，结构完整，行文简洁，大多话本的体制六部分健全，表明白话短篇小说的体制已经达到成熟阶段。

（2）部分作品呈现章回化趋势。明末《鼓掌绝尘》以多回体叙述一个故事，是白话短篇小说发展的创新，乾隆时期《娱目醒心编》的体制已是一种变体，入话发展为完整的一回，正话扩展为多回演说一个故事，是对《鼓掌绝尘》所创体制的发展。但是多回演说一个故事，既没有达到长篇小说的内容涵盖力，又失去了短篇小说短小精悍的优势，由短到长的变异使白话短篇小说失去了活力。

（3）部分作品在由短到长的过程中注重精简。《西湖佳话》的入话头回都很少，部分作品没有篇尾诗，说明这一时期的作品力求精简，这一特点选本体现更加明显。如《四巧说》所选作品，删掉了原作过长的入话和头回，开篇入题，在故事讲述过程中，选本删掉原作中不必要的描述，特别是将那些与情节发展、人物性格、主题无关的诗词，几乎全部删除，故事简洁明晰。由此可见，一方面白话短篇小说体制在发展的过程中正经历着一种变异、演变；另一方面，康熙朝以后不少小说选本选家依然严格遵循白话短篇小说六个部分的体制编撰小说选本，甚至对前人创作中不合体制的部分进行修改和完善。如乾隆年间的《西湖拾遗》选本，对所选作品《西湖佳话》中没有篇首题头诗的全部增加题头诗，没有篇尾诗的补全篇尾诗，使《西湖拾遗》体制规整，符合标准的拟话本范式。但是这种补救并不能阻止这一小说体制的由短到长、突破"六个部分"限制的进一步发展，在逐渐发展变异的过程中，头回演变为一章来演说一个小故事，原来一回说一个故事变为几回演说一个故事，使它最终失去了短篇小说简短的优势，失去了生命力。

2. 语体的成熟与定型

（1）"说话人"语言的减少。在最初的白话短篇小说中，可以明显看到说话语体的存在和影响，如"看官""说话的"以及"话分两头"等明显的说书人语言。在逐渐演变成案头小说的过程中，这样的语词逐渐减少。如《西湖拾遗》第三十卷《登金鳌神兵救驾》选自《西湖二集》第二十九卷《祖统制显灵救驾》，将"在下这一回说'祖统制显灵救驾'，未入正回，在下因世上人不知道金龙四大王的出迹之处，略表一回，多少是好"这样的说话人语全部删除，并将文中"在下""话说""如今说一个正直为神的与列位看官一听"类似的语言表述全部删掉。艾衲居士的《豆棚闲话》几乎完全摆脱了说书体，再没有入话、套话以及"有诗为证"之类的废话。

（2）表述语言书面化、案头化。白话短篇小说在发展的过程中逐渐走向书面化，创作者与编选者已经使小说完全脱离了说话艺术的影响，与说话人的关系渐行渐远，语言风格趋向文人化，与最初白话短篇小说适应市民需要，讲述小市民生活、市民遭遇的故事大相径庭。白话短篇小说文体的表现方式上，以"三言二拍"为例，白话短篇小说的主要题材为婚恋类作品，其次为表现商人生活类，再次为忠孝节义类。到了清中期，从作品整体来看，白话短篇小说的主要题材变为表现忠孝节义和劝诫说教类作品。可以认为，表现方式即题材的变化对其衰落产生了一定的影响。

3. 表现对象的变化

表现对象的变化主要体现在以下四点：

（1）由婚恋类题材占主要地位到世情类题材占主要地位。"三言二拍"中对"真情""真爱"的赞扬，留下了许多经典的篇章，如《杜十娘怒沉百宝箱》《卖油郎独占花魁》《大姊魂游完宿愿　小妹病起续前缘》等。清初的小说描写往往将男女爱情故事置于忠贞节烈、礼教情理的范围之内，基本上不再对敢于追求爱情的青年男女持赞扬态度，如《风流悟》第八回《买媒说合盖为楼前羡慕　疑鬼惊途那知死后还魂》，青年男女一见钟情，正准备约期偷情之际，作者却让男主人公从墙头跌下昏死过去。而小姐误以为心上人已死，只得凄惶自缢。所幸两人都从鬼门关回转，最终得成眷属也是在公子金榜题名之后，通过媒妁之言与佳人成婚。文中对公子未遇之时落魄的描述，对人情冷暖的刻画，正是清初世情小说成熟的见证。清中期的婚恋类题材都注重对世情、礼教的强化，明末小说中对"情"与"欲"的肯定已经了无踪迹，而是以"理""礼"来束缚男女之情，抹去了爱情故事中自由之恋的明亮色彩，沉入令人生厌的教化训诫之中。

（2）商贾题材小说逐渐减少，商人和市民逐渐失去了白话短篇小说兴起之初的主要地位和光辉形象。"三言二拍"198篇小说中，写到商人和以商人为主人公的小说有70多篇，超过总数的三分之一，仅次于婚恋题材作品。商贾题材小说是"三言二拍"中最富有时代特色的作品，表现商人和市民的生活，歆羡发财致富，颂扬海外冒险，成为时代风尚，塑造不少"德商""义商"形象。进入清代以后的作品，商人形象逐渐淡化，文人形象占据主要地位。描写文人科举经历、科举故事成为白话短篇小说的表现主题。《型世言》共四十回，描写读书人的篇章有十一回，表现经商故事的有两回，且与孝子行孝相结合。《照世杯》卷三《走安南玉马换猩绒》中还有商人经商活动的描述，到后来的《娱目醒心编》中，已经没有商人经商故事的影踪，取而代之的是文人士子的读书生活与经历。

（3）表彰忠孝节义类题材逐渐增多，并成为白话短篇小说的主要表现内容。明末《型世言》中，忠孝节义题材有十二篇，占全书近三分之一，《娱目醒心编》有九篇讲到忠孝节义，占全书近一半，而其他类型小说中，对忠孝节义和因果报应的谆谆教诲时时不忘，力主劝惩的说教使小说失去了它原有的艺术特色。

（4）游离于情节内容之外的长篇说教增多。白话短篇小说来自说话人的传统，往往在入话和结尾部分进行议论。发展到后来，小说议论部分比重不断加大，常有冗长到与正文相等的入话，充满陈腐平板的说教，成为艺术上的致命伤。因此董国炎在《明清小说思潮》中认为："拟话本的夭亡，主要亡于教化至上。"① 从《娱目醒心编》共十六卷来

① 董国炎：《明清小说思潮》，太原：山西人民出版社2004年版，第251页。

看，每篇入话长达一回，引入故事之后，说教醒心，又在结尾用一长段议论之语，引人于忠孝节义之路，希望能达到"阅者渐入于圣贤之域而不自知"①，实际造成的后果是长篇说教令人生厌。劝诫与说教的产生，与最初提出小说的教化作用有关，最初的教化论是为了提高小说的地位，也符合古代小说的功用论，使人"勿以稗史视之"。但是过度的说教使小说丧失了其艺术性，内容单一，语言乏味，最终走向消亡。

（二）清初对小说的禁毁与打击

清代实行严格的小说禁毁政策是白话短篇小说消亡的主要原因之一。

1. 禁毁政策对小说出版、流通的限制

自顺治至道光，几乎每个皇帝为政期间都要亲发谕旨"严禁小说淫词"。"顺治九年题准，坊间书贾，止许刊行理学政治有益文业诸书；其他琐语淫词，及一切滥刻窗艺社稿，通行严禁，违者从重究治。"②仅康雍乾三朝，小说禁毁不下十次。康熙初年，"禁止刊卖淫词、小说、戏曲"。康熙二年议准，嗣后如有私刻琐语淫词，"有乖风化者，内而科道，外而督抚，访实书系何人编造，指名题参，交与该部议罪"③。康熙四十八年（1709 年）"议准禁淫词小说"。康熙五十三年（1714年）四月又议定，"如仍行造作刻印者，系官革职，军民杖一百，流三千里，市卖者杖一百，徒三年"④。雍正朝也有禁令：雍正二年（1724年），"凡坊肆市卖一应淫词小说，在内交与八旗都统、都察院、顺天府，在外交督抚等，转行所属官弁严禁，务搜板书，尽行销毁。有仍行造作刻印者，系官革职，军民杖一百，流三千里；市卖者杖一百，徒三年；买看者杖一百。该管官弁不行查出者，交与该部，按次数分别议处。仍不准借端出首讹诈"⑤。乾隆三年（1738 年）除重申已有禁令外，并对禁书不力的官吏提出了处罚标准："至该管官员，查定例，如有违造作刻印者，不行查出，一次罚俸六个月，二次罚俸一年，三次降

---

① （清）草亭老人编：《娱目醒心编·原序》，上海：上海古籍出版社 1988 年版，第 1 页。
② 王利器：《元明清三代禁毁小说戏曲史料》，上海：上海古籍出版社 1981 年版，第 23 页。
③ 王利器：《元明清三代禁毁小说戏曲史料》，上海：上海古籍出版社 1981 年版，第 23 页。
④ 王利器：《元明清三代禁毁小说戏曲史料》，上海：上海古籍出版社 1981 年版，第 28 页。
⑤ 王利器：《元明清三代禁毁小说戏曲史料》，上海：上海古籍出版社 1981 年版，第 32 页。

一级调用。"① 道光年间更是大规模地禁止淫词小说，道光十八年
（1838 年），江苏按察使裕谦设局查禁淫词小说，所开列的涉淫书目有
115 种。此后各级地方官吏不时有禁书书目列出，从严治理淫词小说。

由清初到清中期关于"淫词小说"的禁令可以看出，康熙五十年
（1711 年）左右，禁毁政策已经成熟，政令越来越细化，对小说生产、
销售和流通渠道进行全方位的控制，对违反禁令的督查官员、书坊经营
者、刊刻者、售卖者、租书者和读者均有严厉的惩罚措施，并且开出禁
毁书目，详细具体。这表明统治者企图从根本上控制"淫词小说"的
流通，铲除小说在社会上的存在及影响。这些措施对白话短篇小说的创
作和传播影响极大，禁令束缚了白话短篇小说的创作与流通，一定程度
上导致了白话小说的消亡。

2. 禁毁政策产生的社会舆论导向对小说创作、读者的影响

清朝在大力推行禁毁政策的同时，力图以正统思想禁锢人民。清朝
对小说戏曲的创作者极尽诅咒之能事，认为"汤若士身荷铁枷，人间演
牡丹亭一日，则笞二十"②。"作淫词艳曲……所以天之报施，亦终其身
于贫贱。"③"造小说者，实伤风败化之尤也，此种人非有奇祸，即有奇
穷，死后必受犁舌之狱。"④ 读小说者也受到各种警告，如"看小说曲
文折福"⑤，"淫词艳曲，尤宜焚弃，不得寓目，尚留案头，便是不祥之
物"⑥。"金圣叹好评论奇书小说"而导致"阴谴重"。教导者以谆谆教
诲的姿态告诉人民不要创作小说，不要阅读小说，否则就是大逆不道，
生该贫贱，死遭阴谴。在这种氛围之下，小说的创作出版不再吸引文
人，即使有些创作，也是符合教育规范的程式化说教，"考必典核，语
必醇正"，稍有越出礼教规范之作，即被列入被禁范围。而这些陈陈相

---

① 王利器：《元明清三代禁毁小说戏曲史料》，上海：上海古籍出版社 1981 年版，第 42 页。

② 王利器：《元明清三代禁毁小说戏曲史料》，上海：上海古籍出版社 1981 年版，第
372 页。

③ 王利器：《元明清三代禁毁小说戏曲史料》，上海：上海古籍出版社 1981 年版，第
383 页。

④ 王利器：《元明清三代禁毁小说戏曲史料》，上海：上海古籍出版社 1981 年版，第
379 页。

⑤ 王利器：《元明清三代禁毁小说戏曲史料》，上海：上海古籍出版社 1981 年版，第
383 页。

⑥ 王利器：《元明清三代禁毁小说戏曲史料》，上海：上海古籍出版社 1981 年版，第
185 页。

因的说教，即使创作出版，也不能吸引读者，只能引起反感，最后面临淘汰的命运。

（三）清中期书坊主对白话短篇小说的忽视影响了白话短篇小说的创作

白话短篇小说的产生与繁荣与书坊刊刻的关系密不可分。书坊主的参与，使明末小说的创作与出版都达到了一个高潮，清代中期书坊主在刊刻白话短篇小说方面的热情减退，也是白话短篇小说衰落的重要原因之一。在《醒世恒言》识语中有"本坊重价购求古今通俗演义一百二十种，初刻为《喻世明言》，二刻为《警世通言》，三刻为《醒世恒言》"，这说明"三言"的诞生与书坊的关系密切。《拍案惊奇》自序中有："肆中人见其行世颇捷，意余当别有秘本，图出而衡之。"可见，有利可图是书坊主刊刻拍案惊奇的一个原因。而清中期作品《娱目醒心编》序称："俾阅者渐入于圣贤之域而不自知，于人心风俗，不无有补焉。余故急为梓之以问世。"刊刻出版的目的被伪装成"补人心正风俗"，不再言利。书坊主以利益至上为原则，刊刻小说以畅销赢利为目的，但此时小说刊刻风险极大，在清政府禁毁政策的残酷打击下，他们对白话短篇小说刊刻的积极性不高。

原有板片的毁坏，限制了已有白话短篇小说的传播。明清之际的战乱对书坊业是一次毁灭性的打击。王士祯云："四川因为兵灾，城廓邱墟，都无刊书之事。"[1] 乾隆末，"山西一省皆无刻板大书坊，其坊间所卖经史书籍，内则贩自京师，外则贩自江浙、江西、湖广等处"[2]。清初禁毁政策，对书坊的打击也十分严重。"将板与书，一并尽行销毁"[3]，书板是书坊赚钱牟利的工具，禁毁政策的毁坏书板，对书坊的打击不小。明末以来苏州一直是通俗小说出版中心，书坊编刊小说传奇，版本精良，多获厚利，以绣像镂版来吸引读者，引起地方官的查禁。汤斌为此出告谕："若仍前编刻淫词、小说、戏曲，坏乱人心，伤败风俗者，将书板立行焚毁，其编者、刊者、卖者一并重责，枷号通衢，仍追原工价，勒限另刻古书一部，完日发落。"[4] 刊刻通俗小说的

---

① 张秀民撰，韩琦增订：《中国印刷史》，杭州：浙江古籍出版社 2006 年版，第 389 页。
② 张秀民撰，韩琦增订：《中国印刷史》，杭州：浙江古籍出版社 2006 年版，第 389 页。
③ 王利器：《元明清三代禁毁小说戏曲史料》，上海：上海古籍出版社 1981 年版，第 28 页。
④ 张秀民撰，韩琦增订：《中国印刷史》，杭州：浙江古籍出版社 2006 年版，第 395 页。

书坊处境由此可见一斑，原有板片大多毁于战乱，新刊版本重刻代价不菲，因此，白话短篇小说的刊刻停滞了。

此外，清中期书坊主大多把目光集中于优秀的长篇小说。乾隆朝除了前代的长篇小说如《三国演义》《水浒传》等四大奇书多次重刊外，一批历史演义小说成就较高，纷纷刊刻出版，如《杨家将演义》《说唐演义》等。乾隆后期出现的《儒林外史》《红楼梦》都是艺术价值很高的长篇小说，问世出版之后都引起了较大反响。这一时期的白话短篇小说与之相比，显然就逊色不少，所以未能引起书坊主的注意也理所当然。

另外，这一时期书坊主刊刻了数部白话短篇小说选本，满足了读者的需求。由于清中期以后白话短篇小说创作逐渐减少，而禁毁之事时有发生，书坊对白话短篇小说的刊刻主要表现在适应读者需要刊刻小说选本。这些小说选本，既有"三言二拍"畅销先例，又经过选者再次选择，大多有"共成风化之美""劝人行善之旨"，符合清政府的政策，市场欢迎程度和盈利可以得到部分保证，这也是清中后期白话短篇小说市场主要以选本为主的原因。可以说，"三言二拍"带动了明末白话短篇小说编撰与刊刻之风，甚至有些小说在名称上直接加以借鉴，如《型世言》《觉世雅言》等，白话小说选本在清中期仍有延续，在市场原创作品出现空白的时候，选本满足了读者的阅读需求。但是对整个白话短篇小说文体来讲，市场上只有选本而没有原创新作出现或者新作很少，说明白话短篇小说已经走向衰亡，选本只是其发展的最后一缕余光。

二、清后期其他类型小说选本

清嘉庆以后，共有六种"虞初"系列小说选本出现，即郑澍若所编《虞初续志》（嘉庆七年），黄承增的《广虞初新志》（嘉庆八年），朱承鈜的《虞初续新志》，胡怀琛的《虞初近志》（编于 1912 年），姜泣群的《虞初广志》（编于 1914 年）和王葆心的《虞初支志》（于 1920 年成书）。[1] 这几种小说选本继承张潮《虞初新志》的编选原则，编选特点主要表现在以下几点：

---

① 需要特别说明的是《虞初近志》《虞初广志》《虞初支志》三种成书均在 1911 年之后，不在本书讨论之列，但它们作为"虞初"系列小说的一个整体，出于论述需要，此处提及。

（一）摒弃"说部"之选，采编范围广泛

清末到民初的"虞初"系列所选作品大多为人物传记，甚至摒弃以前编选者从"说部"中选作品的观点，小说意味较前期选本更弱，几乎变成了文章之选本，并以"文章轨范"自命，不再是以搜罗稗官小说诸书选之成册，所选内容不再以曲折奇幻的小说性故事为主，而是以实录文集为主。

（二）注重真情与教化

《虞初近志》编选者在自序中写道："作文读文，皆出于不得已也。故我不欲作，而手不得不作，是真作者。"这与近代学者文人所宣扬的"我手写我口"之意大致相同，认为文章编选都是有情而发，是内心情感的宣泄，是真实情感的流露，是表达自我思想感情的方式。

（三）表现急难之时的善人义举

选本的关注对象由英雄转向普通人。如对探囊取物如入无人之境的大英雄的崇拜已不再是编者力图歌颂的话题，而是关注普通人的一些细小善举。《虞初支志》中的《书王恒一葬棺事》："王恒一，好行阴德，偶过洪福寺，见寺中有一棺，为邵七之棺。曾为举人，但因事败落，无人为之葬。恒一为之安葬。"选者评曰："举此一事，而平日之肝胆照人毕见。然则人亦奚为而不勇于行义也哉？"类似这些善人小善举，表明了选者关注社会微小之事，关注民生疾苦，其对清末社会变化的理解可以从这些小事中表现出来。

（四）紧密关注社会现实，时代感强

清代末期，外国势力进入中国，社会动荡变化，这一时期的选本记载了不少时事政治和战争，并对战争中的英勇战士大力歌颂。第一，对在变乱社会中的忠义之士极力赞扬。如《定海三忠祠碑》，开篇即表明："国家褒礼忠节，迈越前古千百，其有效命疆场，蹈大难而不栗者，未尝不赠秩赐谥，并于死事所建专祠，所以发扬其光，昭示无穷。"叙述了为守卫定海，反抗英法侵入，英勇斗争的定海三总兵葛云飞、王锡朋和郑国鸿以及朱将军，这些为保护国土、人民而牺牲的英雄都受到当时人的赞扬。第二，表现战乱给人民带来的深重灾难，关心民生。如《虞初续新志》选《乱后上家君书》《金陵癸甲纪事略》《庚申北略》等。《乱后上家君书》，记明清之际清军南下，人民逃难情形。书中述

三年之中，家族死伤情形，可见变革之际战事残酷，人民流离失所的惨痛状况。孙贻痛悔父殉国难，隐于山中，终身不出。《庚申北略》记载英法发动第二次鸦片战争，中国被迫签订《北京条约》的历史事件，记载详细，对恭王签订条约时"恭王拱手"的神态和"英夷"的倨傲描绘得十分细致，如"初十日，准在礼部署恭王与夷人面交和约，夷人忽辞以翌日。是日未刻，巴雅哩先来巡视一周，防有伏也"。"英夷又索牛羊约千头，羊皮衣三千件，克期而得。及备办，或收或不收，厥性无常也。"《三元里人民》反映了广州三元里人民反抗英军的战斗和虎门销烟的历史事件。第三，对国外地理的介绍，显示出编选者开阔的眼界。《虞初广志》有《高丽七奇》介绍了高丽的七种宝物，《斯巴达王斗兽记》讲述了斯巴达斗兽的种种惊心动魄的场面。《漫游随录》介绍了中国香港以及新加坡等东南亚国家的风景风俗。这表明清末以来国门被帝国主义轰开，国人开始了解中国以外的其他国家的地理和人情风俗。

"虞初"系列小说由明到清延续了几百年，到民国仍有作品出现。有研究者认为实际上并非所有的续、仿之作都是亦步亦趋地接续原作，"有的只不过是希望借助原作的巨大影响，旧瓶装新酒，叙写自己对社会生活的新认识"①。"这种旧瓶装新酒式的续书，在清末民初表现得尤为普遍"②，这一时期的"虞初"系列正是如此。这种续编现象也不应该简单视为创作力的衰退，而是表现为对前代这类作品的认同与接受。从明到清到民国这一系列作品的出现，构成了"虞初"系列较为清晰的线索，通过对所选内容的分析可以看出此期作品所表现出来的模仿学习与创新求变特点。

---

① 蒋寅：《中国古代文学通论·清代卷》，沈阳：辽宁人民出版社 2005 年版，第 176 页。
② 蒋寅：《中国古代文学通论·清代卷》，沈阳：辽宁人民出版社 2005 年版，第 177 页。

第二章
明清小说选本类型论

古代小说的分类有多种，从语体的角度来分，可以分为白话类和文言类两种；从体裁的角度来分，可以分为笔记体、传奇体、话本体和章回体四种；从题材类型来分，可以分为历史演义、英雄传奇、世情类和神魔类等几种。分法虽然有多种，但由于小说题材的多样性，各种分法都不一定能完全概括小说的内容。鲁迅在《中国小说史略》中以小说类型的演进来把握古代小说发展演变的过程，将明清小说划分为"讲史""神魔小说""人情小说""讽刺小说""以小说见才学者""狭邪小说""侠义小说""公案小说""谴责小说""拟宋市人小说""拟晋唐小说"。其中，"拟宋市人小说"指模拟宋元话本创作的白话短篇小说，"拟晋唐小说"指模仿魏晋小说和唐人传奇而创作的文言笔记小说和传奇小说，其余九类则全部为长篇章回小说内部的类型概念。小说选本类型亦是如此，多种分法同时存在。本章所论小说选本的类型就是通过对小说选本的题材进行分类，论述小说选本题材集中的原因，并以"艳异"系列小说选本和"虞初"系列小说选本为个案进行分析。

第一节　明清小说选本题材特点

明清小说选本题材有多种分法。从本书研究范围来看，明清小说选本主要是对单篇小说的选编，有文言和白话两大类，白话类主要是"三言二拍"系列选本，加上其他一些如《四巧说》《西湖拾遗》等选本。文言类小说概念本身就比较复杂，如胡应麟在《少室山房笔丛·九流绪论》中将小说分为六类：志怪、传奇、杂录、丛谈、辩订、箴规。后三类大多非叙事类作品，所以实际上胡应麟将小说分为志怪、传奇和杂录三类。目前有些研究者采用"志怪传奇小说"这一概念替代"文言小说"说法。① 本书为了便于论述，将文体与题材相结合，把文言类小说选本分为唐传奇类选本、中篇传奇类选本和人物传记类选本。唐传奇类选本有《虞初志》《艳异编》《续艳异编》《剑侠传》和《续剑侠传》等，中篇传奇类选本有《国色天香》《绣谷春容》《风流十传》等几种通俗类书所选作品，人物传记类选本有《青泥莲花记》《才鬼记》和《虞初新志》等。其中唐传奇类选本以所选题材内容大致可分为男女恋情类、英雄侠义类和逸事异物幻遇类三种。② 与选唐传奇故事的选本不同，明代中篇传奇类选本所选的男女婚恋题材大多是男女主人公经历了多种曲折最终以走向婚姻为结局，而唐传奇故事中的男女恋情，大多只涉及男女偶遇而恋爱的故事，强调艳遇奇缘，这些中篇传奇类选本较多反映了明代文化思潮影响下的小说创作与编选倾向，且对清初才子佳人小说产生了较为重要的影响。人物传记类选本主要是指《青泥莲花记》《才鬼记》以及《虞初新志》等以选人物传记为主的选本。如《青泥莲花记》和《才鬼记》的所选题材均为妓女故事，专门为妓女立传。《虞初新志》所选传奇体小说，类似于以古文手法写人物传记，它与《虞初志》不同，《虞初志》所选故事均为唐传奇作品，与"艳""异"系列题材相同，而清代《虞初新志》从题材方面来看，从文集中选人物传记，使"虞初"体产生了新变，且其他"虞初"系列所效仿的多为"新志"之体。

---

① 参见陈国军：《明代志怪传奇小说研究》，天津：天津古籍出版社 2006 年版；占骁勇：《清代志怪传奇小说集研究》，武汉：华中科技大学出版社 2003 年版。

② 日本学者盐谷温《中国小说概论》一书将唐代小说分为别传、剑侠、艳情、神怪四类；李剑国将唐传奇分为性爱、历史、伦理、政治、梦幻、英雄、神仙、宿命、报应、兴趣十大主题；程国赋《唐代小说嬗变研究》一书将唐代小说分成神怪、婚恋、逸事、佛道、侠义五种类型；陈文新《文言小说审美发展史》一书将唐人传奇的题材分为"爱情""豪侠""隐逸"三类。本书所论及的唐传奇为选本中所选的唐传奇故事，即所涉范围为唐传奇的一部分，因此，笔者所分类型为选本中的唐传奇故事类型。

表 2-1　明清小说选本类型分类列表

文言类小说选本	唐传奇类	男女恋情
		英雄侠义
		逸事异物幻遇
	中篇传奇类	男女恋情
	人物传记类	女性专题
		"虞初"系列
白话类小说选本	白话短篇类	"三言二拍"类
		西湖小说及其他类

需要说明的是，类别的划分只是一个大概的区别，或多或少带有交叉、重叠的痕迹，如唐传奇类中的男女恋情故事并不一定与中篇传奇类中的男女婚恋题材差别很大，它们之间不可避免地存在着重叠的现象，但是将两者分别论述的原因，一是在于男女恋爱故事类型有一个变化发展的过程，在明清两朝呈现不同的趋势。明初的选本主要选自唐代传奇，与明代社会现实生活关联不大，主要表达了编选者对前代社会风气和男女才情的仰慕，将自己的志趣与偏好集中于对唐传奇的评点编选之中。而明中期的通俗类书型选本中的男女婚恋类小说，较大程度上反映出明代社会生活以及文人乐趣、王学思潮对这类故事创作的影响。因此，笔者将选自唐传奇故事与选自明代流行的单行本中篇传奇这两类男女恋情故事分开论述。二是描写男女恋情的婚姻类小说中的恋情大多有一个圆满的结局——走进婚姻，这对清代才子佳人小说大团圆的结局有开创之功，将男女有违礼教、闺门失礼的行为规范到情理之内，反映出明代前期与后期两种小说选本故事选择的不同倾向。三是"三言二拍"选本这类白话短篇通俗小说，是以形式而不是以题材作为划分标准的。

明清小说选本的题材特点主要表现在以下几个方面。

一、男女恋情类作品占了选本的多数

恋情是小说中永恒的主题，唐人小说中恋情题材作品数量最多，成就也最高，选唐传奇类小说的选本对这类题材十分重视，《柳氏传》《李娃传》《霍小玉传》《莺莺传》《任氏传》等篇目不断地被重复编选。从《艳异编》的分类就可以看出，描写人神恋的如《洞箫记》《刘子卿》，描写宫廷中的恋情如《薛灵芸》《长恨歌传》，描写妓女与士子的爱情如《李娃传》《霍小玉传》等，描写普通男女恋情如《娟娟传》《翠翠传》等，无论是神还是人，都是故事中的主角，他们的恋爱故事成为小说编选者热衷的话题。中篇传奇更是篇篇不离恋情与男欢女爱，大多是男女之间一见钟情、相知相恋，发展到明后期甚至出现一男与数女的恋情来吸引读者。白话短篇类小说选本中也有不少男女恋情类故事。从《今古奇观》所选四十篇来看，恋情类作品有十四篇，占三分之一有余。

与恋情相关，英雄侠义往往与爱情故事结合在一起，如《虬髯客传》既有美人红拂夜奔李靖的缠绵恋情，又有英雄虬髯公义赠家产的豪侠之举。《昆仑奴》中崔生思念红绡妓却无从传达信息，最后在昆仑奴磨勒的帮助之下得以与之相聚。《艳异编》中有《红线》类故事，《续艳异编》中有《碧线》类故事，表明这类题材都受到选家的欢迎，《剑侠传》的编选者对《红线》《昆仑奴》这类侠义与爱情交织故事十分青睐，通过对英雄壮举、豪侠故事的选编，将英雄与男女恋情结合起来，故事变得曲折动人、精彩纷呈。

二、逸事异物幻遇类故事以"奇""异"为审美追求

逸事异物幻遇类故事包括逸事、遇仙和遇异物类故事，《艳异编》《广艳异编》记神部、仙部、幽期部等作品都属于此类。"奇""异"是小说创作和编选的美学追求，"猎异涉奇""好奇尚异"在唐前志怪小说中已有体现，作者大多通过神仙鬼怪的奇幻故事，表现人间社会的现实内容。这类作品将人与异物的遇合作为描写对象，从明代所选作品来看，有遇"仙"向遇"艳"发展的倾向。"仙"只是故事主人公披上的一层外衣，与一般艳遇女子甚至青楼女子行为无异，表明了明代以来小说编选中世俗的一面，异物、神怪大多具有人的外貌，以人的身份出现，像世人一样说话、行事，神仙精魅身上奇异的成分趋向淡薄，所选之作注重"异物"人性化、社会化的一面，遇仙遇异物终都不脱"遇艳"的故事情节。

三、专题类选本出现

明清时期小说选本往往将各类相似题材综合、同一类型故事分类编

撰结集,形成专题类选本,可以说专题类小说编选在明末蔚然成风,各种题材的专题纷纷出现。《艳异编》也可视作艳情专题的小说选集,所选内容以"艳""异"为主。"异"的题材古已有之,历代"志怪""传奇"均记录奇异之事;"艳"的出现与明代文人的爱好和社会风气相适应。其后的《广艳异编》《续艳异编》及《艳异新编》都受《艳异编》影响,在编目安排上,或增或删,与之虽有小异,但编选题旨不变。类书型选本则是发扬了"艳"的内涵,去掉了"异"的故事,将男女爱情敷演为"遇艳"的故事,并将描写对象转为普通读书士子和青春少女。通俗类书型选本如《花阵绮言》《风流十传》均收录中篇传奇小说,成为中篇传奇小说专集。

《剑侠传》专题是与古代"侠"文化的影响分不开的。司马迁《史记》中即有《游侠列传》,"侠"作为"义"或"正义"的代名词,"侠"与"正义"结合起来,在不同的时期体现出鲜明的时代特征。此后有周诗雅的《续剑侠传》、邹之麟取《剑侠传》中的女侠故事再编为《女侠传》,徐广编《二侠传》,并在万历四十一年(1613年)刻本徐广"自序"中称此书名"二侠"的原因是:"盖取男子之磅然于忠孝,女子铮然于节义",录历代正史与小说中男妇侠烈人物事迹。并在此书"凡例"中感慨:"古有男侠而未闻女侠。呜呼!兹其捐生就义,杀身成仁者续于简后,殊见妾妇可为丈夫,丈夫可愧于妾妇乎?"认为女子身上也不乏侠义之气,体现出编者对女性英雄的崇敬和赞美。

《虞初志》《续虞初志》等"虞初"系列小说也是明清两代出现较多的小说选本。明代以来,随着市民需求的提高,各类通俗读物,尤其是消遣性读物的需求日益增大,当创作的小说作品或者说原创作品不足以满足读者需求的时候,选家往往从前代作品中挑选经典之作编撰成册,以满足社会的需要。《虞初志》成书于《太平广记》在明代广泛流传之前,明初人得以通过它来了解唐人小说的风貌,《虞初志》编成之后,《续虞初志》选者认为仍有遗珠,"广选博采",新编成集。清代《虞初新志》不仅从前代作品中挑选编辑,又从明清时人作品中精选成册。"虞初"类小说的编选,延续到清末仍有仿效之作出版。

为小人物作传,关注普通人,将小人物作为明清小说选本所选故事的主角,成为小说选本内容方面的新特点。如《青泥莲花记》和《才鬼记》从历代杂传琐记中将青楼女子的故事整理出来,选其中有节义、有才气的倡女故事编辑成册，关注他们的感情世界与曲折经历，表达了作者对倡女的同情。

《新镌仙媛纪事》从神仙题材故事中精选出仙家故事 176 篇，成为"仙"类专题选本，一方面与明代中期以来书坊主编撰专题类选本的风气有关，另一方面也与民众对佛道思想的接受有关，其中所选的成仙故事体现了明代中期的民间思想与信仰。

白话短篇小说选本中精选"西湖类"小说的如《西湖拾遗》《西湖遗事》等，选"三言二拍"的小说有 14 种，如《今古奇观》《觉世雅言》《今古传奇》等。

综上，明清时期小说选本的编选以专题性选本为主，各类型题材作品纷纷出现，其中恋情题材选作最多，并且产生较大影响，仿、续、扩之作不断，绵延于明清两代。

第二节　明清小说选本题材集中的原因

小说选本大多以专题形式出现，其中《文苑楂橘》《虞初志》《艳异编》《剑侠传》《续剑侠传》《续艳异编》《广艳异编》《续虞初志》《广虞初志》《古今清谈万选》十种都以选唐传奇故事为主，还有类书型选本和"三言二拍"系列选本等，出现这种题材集中现象的原因主要有：

一、崇古之风与复古思潮的影响

推崇前人作品贬低时人之作，古而有之，王充在《论衡》中就对这种看法提出异议，对"夫俗好珍古不贵今，谓之文不如古书……不论善恶而徒贵古"[①] 进行批驳，但是在历代文学发展中都有厚古薄今的普遍心理。文人往往有一种依古意识，模仿前人之作、托言古事。模拟前人作品之风由来已久，汉魏六朝时，已颇为盛行。明代此风犹盛，自

---

① 黄晖：《论衡校释》，（东汉）王充：《论衡》卷二十九《案书篇》，北京：中华书局 1990 年版，第 1173 页。

"三杨"台阁诗体兴起，至前后"七子"，文坛上拟古之风此起彼伏，模拟前人诗文作品之风很盛。李攀龙"谓文自西京，诗自天宝而下，俱无足观"①。王世贞亦有这样的言论："文必西汉，诗必盛唐，大历以后书勿读，而藻饰太甚。"② 在这些文人眼中，诗文是一代不如一代，愈古愈有价值。此风至清代而不绝，沈德潜就有类似的议论，认为诗不学古，谓之野体，其格调说中对前代文学也多有推崇。在这种崇古意识的影响下，有些文人觉得文学创作有必要模拟前人名作，他们往往视前人名作为创作之圭臬，从而模仿创作了很多拟古作品。明清时期的诗文拟古，必然会影响当时通俗小说的创作与编选。

从重复唐传奇作品类选本来看，唐传奇故事被这些小说选本重复选入，与明代统治文坛的复古主义思潮密不可分。明代好古之风盛行，文人竞相以复古为高。朱元璋刚刚推翻元朝统治，马上下令"悉命复衣冠如唐制"，整个明代，士大夫阶级都有一种汉唐情绪。王锜所著《寓圃杂记》记载："（吴中）人材辈出，尤为冠绝。作者专尚古文，书必篆隶。"③《明史》记载了许多以"好古"为名或字的人，如彭好古、张好古、王师古等。甚至嘉靖进士赵时春，上疏要"请复古冠婚、丧祭之礼"④。复古主义思潮在文学上的表现更为突出。明代诗坛，前后"七子"崇尚古人，声称"文必秦汉，诗必盛唐"，王世贞《艺苑卮言》公开声称："西京之文实，东京之文弱，犹未离实也。六朝之文浮，离实矣。唐之文庸，犹未离浮也。宋之文陋，离浮矣，愈下矣，元无文。"⑤这种厚古薄今的思想不仅出现在诗文领域，小说等通俗文学领域同样弥漫着复古思潮。《唐人小说序》中认为："唐三百年，文章鼎盛，独诗律与小说，称绝代之奇。"⑥ 把唐诗与唐小说相提并论，给唐传奇以高度评价。明代文人对唐传奇的赞扬一定程度上促进了唐传奇的编选和流

---

① （清）张廷玉：《明史》卷二百八十七《文苑三》，北京：中华书局1974年版，第7378页。

② （清）张廷玉：《明史》卷二百八十七《文苑三》，北京：中华书局1974年版，第7381页。

③ （明）王锜：《寓圃杂记》，北京：中华书局1984年版，第42页。

④ （清）张廷玉：《明史》卷二百《赵时春》，北京：中华书局1974年版，第5301页。

⑤ （明）王世贞著，罗仲鼎校：《艺苑卮言校注》卷三，济南：齐鲁书社1992年版，第102页。

⑥ 黄霖、韩同文：《中国历代小说论著选》，南昌：江西人民出版社2000年版，第257页。

传。复古思潮对小说选本的影响，将在第五章"明清文化思潮与小说选本"中进行论述。

二、欣赏者审美心理的认同

唐传奇故事情节"奇"的特点得到编选者的审美认同。《李娃传》《无双传》等描写奇人奇事的唐人小说，由于情节曲折，得到明代文人认可，受到他们关注。汤显祖在《点校虞初志序》中指明："《虞初》一书，罗唐人传记百十家……婉缛流丽，洵小说家之珍珠船也。"[①] 并认为唐传奇"奇僻荒诞、若灭若没、可喜可愕之事"，具有"使人心开神释，骨飞眉舞"[②] 的艺术效果。另有太原王稚登为《虞初志》作的序中写道："以《虞初》一志，并出唐人之撰其事，核其旨，隽其文，烂漫而陆离。"[③]"情"的描绘也吸引了明代选者，在评《李娃传》时，钟人杰认为"此传摹情甚酷"，在评《莺莺传》中曰："风流绝艳，遂作千古相思史。"[④] 对男女恋情故事的关注也与晚明以来关注个体命运，追求自由平等，肯定人情人欲，崇尚"奇""趣""俗""艳"，以及主张抒写性灵，反对泥古不化的时代文化思潮和文艺审美趣尚等息息相关。由于商品经济的发展，以及心学主张个性解放给人民生活带来的影响，奢靡之风代替了传统社会的崇尚俭约朴素的淳厚民风，表现在审美趣味上就是斗奇争艳，追求炫人耳目的新鲜刺激，渴望感性欲求的强烈满足。整个社会风气正如张瀚所说的"人情以放荡为快，世风以侈靡相高"[⑤]。这种风气也表现在文人的生活和对小说的评论中。袁宏道在《龚惟长先生》一信中描写了他心目中人生的真正幸福：

> 真乐有五，不可不知。目极世间之色，耳极世间之声，身极世间之鲜，口极世间之谭，一快活也；……箧中藏万卷书，书皆珍异。宅畔置一馆，馆中约真正同心友十余人，人中立一识见极高，如司马迁、罗贯中、关汉卿者为主，分曹部署，各成一书，

---

① 黄霖、韩同文：《中国历代小说论著选》，南昌：江西人民出版社2000年版，第187页。
② 黄霖、韩同文：《中国历代小说论著选》，南昌：江西人民出版社2000年版，第187页。
③ 柯愈春编纂：《说海·虞初志》，北京：人民日报出版社1997年版，第3页。
④ 柯愈春编纂：《说海·虞初志》，北京：人民日报出版社1997年版，第131页。
⑤ （明）张瀚：《松窗梦语》卷七，北京：中华书局1985年版，第139页。

远文唐宋酸儒之陋，近完一代未竟之篇，三快活也。①

诗人追求的"快活境界"反映在小说中，体现为对真善美的追求，对人间真情的追求，《娟娟传》《双鸳冢志》和《庞阿》等篇目的入选，反映了真情类作品强大的生命力和受欢迎程度。社会思潮与审美趣味的相互作用，使《艳异编》与《广艳异编》所选篇目多为男女恋情和日常生活，表达真爱奇情的作品成为小说选本选辑的对象。

三、续书风气影响

小说的"续仿"现象，至少在魏晋就开始了。② 续书是中国古代小说发展史上一种独特而重要的文学现象③，然而，明清以前的续书说是"续仿"之作，其实"仿""补"的成分更大些，如对《世说新语》的仿效之作，历代都有，直至明清不绝。明清时期，章回小说出现之后，续书主要表现在对名著的续写。不仅明清章回小说存在续书现象。文言小说也存在续书现象。文言小说的续书，以书名相续为形式，重点表现为在叙事的题材和文体的类型、风格等对典范的延续。续者所做的只是内容上的增补、形式上的模仿，真正在内容上有延续性的并不多。小说选本中的仿、续大多是这种情形④，总体上来说，小说选本的续书属于广义的续书范围。

续书产生的原因，传统的说法是"取其易行"，通俗地说，是借名家名作来替自己的作品装点门面、扩大影响。清代刘廷玑《在园杂志》一书中提出："近来词客稗官家，每见前人有书盛行于世，即袭其名，

① （明）袁宏道著，钱伯城笺校：《袁宏道集笺校》卷五《龚惟长先生》，上海：上海古籍出版社 2008 年版，第 205 页。

② 参见吴波：《明清小说创作与接受研究》，长沙：湖南人民出版社 2006 年版，第 44 页。

③ 关于续书的概念，王旭川在《中国小说续书研究》（学林出版社 2004 年版）中指出续书包括章回小说续书和文言小说续书，认为"古代小说续书中存在着两类小说续书，一类是以章回小说续书为代表的，以情节的续书写为特征的续书，一类是以文言小说续书为代表的，以书名相续为形式的，在叙事题材和文体类型等方面将原作作为典范而延续的续书"。高玉海在《明清小说续书研究》（中国社会科学出版社 2004 年版）中则不认为文言小说和白话短篇小说的仿作为续书，认为"其实实际内容并非是接续原著而写，而是另起炉灶，与原著毫不相干，不能算作续书"。本书所论续书风气并不在于论述续书的内涵，而是指出明清时期存在一种"续书"现象，给小说创作和编选者带来一定程度的影响。

④ 李忠昌：《古代小说续书漫话》，沈阳：辽宁教育出版社 1992 年版，第 15 页。

著为后书副之，取其易行，竟成习套。"① 认为续书之出有"取其易行"的特点，有一定的道理。小说选本出现仿、续的主要原因是欲凭借小说原书在社会上的巨大影响以流传，即空观主人《二刻拍案惊奇》"小引"说到《初刻拍案惊奇》一书成篇后，"为书贾所侦，因以梓传请，遂为钞撮成编，得四十种。支言俚说，不足供酱瓿；而翼飞胫走，较捻髭呕血、笔冢砚穿者，售不售反霄壤隔也。嗟乎！文诇有定价乎？贾人一试之而效，谋再试之"。正由于此，一些在社会上传诵的小说成为续作的热点。"原书的流传状况及社会影响，既是续书产生的根本社会基础，也是决定续书流传的重要因素，故许多续书纷纷打出原书续作的旗号相号召，在书名中标出'续''新编''翻''后'等字样，或标明第几奇书，或仿照原来的书名略易字眼，如《觉世雅言》《醒世奇言》《三刻拍案惊奇》等。"② 甚至如《欢喜冤家》一名《三续今古奇观》，《合锦回文传》一名《四续今古奇观》，《石点头》一名《五续今古奇观》，这些小说集与《今古奇观》并无渊薮，而以其续书相称，目的不外是借重《今古奇观》的传播之名。

续书产生的另外一个原因是中国传统思维模式的影响。王平在《古典小说与古代文化讲演录》一书中指出："传统思维模式的'绵延'特征对古代小说的影响十分深远，它主要表现为同一题材发展演变的延续性、大量类似作品的重复性以及创作续书的再生性。"③ 从传统思维模式来看，续书风气影响一定程度上造成小说选本题材相对集中，并且出现系列选本现象。

四、商业效应

通俗小说的大众化引起书坊主的注意，小说选本的刊刻与书坊商业利益相关，从商业角度来看，选取广泛流行并已经有了良好受众的作品进行仿写、续写，并重新刊刻，获利的可能性会比较大。书坊主看准了当时阅读市场的动向，为了"取悦于流俗"，推出相似或者同类作品，

---

① （清）刘廷玑：《在园杂志》卷三，北京：中华书局2005年版，第124 – 125页。

② 宋莉华：《明清时期的小说传播》，北京：中国社会科学出版社2004年版，第164 – 165页。

③ 王平：《古典小说与古代文化讲演录》，桂林：广西师范大学出版社2008年版，第131页。

如《国色天香》之后的《万锦情林》，甚至书名相同而内容有所区别的《燕居笔记》四种，都是借重前作名声以助畅销新书，其最主要的创作心理原因就是经济利益的驱动。一旦这类作品受到消费群体的欢迎，很快就有更多的相近作品推出。"二拍"是借"三言"小说成功之风迅速推出而获得成功的拟话本小说，即空观主人在序中毫不讳言："肆中人见其行世颇捷"而仿效之。《今古奇观》借"三言二拍"之风同样也获得了成功。对成功的畅销作品再次选编，并收到较好的商业效果，说明小说选本题材选取与当时读者阅读趣味和商业利益导向相关，商业性成为选本题材集中的一个重要影响因素。《中国小说选本研究》将书商以利益导向而形成的一类选本称为"通俗传播型小说选本"，有一定的合理之处，文中指出这类选本"是由书坊主刊刻，以追求经济利益和娱人功能为主要宗旨，针对最广大普通读者的选本。这类选本重在盈利，是小说艺术商品化、大众小说阅读需求增多的产物，并指出编选的目的主要是为了盈利"。① 书坊刻书以营利为目的，它考虑的是市场需要与经济效益，这决定了出版者要将目光盯住市场，考虑什么样的读物才是最受读者欢迎的。从当时的传播与出版后的热销可以看出，新兴的通俗小说和类似题材的选本编选如《艳异编》《今古奇观》等选本既有示范作用，也打开了广大的市场。

在商业求利的创作心理支配下，自然会有一些书坊主唯利是图，按市场需求编选出版各类小说选本，这种情形类似于今天的畅销书出版发行盛况。由于他们的创作心理是以牟利为目的，把选书当作文化商品，为了赚钱而粗制滥造，甚至剽窃抄袭，因而制造了大量低劣的作品。加上部分编选者既无严肃认真的创作态度，又缺少较高素质的文化修养，书商为了牟取暴利，将满足一部分读者的感官刺激放在首位，于是大量秽亵之作涌向市场，小说编选出版出现平庸化、雷同化、模式化的倾向，一些选本经过数年之后，大多就被淘汰了。不过在客观上，它却提供给创作者一些有益的启示，即文学创作要注重读者的阅读兴趣，要了解读者的审美要求，要符合阅读市场的需要，才能编选出版最受读者欢迎的小说选本。也正是因为市场的导向，当某一类小说选本获得了巨大的商业利益赢得了读者群的时候，模仿与跟风立刻兴起，导致了小说市

---

① 任明华：《中国小说选本研究》，华东师范大学博士学位论文，2003 年，第 70 页。

场一时的热闹，从一定程度上造成繁荣兴盛的局面，但是真正经得起时间考验的还是有价值、有内涵的精选之作。

第三节 "艳异"系列小说选本

《艳异编》四十卷，分十七部，共三百六十一篇，成书于嘉靖末年，选录了大量明代以前的志怪与传奇小说，唐传奇中的优秀篇目几乎尽数载入。《续艳异编》十九卷，分二十三部，共一百六十三篇，题为王世贞编，汤显祖评选，书前有署名为"玉茗居士汤显祖题"的序，约于天启年间由玉茗堂刊行。《广艳异编》三十五卷，分二十五部，共五百八十多篇，大约成书于1593年到1602年之间，所选篇目是在《艳异编》分类基础上略加调整而成，补充了不少优秀作品，《续艳异编》十九卷尽数录入。本节将通过分析《艳异编》《广艳异编》篇目选编的特点，阐释这类题材在不同时期变化的特点以及它在明代中晚期选本大量出现时所具有的典型意义。

一、题材的变化特点

《艳异编》和《广艳异编》收录前代文言小说，《艳异编》选"宫掖部"十部三十八篇，"妓女部"五部六十五篇，占全书篇目近三分之一。《广艳异编》的分类较《艳异编》合理，"宫掖部""妓女部"篇幅大大减少，还删掉了"男宠部""戚里部"等，增加了"淑诡部""夜叉部"，各部所占篇幅比较适当，显示出编选体例的进步。与《艳异编》相比，《广艳异编》的内容除了原有的"艳"的题材外，更注重对"异"这一题材的开拓，所收"鸿象部""幻术部"的奇幻之事更奇更多，篇目侧重不同，反映出明代社会风尚对选家审美标准的深刻影响，"艳""异"类题材作品成为明代小说选家关注的重点。

程毅中先生在《古体小说钞》（明代卷）中提出："明代出现了不少古体小说的选集，代表作是王世贞的《艳异编》及吴大震的《广艳异编》。"① 总的看来，《艳异编》《广艳异编》题材可以用"艳"和"异"两个字来概括，"艳"就是以才子佳人为主角的言情小说，"异"就是以神仙鬼怪为主角的志怪小说，或者两者兼而有之。《中国古代禁毁小说文库》所收《艳异编》前言中谈道："艳"，泛指"香艳而放纵"之情，偏重男女之间的艳情；所谓"异"，则为怪异之事，多指怪诞离奇的情事。② 上述评论指出了两个本质特点，即"艳情"和"异事"。笔者将《艳异编》《续艳异编》《广艳异编》等作品的题材分为以下四类：神鬼类、侠义类、男女恋情类、异物幻遇类，通过分析《艳异编》《广艳异编》的篇目题材选择可以考察明代中晚期小说审美观念的发展轨迹，阐述如下：

（一）神鬼类：从遇"仙"遇"鬼"到遇"艳"

神鬼题材一直是小说题材中较为重要的一类，六朝以来志怪小说就有说神话鬼的传统，与以往题材不同的是，《艳异编》《广艳异编》所选篇目中的遇仙、遇鬼题材大多世俗化了，演变为遇"艳"题材。《艳异编》"星部""水神部""龙神部"和"仙部"共有二十二篇故事，只有《张遵言传》《嵩山嫁女记》和《裴谌》三篇没有涉及遇"艳"，遇"艳"题材所占比例约为86%。"鬼部"十五篇中讲述遇"艳"情事的有十篇，所占比例约为66%。如《艳异编》"星部"《郭翰》中，郭翰与织女相遇后，问织女："牛郎何在，哪敢独行？"对曰："阴阳变化，关渠何事？且河汉隔绝，纵（总）复知之，不足为虑。"并说："天上哪比人间，正以感运当尔，非有他故也，君无相忘。"这里的织女，大胆热烈，并嘱之"无相忘"，与尘世间男女约会盟誓并无区别。"水神部"《洞箫记》中，土神所化仙女与徐鏊幽会，仙女嘱之"不欲令世间俗子辈得知"，而徐按捺不住，告诉了他的朋友，朋友们争先目睹神仙芳容，仙女曰："郎有外心矣，吾不敢复相从矣。"遂不再来。仙女言出必行，徐鏊懊悔不已。这两篇中所述仙女，作者只是赋予了她们"仙"的外衣，着重展示遇"仙"给人带来的乐趣。遇"鬼"篇目中的遇"艳"，则有喜有悲，有的虽然是人鬼相恋，但是其乐融融，似乎阴阳不隔，佳偶仍成。如《艳异编》"鬼部"《卢充》中，卢充出门

---

① 程毅中：《古体小说钞》（明代卷），北京：中华书局2001年版，第362页。
② （明）王世贞编：《艳异编·前言》，西安：太白文艺出版社2000年版，第1页。

打猎遇到崔氏女,共处三日后分别。四年后,卢"见崔氏女与三岁男共载,女抱儿以还充,又与金碗",卢以碗为凭,与崔氏幽婚。有的遇上厉鬼,让主人公差点丢了性命。《艳异编》"鬼部"《解俊》就是如此。"神鬼类"篇目中,遇"仙"还是遇"鬼"并不重要,作者津津乐道的是遇"艳"之乐,"艳"才是选家关注这类题材的真正目的。

(二)侠义类:从个人英雄主义到解难救民思想

侠义类题材也是小说中的重要部分,唐传奇在小说史上塑造了一批英雄人物形象,如虬髯客、红线、聂隐娘等,这些英雄人物行侠仗义、打抱不平、除暴安良、舍生忘死,具有人们理想中的美德,可以做到现实生活中人们不能做到的事,可以超越现实帮助小民实现理想。

《艳异编》中所选的侠义题材作品大多是唐传奇,如《红线传》《昆仑奴传》《聂隐娘》《虬髯客传》《无双传》等,英雄们行事大多为了实现个人理想,如红线帮助薛嵩成就事业,是因为她前世的冤孽;昆仑奴有法术,只在崔生求见红绡时一露身手;虬髯客最初的目的是建立自己的功业,见李世民是真命天子后,才放弃了自己的初衷。由此可见,《艳异编》的编选还一定程度上反映的是英雄故事,而在其后的侠义题材选本,则发生了较明显的变化。如《广艳异编》中,收录很多看似平凡的奇人异士的故事,如《飞飞传》中的飞飞、《箍桶老人》中的箍桶老人、《嘉兴绳技》中的技人、《碧线传》中的碧线。他们身怀绝技,深藏不露,具有更广泛的社会性,济世救民,不为私利,不求回报。如《虬须叟传》中,吕用之垂涎刘妻裴氏美色,诬刘下狱,得以娶裴氏,刘氏以百两黄金贿赂他得以免死,虬须叟为他报仇,"化形于斗拱于吕家之上",命吕用之立即送裴氏及百金归还刘氏,"倘更悦色贪金必见头随刀落"。吕氏恐惧不已,将裴氏和百两黄金归还。这位侠士利用吕用之崇道心理,变为"斗拱",为刘排忧解难,显示了侠义精神对一些普通民众的重要性,没有英雄的帮助,他们的困难无法解决,理想中英雄人物的侠义精神被赋予了更贴近现实生活的济世救民思想。《箍桶老人》中,关键时刻箍桶老人助韦生一臂之力,将他从强盗之手中救出。

从《艳异编》提倡个人英雄主义到《广艳异编》将英雄豪情与普通人的命运相结合,体现了英雄帮助普通人伸张正义的侠义精神无处不在,使读者读来更感亲切。此外,英雄故事与美人题材相结合,英雄在帮危扶困中让有情人终成眷属，使故事变得更为曲折离奇，既增加了趣味性，又满足了审美需求。

（三）男女恋情类：在个性解放思潮中诉说生死奇情的心灵震撼

《艳异编》和《广艳异编》中选取了大量描述人间真情的作品，主要集中在"幽期部"和"情感部"，如《司马相如传》《莺莺传》《非烟传》《联芳楼记》《娇红记》《崔护》《离魂记》和《贾云华还魂记》等。此类作品男女主人公大多两情相悦，当恋情得不到家人和封建礼教认可时，敢于以情抗礼，以死殉情。《司马相如传》讲述的是文君夜奔相如的故事。明末著名思想家李贽大力宣扬思想解放，主张追求个性精神独立和思想自由解放，他在司马相如的传论中称文君相如为"佳偶""良缘"，赞扬卓文君是"忍小耻而就大计"，"归凤求凰，安可诬也"。大胆追求婚姻自由、勇于张扬自我个性成为一时之风尚，两情相悦、真爱奇情成为人们崇尚的感情最高境界。《并蒂莲花记》中富家女张氏，择偶以才取人；曹生，家贫但有才，尤工文词。本来是一对好姻缘，却在结婚之日由于遭遇强盗，"适临大池，仓促无避，恐致辱身，乃相搂共溺池中死"，互相欣赏爱慕的人在人间不得成佳偶，但共同赴死后，"池中开并蒂莲"。真情让人不惧赴死。《玉箫》讲的是韦皋与玉箫相爱，约五年再相聚，五年韦皋不至，玉箫死，后转世仍与之相遇。为情而死、为情而生的爱情故事不断地打动着一代又一代人，鼓励人们大胆追求真情，与此前小说相比，更具有震撼人心的力量，激发了人们追求真爱的决心，也体现了明代中后期艳情类作品的新趋向。

（四）异物幻遇类：从神话想象的飞龙巨兽到贴近生活的日常之物

至于异物幻遇类作品，《广艳异编》所收篇目与《艳异编》相比，有较明显的不同。从数量上来看，所收篇目增多。《广艳异编》有580多篇，比《艳异编》所收360篇多出近三分之一，"禽部""昆虫部""草木部"为增加的重点。从内容上看，所收故事奇异中加强了与日常生活的联系，日常之物屡见不鲜。物化之妖居然能与人产生真挚的爱情，忠贞不渝，但也有害人者。《裴氏狐》中，裴氏之子因为遇狐而生病，久治不愈。二狐幻化为道士争相为之治病，两狐相互攻击，裴君怒而鞭杀二狐，其病乃愈。这里的狐成为害人的狐精。《陈岩》则写一猿化为妇人害人，终为道士所识破。自然界的各种动植物都被赋予了奇幻的色彩，就连花、草、石杵和敝帚都可以化人，与人产生感情，有的给人带来幸福，有的置人于死地。《张千户》中，张千户因家贫而未娶妻，有红烛所化美人出入邻居家，张不以为怪，一见钟情，私自幽会。一卖药老婆婆见他脸上有妖气，授之以验妖之法，"美人揽衣欲去"，曰："丑形既彰，君虽不以为意，妾诚自愧。"后来以百金赠张，曰"君勿自苦，以此娶妇"，而张因钟情于她誓不娶妻。

奇异的故事大量出现，体现了编选者的有意辑录，说明作意好奇成为小说家的审美追求，而贴近现实的物象幻化出怪异故事，花、烛、敝帚等日用之物都可以变化为人，与以往题材中的龙、麒麟故事相比，此类怪异之事更是幻中见真，扑朔迷离，审美对象更接近一般人的日常生活，奇异中见真切。

二、"艳异"题材选编的意义

（一）对明代中篇文言传奇小说的影响

中篇文言传奇故事大多表现出对唐代传奇故事的继承。这类故事编选的选本，促进了唐传奇在明前中期的传播，扩大了唐传奇故事的影响。明代中篇传奇与这类故事的一脉相承之处首先表现在对"男才女貌"模式的继承上。《霍小玉传》中，李益"生门族清华，少有才思，丽词嘉句，时谓无双；先达丈人，翕然推伏"。小玉出场："但觉一室之中，若琼林玉树，互相照耀，转盼精彩射人。"生曰："小娘子爱才，鄙夫重色。两好相映，才貌相兼。"① 《钟情丽集》中，描述辜生："丰姿冠玉，标格魁梧，涉猎经史，吞吐云烟。真士林中之翘楚者也。"表妹瑜儿出拜时："生窃视之，颜色绝世，光彩动人，真所谓入眼平生未曾有者也。"② 男女双方以才貌为基础，一见钟情，相互爱恋。

其次，中篇传奇故事中青年男女对封建家长制表现出反抗精神。《莺莺传》《李娃传》《霍小玉传》中男女双方无不受到封建家长制的压

---

① （宋）李昉：《太平广记》第十册，北京：中华书局 1961 年版，第 4006 页。
② （明）余象斗：《万锦情林》一卷下册《钟情丽集》，《古本小说集成》据日本东京大学图书馆所藏万历原刊本影印，上海：上海古籍出版社 1990 年版，第 2 页。

制，男女为情而与家长抗争中体现出不折不挠的斗争精神。在明代中篇传奇中，男女主人公以情抗礼，以情反礼，最终为了爱情也不惜与家长制斗争到底。虽然唐传奇多以震撼人心的悲剧结束，中篇传奇大多以团圆为结局，但所体现的精神有一脉相承之处。明代中篇文言传奇小说描写艳情纵欲的特点被扩大后，成为艳情小说之源，描写男女恋情方面为才子佳人小说继承，"直开后来才子佳人小说之源"①。

（二）对艳情小说的影响

唐传奇是在前代志怪小说和史传文学基础上发展起来的，其中的艳异题材编选在明代产生了较大影响，其中的婚恋传奇多以女性名命名，歌颂坚贞的爱情，反映妓女的不幸遭遇，赞扬女子大胆地冲破封建礼教的樊篱而追求幸福，谴责玩弄女子的负心汉，宣扬人性与享受性欢乐，对后世文学，特别是对明清艳情小说影响很大，为艳情小说提供了一些文学创作经验和范式。一是一反史传传统，多给女性作传，写其爱情生活，如《莺莺传》《李娃传》《霍小玉传》《无双传》等。二是出现大量的自主婚姻甚至私订终身。《裴航》写人神恋爱，脱离尘世、成仙得道等。《柳毅传》中柳毅助龙女脱难最终娶龙女，这些遇合模式为中篇传奇所借鉴。三是《游仙窟》这类小说，以艳遇式的风流浪漫描写，夹杂不少色情内容，与明清时期的艳情小说中的艳遇经历相关。四是以诗写景描情。唐传奇还有一些作品表现男女相遇后，立即偷情私奔，对性爱的描写缠绵艳丽而且富有诗意，往往以诗叙述男欢女爱。这一特点在艳情小说中得到充分的发挥，艳情小说情节发展中的一个描写模式即是男女相见之后立即以诗咏之，以诗表达愉悦之意。

（三）对才子佳人小说的影响

才子佳人小说以诗代替对话，以诗歌调情，与唐传奇小说的诗笔有一定关系。唐传奇中作品中嵌入诗歌之作非常多，以《游仙窟》为例，全文九千多字，嵌入诗歌达七十一处。《柳氏传》叙写柳氏与韩翊的爱情故事，两情相悦的韩、柳因安史之乱离散，韩翊"乃遣使间行求柳氏，练囊盛麸金，题之曰：'章台柳，章台柳，昔日青青今在否？纵使长条似旧垂，亦就攀折他人手。'"以诗作为对爱人的呼唤，柳氏也以

---

① 王重民：《中国善本书提要》，上海：上海古籍出版社 1983 年版，第 399 页。

诗作答。《莺莺传》中莺莺、张生时有书信往来，最后，张生求见莺莺，莺莺未见，而是以书作答，"弃置今何道，当时且自亲。还将旧时意，怜取眼前人"。中篇文言传奇中的诗词更是不少，甚至可以被称为"诗文小说"，发展到才子佳人小说，诗文之才成为衡量才学的唯一标准，男女皆有才，恋爱过程就是诗词交往比试才学的过程。可以说，明初所选之唐传奇将诗才、文采的作用重新提起，青年男女在小说中展示诗文之才，小说编选者通过小说展现才学、表达文采。

除了对才学的重视，才子佳人男女恋爱模式对唐传奇结构模式也多有继承。有人以为中篇艳情小说的团圆结局不同于唐传奇悲剧结局，而否定两者之间的连续性。笔者认为，因为这两类小说的接受群体不同而产生的结局不同是必然的。唐传奇的创作和接受者主要是文人士大夫，体现的是一种雅趣闲情，如时人认为张生"乃善补过者"，小说的重点在于对男女经历描述，而不是对故事结局的重视。而这类选本所选之小说，笔者讨论它们兴盛原因时就谈到很重要的一点是其适应通俗大众的需要，因之应运而生，满足多数人情感需求，在小说中实现一种现实生活中不可能实现的理想。

一方面，团圆结局是对有情人终成眷属的爱情理想的颂歌，且不说在封建统治残酷的时代，青年男女的正当愿望与封建礼教的矛盾冲突，单论男女爱情历来就受到礼教思想压制，文人也只好借小说团圆结局抒写与现实对立的愿望。另一方面，团圆结局也反映了中华民族传统追求圆满的文化心理需求和审美崇尚。因此，"才子"在科举考试中高中、坐拥数艳的情节模式，在明代中篇文言小说中大受欢迎：《贾云华还魂记》《龙会兰池录》《双卿笔记》《钟情丽集》《怀春雅集》《寻芳雅集》《天缘奇遇》《刘生觅莲记》《六一天缘》《五金鱼传》都有着男主人公进士及第的情节，其中《寻芳雅集》《天缘奇遇》的男主人公还是奉旨完婚。男子高中、奉旨完婚在"才子佳人小说"中发扬光大，甚至成为固定模式。

第四节 “虞初”系列小说选本

一、“虞初”之名溯源

“虞初”一词最早见于班固《汉书》,《汉书·艺文志》著录小说类十五家,关于“虞初”的记载如下:

《虞初周说》九百四十三篇。(河南人,武帝时以方士任侍郎,号黄车使者。应劭曰:其说以《周书》为本。师古曰,《史记》云:“虞初,洛阳人。”)①

这一段注明白地说明了两个问题,一是虞初为人名,洛阳人,方士,武帝时为侍郎,二是《虞初》以《周书》为底本,作《虞初周说》。《虞初周说》因为已经亡佚,无从知晓其具体内容,但是《周书》的内容又有哪些呢?清代朱右曾考证《周书》时,认为在《周书集训校释·逸文》中有三条与《逸周书》不类,疑为《虞初说》:

芥山,神蓐收居之。是山也,西望日之所入,其气圆,神经光之所司也。(《太平御览》三)

天狗所止地尽倾,余光烛天为流星,长十数丈,其疾如风,其声如雷,其光如电。(《山海经》注十六)

穆王田,有黑鸟若鸠,翩飞而跱于衡,御者毙之以策,马佚,不克止之,蹶于乘,伤帝左股。(《文选李善注》十四)②

朱右曾判断的依据是“穆王之书,并无阙逸,且其文亦不类”,并

---

① (汉)班固撰,孙晓主持校注:《汉书·艺文志》,北京:中国社会科学出版社 2020 年版,第 3437 页。

② (清)朱右曾撰:《周书集训校释十卷逸文一卷》,《续修四库全书》据上海图书馆藏清光绪贵筑杨氏刻训纂堂丛书本影印,第 301 本第 177 页。

认为"本书李善引此古文，《周书》下又引《东观汉记》朱勃上书理，马援曰，飞鸟跱衡，马惊触虎云云，则亦非出于汲冢琐语也。考《艺文志》小说家有《虞初》九百四十篇，应劭曰，其言以《周书》为本，然则此文及上三条出于《虞初》乎，网罗散佚宁过而存之"。张衡在《西京赋》中提到，"小说九百，本自虞初"。《西京赋》薛综注云："小说，医巫厌祝之说，凡有九百四十三篇……指此秘术，储以纂随，待上所求问，皆常具也。"可见原书内容十分驳杂。① 并由注释可以看出，小说在这里指医方、巫术和厌胜、祝诅等杂说之辞。

由此可见，"虞初"本为人名，是汉武帝时的方士，知识渊博，跟随武帝，随时为武帝解答问题。他以《周书》为参考，创作了《虞初周说》，该书内容驳杂，巫术、医方、史事与祝词结合，琐语杂记并存，但初具小说雏形。

元代以后，"虞初"在小说杂史中的记载逐渐增多，杨维桢在《说郛·序》中写道："《琐语》《虞初》之流，博雅君子所不弃也。"② 他认为"博雅君子"也不可以忽略小说，这里的"虞初"即小说书的意思。谢肇淛在《五杂俎》中提及："虞初九百，仅存其名。桓谭《新论》，世无全书。"③ 清代钮琇在《觚剩·自序》中写道："是知虞初小说，非尽出于荒唐。"④ 清代吴炽昌的《客窗闲话》中有方廷瑚的题词："何曾体例仿虞初，耳作闻时手即书。似此心花生笔底，添毫颊上更何如。"不仅小说选本以"虞初"命名，清代许多小说都以仿效"虞初"为题旨，如梅鹤山人在《萤窗异草·序》中有："仰《齐谐》为谭宗，慕《虞初》而志续。如杜牧之寄托风情，李伯时摹绘玩具，亦足以消长日，却睡魔，固不失雅人深致矣。"⑤ 从元以后的文人提及"虞初"二字来看，"虞初"已经具备了小说意思，即成为小说的代名词，"虞初"作为一种小说书而存在。

---

① 鲁迅：《中国小说史略》，上海：上海古籍出版社1998年版，第257页。
② （明）陶宗仪等编：《说郛三种》，上海：上海古籍出版社1988年版，第2页。
③ （明）谢肇淛：《五杂俎》卷十三，《明代笔记小说大观》，上海：上海古籍出版社2005年版，第1774页。
④ （清）钮琇：《觚剩》，《续修四库全书》据天津图书馆藏清康熙临野堂刻本影印，第1177本第1页。
⑤ 丁锡根：《中国历代小说序跋集》，北京：人民文学出版社1996年版，第168页。

二、明清时期"虞初"系列小说选本编选特色

小说选本《虞初志》出现之后，即有《续虞初志》《广虞初志》。这些选本借汤显祖、袁宏道的大名，精选佳作，附带名家点评，"婉缛流丽，洵小说家之珍珠船也"①，使"虞初"小说选本成为选辑前人优秀作品的短篇小说总集。清初张潮所选《虞初新志》，将"虞初"之选从体例到内容改造创新，搜罗当时名家之作，专选奇人奇技和文人时贤的作品，成为小说选本之典范。随后有郑澍若编《虞初续志》、黄承增编《广虞初新志》，有清一代，仿、续之作不绝，如《虞初续新志》《虞初近志》《虞初广志》和《虞初支志》等。由此，"虞初"之选，蔚为大观，明清两代，共出现近十种"虞初"选本，成为独特的"虞初"小说选本系列。

通过对《虞初志》七卷、《虞初新志》二十卷和《虞初续志》十二卷所选篇目的比较，可以看出不同时期选者所体现出的审美倾向的异同之处。相同之处表现在，选作都是以"奇"为主要审美要求，因"奇"入选。《虞初志》所选多出自唐传奇中的奇人异事，以英雄豪侠之事为奇，以平常俗人的曲折感情之事为奇，离奇诡异，绚丽多彩。《虞初新志》注重"奇人奇技"，贩夫走卒，若有奇事奇技，均被选入，注重近代时人平民之奇闻异事。《虞初续志》所选"其文其事，则皆可以咤风云、镂金石、助尘谭"②，令人叫奇叫好。由于作者所处时代不同，入选作品的审美倾向也不同。主要表现在：

（一）由编选唐传奇到编选近代、当时人作品

《虞初志》所选均为前代作品，如唐传奇中的优秀之作，"《虞志》一书，罗唐人传记百十家，中略引梁沈约十数则"，"以《虞初》一志，并出唐人之撰其事"，注重对前代作品的搜集。《虞初新志》所选大多作品为明清之际文人之作，这表明选者关注的重点由前代转向近代和当代之作，作品体现出鲜明的当代气息。《虞初新志》所收的作品，题材广泛，人物传记，都以真人真事为基础，不尽是子虚乌有，如魏禧《姜贞毅先生传》、王思任《徐霞客传》、吴伟业《柳敬亭传》都是实有其

---

① 柯愈春编纂：《说海·虞初志》，北京：人民日报出版社1997年版，第3页。
② 柯愈春编纂：《说海·虞初志》，北京：人民日报出版社1997年版，第719页。

人其事。至于像侯方域的《郭老仆墓志铭》就更有真实的记载了。这也正如张潮在《虞初新志·自叙》中所言："其事多近代也，其文多时贤也，事奇而核，文隽而工，写照传神，仿摹毕肖……"以真实为基础，强调选材的真实性与时代性，赋予了《虞初新志》鲜明的时代气息。其后《虞初续志》所选"取国朝各名家文集，暨说部等书"，注重《虞初新志》未收和漏收的当代时人之作，有不少明末作品，更多的是清初作家作品。

编选近代或时人作品现象的出现与明清文学思潮密切相关。明中期开始，文坛上出现"复古思潮"，文人编选大量前代诗歌和时文选本，小说选本编选也关注前人作品。明末清初，文学界和思想界对前期文学思潮有所反拨，兴起实学思想，重视近作，强调经世致用，因此，表现在小说选本方面的特点为编选近代或时人作品。

（二）由选小说作品到选文集中的传记作品

由《虞初志》所选篇目可以看出，入选作品均为小说作品，注重渲染曲折情节和塑造人物形象。如《虬髯客传》塑造了虬髯客光明磊落、气宇不凡的英雄形象。《任氏传》塑造了任氏艳丽绝色、慧性多情的光艳形象，均可称为小说中的上乘之作，符合作者在序言中所称"可喜可愕之事，读之使人心开神释，口张眉舞"的小说作品的特色。《虞初新志》中所选作品，多为文集中的人物传记，如《大铁椎传》《卖酒者传》和《吴孝子传》选自魏禧《魏叔子集》，《马伶传》《郭老仆墓志铭》选自侯方域《壮悔堂集》等。《虞初续志》中，所选亦为"各家文集"，"择录其尤雅者"。由选小说作品到选文集中的传记作品，表明明清不同时期选者对小说这一文体的看法不同，也与小说观念的变化相关。

（三）忠孝节义之作入选逐渐增多

《虞初志》七卷所选多为英雄豪侠、神仙怪异题材作品，并没有明确表达忠孝节义的作品。《虞初新志》中，共有十七篇明确标题为"孝""义"的作品，如《义虎记》《义猴传》《王义士传》和《鬼孝子传》等，占所有作品篇数的十分之一强。所选故事主旨在于忠孝和忠义，如全书选陈鼎《留溪外传》中作品十篇，均以写史之笔写小说，表彰忠义，"以传记褒贬天下之人者"①。但张潮并没有选《留溪外传》中最主要的作品"节烈部""苦节部"和"贞烈部"作品，所选多为"神仙部"中的作品，如《彭望祖》《爱铁道人》《狗皮道士》《活死人》等，嬉笑之间见忠义。在《虞初续志》中，入选题材最明显的变化是表彰忠义的作品大量选入，明确标题为"孝子""烈妇"和"贞女"的作品有十八篇，占所有作品篇数的近五分之一，强调"贞""节"和"烈"，与《虞初新志》相比，更加强调"节"和"烈"。由此可见，"虞初"作品从明代到清代，选材倾向从英雄豪侠、神仙怪异转变为忠孝节义类，特别是清中期以后的"虞初"集之选，强调"忠孝""节烈"之旨十分明显。

（四）隽雅之作引起选家的重视

《虞初志》注重故事的生动传神，所选之作大都通俗浅明，语言平实，"思奇而赏俊，语近而趣遥"。《虞初新志》"事奇而核，文隽而工"，注重"文"的语言，"一事而两见者，叙事固无异同，行文必有详略。……顾魏详而王略，则登魏而逸王"。如《大铁椎传》，魏叔子和王不庵都作过此同名之传，新志所收为魏叔子之文，并强调"二公之文，真如赵璧隋珠，不相上下"，取舍的根据即为"魏详而王略"。又如《赵希乾传》，新志所选篇目为甘表的《膜园存稿》而非陈鼎的《留溪外传》。《虞初续志》中认为"山来先生《新志》之外，尚多美不胜收"，"择录其尤雅者，名曰《虞初续志》"。《虞初续志》注重文章的"雅"，如选归庄的《黄孝子传》，文辞雅俊，写出孝子历历苦情苦况；选夏之蓉的《丙子六秩自述书付子侄》，文末有评："散散叙去，而提挈关锁照应之法无不该，其中有阔大处，有细琐处，皆从《史记》得来。""雅"成为这一时期选者的审美追求。

三、"虞初"类型选编的意义

"虞初"系列小说选本的选编在明清时期产生了较大的影响，它选编的内容与其他文体联系紧密，这些人物传记类小说对清代传记文学、小说创作、编选以及小说观念都有一定的影响，"虞初"类型选本在清

---

① （清）陈鼎：《留溪外传》，《四库全书存目丛书》据复旦大学图书馆藏清康熙三十七年自刻本影印，集部第 122 本第 405 页。

代不断出现，即可视为《虞初志》《虞初新志》对这一类型小说编选的影响。

（一）"虞初"体中的传记文学与小说

1. "虞初"体中的人物传记是以古文笔法作小说

《虞初新志》在编撰体式方面体现了以丛书的方式把传记、传奇、志怪、游记、寓言、随笔等熔于一炉的新特点，所选篇目大都来自文集，是带有传奇性的古文。程毅中认为："清代古体小说的另一派，是古文家的人物传记以及基本纪实的杂录笔记，前人也都称之为小说。传记文与传奇体小说历来有割不断的联系，张潮的《虞初新志》就是一部代表作。"① 也就是说，程毅中将《虞初新志》中所选传记文定位为"古文体小说"，并指出："这类作品到底有多少虚构的成分，根本无从考证。对于前人视为小说的传记，我们只能从作品的文学价值来衡量。只要它故事情节新奇，人物性格鲜明，就不妨承认其为小说。"即认为，所选之作既有新奇的故事情节，人物性格鲜明，具有小说的特质，一方面，传奇与人物杂传的文体联系非常紧密，历史上由于史传文学的影响，一些人物传记被有的选本收入散文，有的收入小说。另一方面，传奇在杂传的基础上又注入了新的文学因素，显示出十分强烈的小说特征，传记与传奇二者可谓一源一流、一表一里。因此，《虞初新志》中的传记文可以说是传奇的传记化，或者是传奇的"返祖"现象。这些作品大多为真人真事，经过改编加工形成小说，即传记体小说，如《柳敬亭传》文末张潮补充："戊申之冬，予于金陵友人席间与柳生同饮。予初不识柳生，询之同侪，或曰：'此即《梅村集》中所谓柳某者是也。'"证明所记即真人真事。后来的选集将《虞初新志》《广虞初新志》不拘一格的编选传记文的特点发挥到极致。《虞初广志》的编者姜泣群明确表明自己收录范围"集掌故、历史、文艺、野乘为一炉"，"内容上自宫闱，下逮闾巷"。选文作者有明代人，如蔡羽、汪琬，有清雍正、乾隆年间者，如曾衍东、袁枚，亦有当下的学者，如薛福成、孙静庵、林纾等。体例上有传记文、游记文、墓志铭等，有接近小说者，也有与小说体式大相径庭者。

---

① 程毅中：《古体小说钞·后记》（清代卷），北京：中华书局2001年版，第563 - 564页。

2. "虞初"体中的人物传记侧重于人物的传奇性

与现代小说观念相比，"虞初"中的人物传记性小说不注重故事情节安排的曲折和人物结构的悬念处理，而是将人物的传奇性与独特之处描述出来，强调其过人之处。如《汪十四传》，首先概括介绍人物的籍贯身份和主要性格特点，接着具体记叙他在蜀中山川保护商旅的经历，他一朝不慎被绿林俘获，危急之际，却被一美人所救，汪十四于贼窝中"左挈美人，右持器械"，逃出重围，最后将女子送归老家，自己返回家乡终老。小说在最后补上："老且死，里人壮其生平奇节，立庙民祀，称为'汪十四相公庙'。"叙事的完整性和人物的传奇性由此可见，并且突出了人物在山川险阻中保护商旅往来的经历和慷慨激烈的性格，语言平实，娓娓道来。

3. 人物传记的虚饰成分使它与小说差别更小

如选自陆次云《北墅奇书》中的一篇小传，写汤聘未中进士前，忽病将死，聘呼冤乞求放归，"老母在堂，无人侍养，望帝怜之"！大士思之极孝，同意放还并给予功名，"许男成进士，但命无禄位，戒以勿仕"。它将一位在功名途中奋斗的普通士人由死还生的曲折经历描绘出来，并详细记述了几位阴间人物的对话，岳帝、孔宣圣、大士、鬼卒，人物各有语言，这些显然是想象虚构的人物故事情节和对话，与小说并无差别。《鬼母传》所记一女，有孕而死，在棺木中生子，每天买饼哺儿，将鬼母于孩子的关切与爱护之情描写细致，母与儿临别之际，"是夜儿梦中跃跃咿喔不成寐，若有人鸣鸣抱持者。明旦视儿衣半濡，宛然未燥，诀痕也"。读来与完全视作小说的《聊斋志异》中的作品差别并不明显。

4. "虞初"小说中的人物传记是史传文学与小说的结合

史传文学是后世叙事文学的典范作品，它具有多方面的艺术特色。史传文学叙事完整，有头有尾，善于组织材料，通过曲折的情节和紧张的场面描写突出人物性格；描写精彩生动，寓褒贬于叙事，并以"太史公曰"的方式发表议论，抒发情感，所有这些在唐代传奇小说中都得到了充分的继承和发展。在明清时期的"虞初"系列小说所选作品中，经常有史传文学与小说结合的作品，也可以称为小说化的传记。除了名称上沿用"传""记"这样的字眼以外，作品故事性与情节性也体现出两者的结合，近乎志人与写实，既具有真实性又具有一定的艺术价值，如《补张灵崔莹合传》将张灵与崔莹生不得相聚，死后终于团圆的故事写得曲折动人，篇名题为两人合传，即是两人的传记性小说。

（二）"虞初"系列小说中人物传记的特点

1. 选编奇人、奇事与奇技相结合

《虞初新志》大多为奇人立传，《奇人奇技抒奇怀——〈虞初新志〉奇人小说散论》① 一文就已经注意到了新志选本所选注重奇人，并分析了奇人的特征：特立独行，品德高尚，同时又身怀绝技。《虞初新志》通过对奇人、畸人这类独特群体的关注表达了明清易代之际士人独特的矛盾心态。《虞初新志》中所描写的奇人，他们的奇行都有相同的特点，他们的"奇"大都表现在对"利"的舍弃和对"义""志"的追求上。比如《武风子传》中的武风子"性好闲，不谋荣利"，他制作的筷子"精夺鬼工"，体现出高超的技艺，但是"生顾未尝售也，颇自矜重"，决不为微利而出售，有人感叹武风子是"何富贵不淫，威武不屈耶"？又如《焚琴子传》中的焚琴子为人磊落不羁，因为将军不以宾礼见而拒绝为之鼓琴，"然当道不以礼遇，招亦不往，往亦不为久留"。奇人胸怀奇技，同时他们也似乎拥有与生俱来的孤独感、"世无知音"的凄凉感，甚至不为世俗所容，《虞初新志·凡例》中写道："鄙人性好幽奇，哀多感愤。故神仙英杰，寓意《四怀》；外史奇文，写心一启。""虞初"系列小说中，《虞初新志》后的编选者都沿袭这一特点，如《虞初续志》所选《瞽女琵琶记》身怀绝技，飞檐走壁，惩贪救民。《戴南枝传》擅堪舆之技，为先师寻求墓地，受人之托忠人之事，至诚感人。奇人不与世同流，保持着一份对固有文化与独特信念的坚持，也恪守了儒家所建构的"穷则独善其身"的精神家园，并在这里暂得安慰。

2. 注重选编人物的典型性

《虞初新志》所选人物故事多为小人物，但正是这些无名的小人物，却具有鲜明的性格特征和典型的传奇性。如《大铁椎传》中所记之人，不知姓名，但武艺超群拔萃，且"工楷书"，文武兼备，却不能为世所用。作者借此人表达自己的感慨："豪俊侠烈魁奇之士，泯泯然不见功名于世者又何多也！"读之使人有一种怀才不遇、英雄无用武之

---

① 王恒展、宋瑞彩：《奇人奇技抒奇怀——〈虞初新志〉奇人小说散论》，《蒲松龄研究》2004 年第 2 期，第 135 - 142 页。

地的悲凉感。对于这一人物的描述，笔墨简省，形象鲜明，"不冠不袜、以蓝头巾裹头、足缠白布"，战斗场面是"客呼曰：'椎！'贼应声落马，人马尽裂"。而观者"屏息观之，股栗欲堕"，最后以"我去矣"结尾，只见"地尘且起，黑烟滚滚，东向驰去"，留下神秘的遐想余地，既不知其姓名，也不知其所终，增加了人物的传奇色彩。

由此可知，"虞初"系列小说所选多为有传奇性的典型人物传记，既以真实人物为基础，又具有神秘的传奇色彩，典型性与奇人、异行相结合，使其成为选编奇人奇事的小说集。

（三）"虞初"系列小说所反映的小说观念

从小说观念来看，张潮《虞初新志》所选多半是今人称之为"散文"的作品，如人物传记、序文等名家名作，这些"文"从某些方面来讲，叙事性较强，但是严格来讲它们只是属于广义上的"小说"，在明清小说观已经得到充分认识和具体阐释的时代，以"文"为小说，不能不说是"小说"观念的倒退。但它"事多近代也，其文多时贤也"，从故事真实程度来讲，《虞初新志》具有一般小说集所难得具有的真实性。此种广义的小说观念发展到后来更加扩大了，黄承增认为前作《虞初新志》《虞初续志》"搜罗未广，百余年来前人全集既多刊行，后起作家亦复林立，余为补收博采成《广虞初志》四十卷"。他从作家全集中搜罗作品，所收范围更加广泛，其中传不足三分之一，其余均为诗、记、说、书、序及奇闻异事等，可见其小说概念的宽泛。

综上，本章将明清小说选本首先分为文言类小说选本和白话类小说选本，在此基础上，把文言类小说选本分为选唐传奇类、中篇传奇类和人物传记类三种，把白话类小说选本分为"三言二拍"系列和西湖小说及其他类两种。在此分类的基础上，分析明清小说选本题材特点，并重点论述了专题类小说选本的特点和意义。在对小说进行分类之后，重点阐述了明清小说选本题材集中原因。笔者认为小说选本题材集中的原因主要有以下四方面：第一，崇古之风与复古思潮的影响。第二，欣赏者审美心理的认同。第三，续书风气的影响。第四，受商业利益驱动的影响。在对明清小说选本的题材特点进行宏观分析和把握之后，通过对"艳异"系列和"虞初"系列两个系列选本的特点进行分析，进而概括小说选本的题材类型及特点。

第三章
明清小说选本艺术论

　　明清小说选本的艺术价值在于选本在编选的过程中，对原作进行了一定程度的修饰、润色和改动，与原作相比，产生了一些变化。本书上一章已经分析了小说选本的题材特点，对小说选本进行了初步的分类，本章所讨论的内容主要是通过具体选本个案，分析选本与原作相比产生的变化特点，分析变化产生的原因，并尝试通过比较，准确把握小说选本的文体编选特征和艺术演进规律，然后在此基础上进行理论概括和总结，阐述明清小说选本的艺术特点。

第一节　《虞初新志》与原作比较研究

　　《虞初志》是"虞初"系列小说中的奠基之作，全书共八卷，编选前人"奇僻荒诞、若灭若没、可喜可愕之事"① 成集，成为后来"虞初"系列的基本入选要求。张潮因为"（《虞初志》）简帙无多，搜采未广，予是以慨然有《虞初后志》之辑，需之岁月，始可成书，先以《虞初新志》授梓问世"②。《虞初新志》是"虞初"系列变化发展过程中的"中间点"，从入选标准上看，以其选录标准严格，编选"其事多

---

　　① （明）汤显祖：《虞初志·点校虞初志序》，见丁锡根：《中国历代小说序跋集》，北京：人民文学出版社1996年版，第1804页。
　　② （清）张潮：《虞初新志·自叙》，《古本小说集成》据上海图书馆藏康熙刻本影印，上海：上海古籍出版社1990年版，第4页。

近代也，其文多时贤也"①，使明代"虞初体"发展到清代"新虞初体"。从所选之作内容来看，《虞初新志》的后继者大多依张潮之例，从文集中选志、传之作。卷目安排基本以搜到作品先后为次序，为后来者效仿，如《虞初近志》"例言"："是编以编辑先后为次序，一如《新·续志》例。"②《虞初广志》"凡例"："编辑体例，一如《新·续志》。"③ 编者按照自己的编选主旨搜集他人之作，在总体情况下，所选作品都是忠实于原著的，但是也不排除个别情节、文字的改动。以下以《虞初新志》为例，将选作与原作进行比较分析。

一、文本比较

《虞初新志》所收篇目大部分可以从原作者的文集中找到原文，选者基本尊重原著，但通过原作与选作的对比，可以发现选本对原作有些改动，主要体现为以下几种情况：

（一）改换人名称呼

在多数情况下，选作中的人名与原作是一致的，有的选作出于当时政治环境的需要或者为了表达选者的立场，对人名进行了一些改换。如卷三《马伶传》中将今相国名换为"某者"，东肆严嵩相国扮演者马伶，因为演技不如西肆李伶，立志入京学习。"我闻今相国某者，严相国傔也"，投身于其门下，"察其举止，聆其语言"，终于学而有成，再演则赛过李伶。《虞初新志》将原作于侯方域《壮悔堂文集》中的"昆山顾秉谦者"亦改为"某者"，这一"某"字，省略了不必要的政治问题，将具体人物模糊化了，但是读者仍可以知道是谁。顾秉谦是最先和宦官结合在一起形成阉党的士人，被视为尤为无耻者，"率先诏附魏忠贤的廷臣是顾秉谦、魏广微及霍维华、孙杰等人"④。《明史》有评：顾秉谦的为人"庸劣无耻"，魏广微"阴狡"，霍维华"性憸邪"，⑤ 顾秉

---

① （清）张潮：《虞初新志·自叙》，《古本小说集成》据上海图书馆藏康熙刻本影印，上海：上海古籍出版社1990年版，第5页。

② （清）胡怀琛编：《虞初近志·例言》，北京：人民日报出版社1997年版，《说海》据广益书局铅印本排印，第1674页。

③ （清）姜泣群编：《虞初广志·凡例》，北京：人民日报出版社1997年版，《说海》据上海光华编辑社铅印本排印，第1972页。

④ 周明初：《晚明士人心态及文学个案》，北京：东方出版社1997年版，第107页。

⑤ （清）张廷玉：《明史》卷三百六《阉党》，北京：中华书局1974年版，第7844页。

谦为不修士行的奸邪之徒。卷二《柳敬亭传》中，"阮司马怀宁，生旧识也"，将原作于《梅村家藏稿》中的"阮司马大铖"①改为"阮司马怀宁"，不称人名称籍贯。明清易代之际阮大铖的行径为士林不齿，被认为是"士无特操"中最为典型的例子，他"机敏猾贼，有才藻"②，但如墙头草一样随风倒，选作中不得不提到时，隐去了其名字。卷十三《陈老莲别传》中，写陈老莲以画闻名，"崇祯末，愍皇帝命供奉，不拜"③。原著《西河合集·陈老莲别传》中为"怀宗皇帝命供奉"，将原作中"怀宗皇帝"改为"愍皇帝"。"愍皇帝"是清顺治时期为明崇祯皇帝追加的谥号。这些改动，可以看出《虞初新志》所处的时代背景，处于清初的作家语言文字之谨慎可见一斑。卷十二《彭望祖传》中，彭望祖游江南，"京口明经张行贞延为孺子句读师"，望祖施行法术使张行贞品尝到新鲜荔枝。原作陈鼎《留溪外传》之《彭望祖传》④中作"践公"。《虞初新志》将原作中"践公"改为"行贞"。卷三附《影梅庵忆语》中"（姬）语余曰：'吾书谢庄《月赋》，古人厌晨欢，乐宵宴，盖夜之时逸，月之气静……'""谢庄"于冒辟疆《影梅庵忆语》中原作"谢希逸"。这里将称字号改为称原名，体现了选者对入选文章细节的修改。

（二）改换时间说法

《虞初新志》卷九《雌雌儿传》中，"雌雌儿者……自言崇祯时孝廉也，国初为道士"。《留溪外传》中原作"乙酉为道士"。类似这样的还有卷九所选陆次云的《宝婺生传》中，将"国初，师破金华"改为"顺治初，我师破金华"。这一"我"字，表明了所处时间为清代，文人士子皆为大清子民。

（三）删节

《虞初新志》对原作的删节和改动不是很大，主要表现在对选自小

---

① （清）吴梅村：《梅村集》，文津阁《四库全书》，北京：商务印书馆2003年版，第236页。

② （清）张廷玉：《明史》卷三百八《奸臣》，北京：中华书局1974年版，第7937页。

③ （清）毛奇龄：《毛奇龄全集》，见庞晓敏主编：《西河合集》第七卷《陈老莲别传》，北京：学苑出版社2015年版，第27本第22页。

④ （清）陈鼎：《留溪外传》，《四库全书存目丛书》据复旦大学图书馆藏清康熙三十七年自刻本影印，第782页。

说集中的数篇删去原作题名。《虞初新志》选周亮工《因树屋书影》一书多篇，原用与选作均未标题。张潮在选钮琇《觚剩》和《觚剩续编》作品二十四篇时，均删掉了原标题，仅保留了卷名如"物觚""人觚"等名称。选陆次云《湖壖杂记》也是如此，入选的十篇作品也均去掉了原标题，作为一组置于卷中。除了对标题的删节，在内容方面主要是删掉一些过于细节的描述，而这些删节并不影响文章的内涵表达。如卷三《影梅庵忆语》中，作者深情表达了对爱姬的怀念，在描述爱人帮助搜集整理唐诗时："余数年来，欲衰集四唐诗，购全集，类逸事，集众评，列人与年为次第，付姬收贮。"而原作中，"付姬收贮"四字之前，有一段对唐诗搜集的描述："每集细加评选，广搜遗失成一代大观。初盛稍有次第，中晚有名无集、有集不全并名集俱未见者甚夥，品汇六百家大略耳。即纪事本末千余家、名姓事迹稍存而诗不俱全，唐诗话更觉寥寥……"此段对所搜之集细加介绍，选者在选入《虞初新志》时，对这些进行了删节。另外，如《陈老莲别传》中，描述陈老莲的画法来源，"观音疏笔法吴生，细公麟"后删掉"七佛法卫协乌瑟摩法范琼"，"诸天、罗汉、菩萨、神馗、鬼、丑法张骠骑"后删掉"道经变相法公麟"，"衣冠士法阎右相，士女法周长史昉"后删掉"婴法勾龙爽倭堕结法长史"等一段描述。此段对画法的删节与保留的处理也显示了选者的用心，保留了"骨法"、"用笔"、画神鬼、画佛道、画衣冠、画花鸟等大的部类，删掉的是其中更细微的画法。从这两处的删节可以看出，选者在编选作品时，在保持原有人物性格和艺术特征不变的情况下，删除了一些细节描写，使读者读来更简洁。

（四）增饰修改

对原作修改变化较大的情况在《虞初新志》中并不多见。卷四所选林璐《丁药园外传》是一个比较特殊的例子，与原作林璐《岁寒堂初稿》中的《丁药园外传》对比可以发现选者对原作的增饰和修改情况。药园短视，观书，"目去纸才一寸，骤昂首，又不辨某某"。描写丁药园娶妾的一段，原作记载：

> 一夕娶小妇，药园逼视光丽，出与客赋定情诗。夜半小妇灭灯，卧醉拥鸳鸯被，芳泽不如。诘旦视之，爨下婢也。知为妇所绐，药园又大笑。

《虞初新志》中改为：

> 一夕娶小妇，药园逼视光丽，心喜甚，出与客赋定情诗。夜半披帏，芗泽袭人，小妇卒无语。诘旦视之，爨下婢也。知为妇所绐，药园又大笑。

描写药园被贬谪出关的艰苦生活环境时，原作记载：

> 然药园初至时亦困甚，塞上风刺入骨，秋雨雪，山川林木带白玉妆，河冰合，常不得汲。樵苏不至，五日炊无烟，取芦粟小米，和雪啮之。然孀子妾辄生子。当尔时，坐茅屋下，日照户，如渥醇酒，然畏风避日亲火。日晡，山鬼夜啼，饥鼯穴语。忽闻叩门声，翩然有喜。从隙中窥之，虎方以尾击户。药园危坐自若。腊尽无钱，与迁客磨墨市上书春联，儿童妇女争以钱易书，后至者不得，怏怏去，其任诞若此。

《虞初新志》云：

> 然药园亦困甚，塞上风刺入骨，秋即雨雪，山川林木尽白，河冰合，常不得汲。樵苏不至，五日不爨，取芦粟小米，和雪啮之。然孀子妾辄生子。当尔时，坐茅屋下，日照户，如渥醇酒，然畏风不能视日。日晡，山鬼夜啼，饥鼯声咽。忽闻叩门客，翩然有喜。从隙中窥之，虎方以尾击户。药园危坐自若。

《虞初新志》将原文"五日炊无烟"改为"五日不爨"，将"畏风避日亲火"改为"畏风不能视日"，将药园困窘之际卖文换钱的描述删掉。通过几个细节的增删，强化了丁药园的放诞性格，而且删掉其以文换钱的描述，突出丁药园的困窘之境，无以养家糊口，令人唏嘘。

二、产生变化的原因

通过原文与选作的对比，可以看出小说选本在编选时对原作进行了一些改变。这些变化与作品产生的时代和文学风气相关，就《虞初新志》所选作品与原作对比产生变化的原因，将从以下几点进行分析。

（一）与清初文化政策有关

明清时期，小说戏曲一直遭到禁毁，一些小说遭禁之后改头换面继续流行。此处所论选本与原作对比时有所变化，原因之一是禁毁政策的影响，即主要是指禁毁政策使选者在编选小说选本时，对原作做出一定的改动，或者是在出版发行时，根据相关书籍出版规定，对"违碍"语言或不符合规定的语言加以改动。清代的禁毁无论从规模、数量、持续时间、涉及面，还是从所采用的政策、手段及其残酷性、危害性等方面来看都远远超过了前代，达到了登峰造极的地步，这其中又以雍正、乾隆两朝最为严厉，大量的文学典籍在这一时期遭到禁毁或抽毁。统治阶级对小说戏曲实行禁毁的主要罪名是"海淫""海盗"，有伤"风化"。实际上，被禁毁的小说戏曲，主要是有关反抗封建统治、鞭挞贪官污吏和揭露封建社会黑暗腐朽的作品。因此，封建统治阶级禁毁小说戏曲的主要目的是镇压人民的反抗斗争，企图维护和巩固封建统治的社会制度。[1] 乾隆在命全国查缴禁书的谕旨中毫不掩饰地说："明季末造，野史甚多，其间毁誉任意、传闻异词，必有抵触本朝之语，正当及此一番查办，尽行销毁，杜遏邪言，以正人心而厚风俗，断不宜置之不办。"[2] 在这样的形势下，一些思想活跃的书籍注定逃脱不了被禁毁的厄运。《虞初新志》所选多为明末清初的时人时贤传记，其中不少人物正是清初敏感人物如钱谦益、左光斗[3]等，乾隆朝禁毁小说戏曲书目，张潮《虞初新志》名列其中，为乾隆四十三年江宁布政使刊违碍书籍目录[4]。王晫和张潮合编的《檀几丛书》五十卷也被禁毁。

① 参见王利器：《元明清三代禁毁小说戏曲史料·出版说明》，上海：上海古籍出版社1981年版，第1页。
② 中国第一历史档案馆编，张书才主编：《纂修四库全书档案》，上海：上海古籍出版社1997年版，第240页。
③ 清朝统治者为了笼络人心和表彰忠义之士，曾几次颁旨褒扬左光斗，但是其著作《左忠毅公文集》大量地记载了关于明代和后金的战争，在清代属抽禁书目，如《左忠毅公文集》中的《急救辽东饥寒疏》《辽士万苦千辛疏》《专设援辽事例书》等文中语言表现出对后金十分憎恨，引起清统治者的不满。
④ 参见王利器：《元明清三代禁毁小说戏曲史料》，上海：上海古籍出版社1981年版，第51页。

《虞初新志》虽将原文中一些表示时间的词语改为符合清朝统治语言的"国初""我朝""我"等，表面上已将不符合统治者要求的违碍之语去掉，但还是因为其中有些内容涉及明清之际的重要人物事件，而且有的作品对为明殉节的忠义之士大加赞扬，一定程度上使它成为"违碍"书籍。如《姜贞毅先生传》记录姜埰忠直谏上，一身正气宁死不屈，受尽折磨，甲申之后，不受山东巡抚之召故意坠马受伤，最后守节而死。文末有评曰："以魏公文、姜公事作《新志》压卷，足令全书皆生赤水珠光。"这表明《虞初新志》中原本是收录过这篇故事的，但是有的刻本删掉了此篇，也有一些版本仍将其置于卷首，这说明该书在流传过程中为了适应政治环境而不得不做出一些修改，对不合乎要求的篇目直接抽出或者删掉。

（二）与以古文笔法作小说有关

张潮对古文笔法的推崇使其选作注重"文以载道"，选取典型事件中具有鲜明个性的故事。提倡古文的文人学者，注重作品内容的充实与现实性，并强调散文自由抒写的功能，古文笔法对明末清初的小品文、散文、应用文写作产生了巨大的影响，也给小说创作以有益的滋养。明末清初文人创作时经常运用古文笔法作小说，在写人物时注意特定人物的身份、处境，选择能反映人物本质特征和精神面貌的事件，从而塑造了许多个性鲜明的人物，这种写作方式对人物传记、墓志铭的创作影响十分明显。《虞初新志》所选清初三大家的作品，从不同侧面向人们展示了明末清初这一段波澜壮阔的社会生活画面，记录了历史曲折运动的轨迹。侯方域《李姬传》，塑造主人公李香"侠而慧"的性格，风神绰约，跃然纸上，令人可亲可敬。《郭老仆墓志铭》，写郭老仆危难中见忠诚，出奇计，刻画了一位见义勇为、胸有计谋的平民义士形象而不失风趣幽默。这类人物传记，运用古文笔法作小说，笔法细腻，刻画人物生动，形成感人的艺术魅力。

古文笔法对小说编选者的影响为编选作品时注重语言的简洁。从张潮的《幽梦影》一书可以看出张潮对简洁用笔的推崇，《幽梦影》篇幅短小精悍，语言含蓄隽永，富有思想内涵。《幽梦影》题词中有："凡文人之立言，皆英华之发于外者也，无不本乎中之所积而适与其人肖焉。是故其人贤者，其言雅；其人哲者，其言快；其人高者，其言爽；其人达者，其言旷；其人奇者，其言创；其人韵者，其言多情思。张子所云：对渊博友，如读异书；对风雅友，如读名人诗文；对谨饬友，如读圣贤经传；对滑稽友，如阅传奇小说。正此意也。彼在昔立言之人到今传者，岂徒传其言哉，传其人而已矣。"① 一般来讲，一个作家接受某种思想理论，其为人处世就会自觉以这种思想理念为指导，不但会形成受这种理论支配的审美观念和价值取向，还会以此为标准，去观察自然、观察社会、观察他人。虽然张潮在"凡例"中指出："一事而两见者，叙事固无异同，行文必有详略。如《大铁椎传》……顾魏详而王略，则登魏而逸王。"并强调"只期便于览观，非敢意为轩轾"。当然，魏禧名列"清初三大家"，所作《大铁椎传》文势跌宕，虚中带实，不仅将一位智勇兼备的大侠客、大力士写得虎虎有生气，而且感慨人才之不为世用，言语之中寄寓依靠英雄豪杰反对清廷统治的用意，虽然张潮认为与王不庵之作相比，"魏详而王略"，但是读者读来已经是语言简练之作，感情充沛，雄健凌厉。明末清初唐宋派的古文观念，以伦理为本，以修辞为末。在文以载道的观念下，唐宋派不讲求文学的艺术性，主张不拘格调，不必普及剪裁，不求工致，信笔直书，强调文章出真精神、真性情，突出创作个性，语言简洁有深度。通过选文与原作的对比可以看出张潮注重选编一些语言简洁之作，反映出他对古文笔法的重视。

第二节 《西湖拾遗》与原作比较研究

《西湖拾遗》为清代拟话本选集，钱塘陈树基搜辑，四十八卷，前三卷为图，末尾一卷为"止于至善"，实为四十四篇，内容包括从《西湖二集》《西湖佳话》《醒世恒言》等书中选录以西湖为背景的拟话本四十四篇。此书选自明代冯梦龙《醒世恒言》一篇、明代周清原《西湖二集》二十八篇、清代古吴墨浪子《西湖佳话》十五篇，所选作品皆为西湖名胜古迹及名人事，或有神怪传说。编者为杭州人，对西湖颇有感情，书前有其自序云："庶几观西湖之秀，不啻揽天下山水之奇，

---

① （清）张潮：《幽梦影序四》，北京：中国画报出版社 2012 年版，第 4 页。

而知钟灵毓异，寄迹栖心者之实非无所自也云尔。"从选本与原作的对比可以看出西湖类选本的特色。

一、《西湖拾遗》选本与原作比较

《西湖拾遗》出现在白话短篇小说近于衰落的清中期乾隆朝，所选作品主要为明末崇祯年间的《西湖二集》和清康熙年间的《西湖佳话》。这三种小说出现的时代正是白话短篇小说从兴盛到衰落的三个较具代表性的时期，从一个侧面反映出白话短篇小说体制的发展变化过程。通过《西湖拾遗》作品与原作的比较可以发现，《西湖拾遗》对原作的改动主要表现在以下几个方面：

（一）将小说的话本格式补充完整

《西湖拾遗》四十四卷白话短篇小说体制完整，胡士莹在《话本小说概论》中将体制概括为六部："一题目，二篇首，三入话，四头回，五正话，六结尾。"① 这部小说集每卷均具有话本小说体裁六个部分，全书体制整齐完备，明显有选者精心修改补充的痕迹。《西湖佳话》共有十六卷，均无篇首诗词，有结尾诗词的也只有第七卷、第十卷和第十三卷，选者在将《西湖佳话》编入时，为每一卷作品增加篇首、入话和结尾诗，使之成为格式严整的白话短篇小说集。

（二）小说题目的修改

首先，选者将所选篇目题目修改对偶押韵，注重明白准确地表达故事情节。如将《西湖二集》第十一卷"寄梅花鬼闹西阁"改为"雪压梅花假鬼冒西阁"，第十二卷"吹凤箫女诱东床"改为"箫离人面真病赘东床"，编为《西湖拾遗》第二十卷和第二十一卷。这两处的修改可以体现出选者更改标题以切合故事内容，前者为朱廷之中举之后，外出为官，两房妻妾在家争风互相打压的故事，以"雪"和"梅花"分别喻两位。后者为佳人才子一见钟情，得了相思病，最后家人问清缘由，以"箫"为媒将两人配为夫妇。其次，编选者不仅注重题目的对仗，还关注内容上的联系，将相似题材编选在一起，前后两卷标题两两对偶，内容两相对应，如《西湖拾遗》卷四《钱王崛起吴越创雄藩》、卷

---

① 胡士莹：《话本小说概论》，北京：商务印书馆 2017 年版，第 174 页。

五《宋主偏安江山还宿世》，两卷均为帝王故事；卷十八《苏小小慧眼风流》、卷十九《冯元元悲心抑郁》，两卷均为女妓故事等。

（三）韵文部分的改动

《西湖拾遗》对原作的修改最主要体现在诗词的改换上。"西湖"意象一直是文人吟咏的绝佳题材，关于"西湖小说"中"西湖诗词"之多、之美早就有人论述，《西湖拾遗》选本对《西湖二集》和《西湖佳话》的诗词大多进行修改、替换。

第一，原作中没有篇首、篇尾诗的增加诗词。如《西湖佳话》卷二《白堤政绩》在编为《西湖拾遗》卷六《白香山重开镜面》时，增加结尾诗："孤山一带白沙堤，岁岁春风柳色齐。行过断桥看不尽，西湖好景是湖西。"卷七《苏学士复整湖堤》增加诗歌："东南胜地号西湖，德政才名颂大苏。双镜波光连别浦，长堤树色拥前途。看花玩月有时有，把酒临风无处无。今日六桥犹似昔，桃开十里绛霞铺。"选自《西湖佳话》的作品，没有篇首诗和结尾诗的全部补齐。

第二，对原作已有诗词进行修改而不改换韵脚。如《西湖佳话》卷三《六桥才迹》选入《西湖拾遗》编为卷七《苏学士复整湖堤》时，韵文共有三十三处，有七处改换诗中个别字词，不换韵脚。又如《西湖二集》卷十六《月下老错配本属前缘》讲述朱淑真遇人不淑，愁困无比，上元佳节赏完灯后以诗抒发自己的抑郁之情，有诗为："火树银花触目红，揭天鼓吹闹春风。新欢入手愁忙里，旧事惊心忆梦中。但愿暂成人缱绻，不妨长任月朦胧。赏灯那得工夫醉？未必明年此会同！"《西湖拾遗》卷三十七《断肠集循环凭月老》中将此诗改为："火树银花满眼红，无边景色度春风。新年欢乐归愁里，旧事凄凉入梦中。但愿暂离人缱绻，何妨长任月朦胧。灯前对酒难为醉，定是前生冤孽逢！"将"揭天鼓吹闹春风"改为"无边景色度春风"，将"旧事惊心忆梦中"改为"旧事凄凉入梦中"，更加表达了诗人面对良辰美景时的感伤自怜，自身境遇凄凉孤独，孤苦无处觅知音。小说将诗词修改得更加文雅，符合故事环境，最后一句"定是前生冤孽逢"也暗示了后文所指今生所嫁非人，实因前生孽缘，使诗与文融合在一起，体现了小说选者对诗词在小说中作用的重视。类似这样只对原诗进行修改、不换韵脚的改动在选作中随处可见。

第三，对原有诗词进行替换。这类情形在选本中也比较多。如《西湖二集》卷十一《寄梅花鬼闹西阁》结尾诗为："世事都是假,鬼亦幻其真。人今尽似鬼,所以鬼如人。"在编入《西湖拾遗》卷二十《雪压梅花假鬼冒西阁》时,换作:"梅雪何如者,忧心未得宁。色寒方凛冽,香暗或凋零。长夜难成梦,深秋竟露形。游魂逞伎俩,翻使到家庭。"改换过的结尾诗,不再是简单的几句套话陈词,它既概括了全篇的内容,又表达了作者对故事的看法,起到了画龙点睛的作用,与原诗相比,也更加符合文意。又如卷三十二《吴山顶上神仙》,结尾诗由"冷谦道法实奇哉,钻入瓶中不出来。程济传之辅少主,艰难险阻共危灾"改为"曾说壶中藏世界,岂知瓶内显神奇。吴山此日寻仙迹,惟有林间野鹤祠"。通过比较可以看出,原诗近于打油诗,改换后的诗词显得文雅,并点明了小说主题"吴山顶上神仙",概括了冷谦施法躲入瓶中与洪武对话的情节,符合文意,使诗词服务于小说,与小说融为一体。

(四)语言文字的改动

第一,选本《西湖拾遗》删除了"说话人"语言。白话短篇小说产生即受到说话艺术的影响,文中经常出现"说话人"语。它发展到清中期时已经成熟定型,陈树基编选《西湖拾遗》,有意去掉原作中的"说话人"语言。如原作中不时出现的"看官""看官,你好生听着""话说""小子"等语言,选本中这样的话语已经很少。以《西湖二集》卷二十四《认回禄东岳帝种须》为例,全篇中共出现"说话人"语言十五处,经选者修改后编为《西湖拾遗》卷三十五,全篇只有两处,改动部分有时是去掉"话说",有时为了连贯上下文,用"那""这"代替"话说",或者将"话说那时"改为"此时"。这都体现了选者对"说话人"语言的有意修改。

第二,将口头语改为书面语。如《西湖拾遗》卷十六《诗动英雄人衾并赠》,将原作中的俗语改换。描述戎昱的才能时,作者写道:"那戎昱自负才华,到这时节重武之时,却不道是大市里卖平天冠,兼挑虎刺,这一种生意,谁人来买?"选者将其改为:"那戎昱自负才华,到这时节重武之时,却不道是生不逢时,谁来敬重?"这样的改换,体现了选者作为一个文人,注重运用书面语言表述故事。

此外,有的选编还增加了一些心理活动。《西湖拾遗》中有一篇选自《醒世恒言》的作品《卖油郎独占花魁》,故事的发生地在西湖，被编入西湖小说中改为《卖油郎缱绻得花魁》。其中《醒世恒言》描写卖油郎初次去见花魁娘子，美娘却醉酒，他服侍到天亮，二人分别，"（美娘）将银子捱在秦重袖内，推他转身，秦重料难推却，只得受了，深深作揖，卷脱下这件龌龊道袍，走出房门"。在选入《西湖拾遗》卷三十六时改为："（美娘）将银子塞在秦重袖内，推他转身。心中甚觉不忍。秦重料难推却，只得受了，深深作揖，不敢耽搁，卷了这件龌龊道袍，走出房门，恋恋不舍，回头数次。"与原作相比，选本增加了"心中甚觉不忍""不敢耽搁""恋恋不舍，回头数次"几处语言，对美娘与秦重二人的心理活动细致刻画，表现了他们善良而多情的性格。

第三，将《西湖二集》中经常被作者提及的"洪武爷"改为太祖，"我朝"改为明朝，卷三十六《卖油郎缱绻得花魁》将原作中"金虏""鞑子"改为"金人"。这些都体现出选本所处的时代和作者为适应当时社会环境对原作进行了改动。

二、《西湖拾遗》选本与原作比较产生变化的原因

《西湖拾遗》为精选西湖类故事的小说选本，与原作相比较来看，编者对原作进行了一些改动，这些改动出现的原因究竟有哪些呢？首先，与编选者的时代相关。其次，与编选者的文人气质相关。另外，与编选者的编纂意图也存在一定关系。下面将就这几方面展开论述。

（一）与时代相关

《西湖拾遗》选本的艺术价值首先表现为选者增加了大量艺术水准较高的西湖诗词，并与小说叙事有机结合在一起，由此可见，高水平的诗词提高了小说的品位。

选本精选西湖类小说，并增加了大量诗词，与其出现的时代有关。"诗必盛唐"是明代的诗学观念，入清以后，钱谦益以唐宋兼宗为新的诗学选择，以崇尚杜诗为由唐向宋的起点，在清代诗坛开启了新诗风。清初诗派众多，诗歌创作也特别多。清中期社会从上至下，对诗歌都非常热衷。特别是康熙、乾隆都对诗歌比较热爱，如乾隆皇帝喜欢诗歌创作，二十多岁时就将自己所作的诗歌文章汇编成《乐善堂全集》付印，以后陆续编定印出的有《御制诗》一至五集就有四万余首，他喜欢用诗歌来记事、写史、表达感情。康熙朝和乾隆朝，皇帝多次下江南，增

加了江南文人的自豪感，激发了他们的创作热情，许多优秀的诗词层出不穷。乾隆皇帝第三次、第四次南巡都曾经到过杭州，特别是乾隆三十年（1765年）第四次南巡，"在杭州登观潮楼检阅福建水师，游览西湖美景，题诗作赋"，在此停留了十二天，"凡名胜之区，无不亲洒宸翰，用志表彰"。《西湖拾遗》成书于乾隆遍赏湖景、处处品题以显湖山秀美之后，明显是在人物评述方面补乾隆品题之阙。

1. 以诗词写景抒情

《西湖拾遗》以较具特色的诗词写景，表现西湖风光，做到融情于景，触景生情，将诗词与小说融合在一起。与以前一些小说中陈陈相因、可有可无的诗词相比，《西湖拾遗》中的写景诗贴切优美。如卷三十四《买鱼放生龙王赠宝》篇首词："长忆西湖湖水上，尽日凭栏楼上望。三三两两钓鱼舟，岛屿正清秋。笛声依约芦花里，白鸟成行忽飞起。别来闲想整纶竿，思入水云寒。"这首写西湖之水的诗，与此篇入话"张生煮海"和正话"买鱼放生"的故事相联系，使写景抒情和小说内容融合。如卷十九《冯元元悲心抑郁》篇首诗："同此佳山水，悲欢遇各殊。怡情增眷恋，失意助嗟吁。波共幽怀冷，灯随瘦影孤。有心人不忍，走笔慰名姝。"诗词将山水与故事主人的心情相联系，而不是令人生厌的套话，表现了小说主题。

2. 以诗词刻画人物

如卷十八《苏小小慧眼风流》中写苏小小的袅娜之姿："碎剪名花为貌，细揉嫩柳成腰。红香白艳别生娇，恰又莺雏燕小。云鬓乌连云髻，眉尖青到眉梢。漫言姿态美难描，便是影儿亦好。"对人物外表的描摹细致生动。结尾诗词："世人腹空眼亦空，冰炭横据胸之中。翻手覆手幻云雨，何况未遇识英雄。君不见，钱塘名妓苏小小，独具慧眼从来少。至今古墓在西泠，湖光山色相围绕。"对苏小小慧眼识风流的过人之处表示出由衷的赞美，将诗词与小说融合，增加了小说魅力。

（二）"西湖意象"与文人编选

在论述编选者的编选理论时，笔者将论及"白话短篇小说选本的文人化"，因此这里暂不展开论述。但是文人编选选本必然从某种意义上表现出文人色彩，吟诗作词正是文人生活的主要内容，况且"西湖小说"选本都是从前人作品中摘出编选，借历史题材故事加工改编，表现出文人意趣，而"西湖意象"一直就是文人情趣文人话题①，因此，选本透露出文人意旨并强调诗词的优美和诗意也是不可避免的。本书所论述的"西湖意象"② 主要包括以下几个方面：西湖人物、西湖诗词和具有文人色彩的与西湖有关的白话短篇小说。

1. 与西湖有关的历史人物

历史上本身就有许多与"西湖意象"相关的名人故事被不断重新敷演。如五代时期的吴越王钱镠是江南一带赫赫有名的大人物，其发迹变泰经历始终是杭州人津津乐道的话题。《喻世明言》卷二十一《临安里钱婆留发迹》大约据《西湖游览志余》卷一《帝王都会》等书写成，细致地向世人讲述了钱塘这位帝王的世俗人生和发迹过程。这篇钱婆留故事在《西湖二集》的第一篇题为《吴越王再世索江山》，既显出了浙江人对本乡人物的偏爱，又用他们心目中的"大人物"充实了西湖小说。《西湖佳话》卷十二《钱塘霸迹》再一次把这位吴越王的故事搬演出来，进一步加深了人们对这位杰出人物的印象。《西湖拾遗》在选编这位名人故事时做了较大改动，卷四为《钱王崛起吴越创雄藩》，卷五为《宋主偏安江山还宿世》，与《西湖二集》相较可知，选本《西湖拾遗》将民间传说中吴越王发迹前比较粗俗的故事去掉，将周清原时不时拉出来说说的"洪武爷"一段也删去，直接描述钱王故事。钱婆留被封为鼓城郡王后的一段记有皇帝赐恩的"金书铁券"原旨也删除，并对钱王治理杭州的功迹进行了简明扼要的叙述。最大的改动在于另起一卷作《宋主偏安江山还宿世》，将南宋高宗偏安临安归结为钱王转世索江山。《西湖二集》中《吴越王再世索江山》将两个故事融为一卷描述，故事的前半段讲述吴越王发迹前后治理西湖的故事，最后才论及宋高宗为吴越王转世，所以偏安一隅，将前世今生的事迹融合在一起，而且《西湖二集》此卷《吴越王再世索江山》这一标题也不足以涵盖整

① 邱苇、胡海义：《西湖小说与西湖诗词》，《贵州文史丛刊》2006 年第 1 期，第 40 - 42 页。

② 近年来关于"西湖小说"研究的学位论文有胡海义：《明末清初西湖小说研究》，暨南大学硕士学位论文，2006 年；张慧禾：《古代杭州小说研究》，浙江大学博士学位论文，2007 年。期刊文章有刘勇强：《西湖小说：城市个性和小说场景》，《文学遗产》2001 年第 5 期；孙旭：《西湖小说与话本小说的文人化》，《明清小说研究》2003 年第 2 期；胡海义：《明末清初西湖小说与西湖文化精神》，《甘肃理论学刊》2007 年第 1 期，等等。这些论文对"西湖小说"之概念界定不尽相同，但是都指出了"西湖意象"大多与文人、文人编撰小说有关。

卷内容。《西湖拾遗》将钱镠故事分两回叙述，一方面表明了吴越王故事受到选者的重视，认为在"西湖小说"中吴越王实在是一位重要人物，值得进行修改、扩充和完善；另一方面也可以看出，编选者对吴越王保护西湖的功绩的肯定，对其偏安江南，不图恢复北方国土的原因进行了民间话语的解释，把西湖与宋高宗、吴越王联系在一起，将历史演进变化的某种原因归结为与西湖历史有关，把西湖更加神秘化了。

2. 与西湖有关的文化名人

西湖之所以成为文人所爱，很大程度是因为西湖本身就与文人结下不解之缘。先有白居易治理西湖修白堤，后有苏轼重修西湖建苏堤，西湖总是与文人风雅结合，"垂千古风雅之名"①。编选者将这两位与西湖有关的名人故事选入《西湖拾遗》时，做的改动主要有补充完整的篇首诗、入话和改换诗词，将文化名人与景物因人而胜、美景因人而显的特色表现出来。《白香山重开镜面》对白乐天与元微之两人的诗词往来一一载入，共计二十四首。《苏学士复整湖堤》一文中记对各处景物的题诗共三十四首。文人雅好游山玩水、吟诗酬唱，于公务之暇寄情于山水，将西湖之乐与宦场仕途相比，文人甚至更乐于流连西湖美景，表达了一种闲情雅趣。

3. 与西湖有关的多情女子

西湖在文人眼中本身就是一位柔情女子——"水光潋滟晴方好，山色空蒙雨亦奇。欲把西湖比西子，淡妆浓抹总相宜。"苏轼游玩西湖之际，见山水风光，变幻莫测，晴有晴的风景，雨有雨的妙处，无论怎么欣赏，西湖都似一位可爱的美女。在柔美秀丽的西湖边，确实有一群与西湖相互映衬的佳人，如苏小小、冯元元、王美娘等，苏轼所纳之妾朝云也是钱塘名妓。花团锦簇的西湖，正是文人纵情诗酒之地，也是妓女行乐烟花之所。苏小小葬于西泠桥，生于繁华之地，死于繁华之地，已经与西湖融为一体。冯元元所嫁非人，被大妇嫉妒，郁郁成病而死，生于西湖死于西湖。这些柔情似水颇具才情的女子与西湖故事连在一起，更增加了文人墨客的怀古凭吊之情。

4. 与苏杭有关的明清小说编撰者

明清时期编著小说之风在吴越地区影响巨大，吴越地区经济发展较

---

① 《西湖拾遗》卷七《苏学士复整湖堤》，《古本小说集成》据大连市图书馆藏自愧轩刻本影印，上海：上海古籍出版社1990年版，第102页。

为迅速，从而出现了市民阶层，并且为数不少，他们所喜爱的小说尤其是白话通俗小说得以繁盛，因此文人也汇聚于此，参与了小说的编撰。明清时期的不少小说都题署与吴越有关的名号，特别是与苏杭有关，如与苏州有关的《鼓掌绝尘》题"古吴金木散人编"，《孙庞斗志演义》题"吴门啸客述"，《今古奇观》题"姑苏抱瓮老人辑"，《西湖佳话古今遗迹》题"古吴墨浪子搜辑"，《绣屏缘》《归莲梦》《锦香亭》均题"古吴苏庵主人编"。与杭州有关的也不少，如《昭阳趣史》题"古杭艳艳生编"，《皇明中兴圣烈传》题"西湖义士述"，《宜春香质》《弁而钗》《醋葫芦》均题"醉西湖心月主人著""西子湖伏雌教主编"，《欢喜冤家》题"西湖渔隐主人编"，《胡少保平倭记》题"钱塘渔隐叟述"。另外，明清之际编纂或创作小说甚多的"天花藏主人"和"烟水散人"大约也生活在苏杭一带。可以说，西湖美景吸引了无数文人编撰与之相关的故事，也促进了西湖类小说的繁荣。

历史人物、文化名人和多情女子增加了西湖的历史厚重感和文人气息，杭州西湖之繁华被无数文人反复歌咏，袁宏道曾经这样描述："湖上由断桥至苏堤一带，绿烟红雾，弥漫二十余里。歌吹为风，粉汗为雨，罗纨之盛，多于堤旁之草，艳冶极矣。"① 明清易代之后，文士重返西湖，抚今追昔，历史的沧桑感和沉痛的失落感曾使张岱感慨无限："前甲午丁酉，两至西湖，如涌金门商氏之楼外楼、祁氏之偶居，钱氏、余氏之别墅及余家之寄园，一带湖庄，仅存瓦砾。则是余梦中所有者，反为西湖所无。及至断桥一望，凡昔日之弱柳夭桃，歌楼舞榭，如洪水湮没，百不存一矣。"② 入清以后，历经风雨与沧桑的西湖又渐渐恢复了昔日的繁华，江南一带再次成为歌舞升平、花酒繁华之地。历史人物、文人与西湖美景融合在一起，赋予西湖深厚的文化底蕴，他们共同组成"西湖意象"，成为文人的精神寄托之所。将西湖故事重新编选体现了文人对历史古迹和秀丽山水的怀念，也是"寄迹栖心"的文人心境的精神慰藉。

---

① （明）袁宏道著，钱伯城笺校：《袁宏道集笺校》卷十《西湖二》，上海：上海古籍出版社 2008 年版，第 423 页。

② （明）张岱：《西湖梦寻·自序》，见张岱：《陶庵梦忆》，北京：中华书局 2007 年版，第 119 页。

三、《西湖拾遗》选本的历史意义

《西湖拾遗》保存了《西湖二集》和《西湖佳话》这两本小说集，具有保存文本的价值。周清原在撰成《西湖二集》之前，当撰成《西湖一集》，惟其书已不可见，亦未见诸有关著录。① 在《西湖二集》卷十七《刘伯温荐贤平浙中》文中，作者有云"先年《西湖一集》中《占庆云刘诚意佐命》大概已曾说过"，无意中透露出作者确有《西湖一集》之作，但成书不久即湮没无闻。《西湖拾遗》对《西湖二集》和《西湖佳话》的重复编选说明小说选本在保存小说方面至少起到一点作用。明清之际依赖选本而流传下来的作品不少，如"三言"虽然在明末即引起极大的轰动，仿效之作不绝，但清中期以后，并未见书目著录，流传下来大多有赖《今古奇观》才得以窥见一斑，直到近代一些学者从国外访书，搜求重印才重见原作面貌。由此可见，《西湖拾遗》小说对西湖类小说的保存作用不可忽视。

《西湖拾遗》在编选过程中对原作的诗词进行了大量的改写、替换，有的诗词甚至可以视作是选者的原创，将诗词修改得切合文意、典雅，更凸显文人特色，表现出了选者在诗词方面的造诣。小说中的诗词也有一定的欣赏价值，说明小说选者在编选过程中经过精心挑选与修饰，使选本具有高于原作的审美价值。

---

① 陈美林：《拟话本〈西湖二集〉浅探》，《江海学刊》1998 年第 6 期，第 167–168 页。

第四章
明清小说选本评点论

　　评点是中国古代文学批评的一种重要形式，它发端于诗文领域，章学诚《校雠通义·宗刘》认为"评点之书，其源亦始钟氏《诗品》、刘氏《文心》"①。宋代开始的评点之学，最早应用于小说评点的为南宋刘辰翁对《世说新语》的评点，"刘辰翁的《世说新语》评点则已明显带有文学批评内涵，虽仅有少量眉批，但在三言两语的评说中已能注意人物的神态和语言特性，实开古代小说评点之先河"②。刘辰翁评点《世说新语》是中国小说评点的开端，已为世人认可。小说评点这一批评方式，在明清时期大放光彩。林岗在《明清之际小说评点考论》中指出："评点纯粹是一种批评形式，在古代文学批评史上，虽然它被运用于诗、文、八股文、传奇、小说等多种文体，但真正影响大、产生有分量批评成果的，还是当它被用于批评小说、传奇的时候。所以，尽管宋代评点形式的发展比较完备，而真正能够发扬光大做出业绩的，还是明清之际。"③ 本章所采用的"评点"概念基本同意谭帆先生在《中国小说评点研究》一书中对"评点"的界定，即"一、评点是中国古代文学批评的一种重要形式，与'诗''品'等一起共同构成古代文学的批评的形式体系。二、正因为评点与所评作品融为一体，故带有评点的文学作品成了一种独特的文本形式，这种文本一般称之为'评本'。三、评点在总体上属于文学批评范畴，是一种对文学作品的评价、判断和分析"④。但是，稍有不同之处。谭书中认为："（评点）这种批评形式有

---

① （清）章学诚：《校雠通义通解·宗刘》，上海：上海古籍出版社 2009 年版，第 12 页。
② 参见谭帆：《中国小说评点研究》，上海：华东师范大学出版社 2001 年版，第 10 页。
③ 林岗：《明清之际小说评点考论》，《学术研究》1997 年第 12 期。
④ 参见谭帆：《中国小说评点研究》，上海：华东师范大学出版社 2001 年版，第 6 页。

其独特性，其中最为重要的是批评文学与所评作品融为一体，故只有与作品连为一体的批评才称之为评点，其形式包括序跋、读法、眉批、旁批、夹批、总批和圈点。"① 从本书所涉及的研究对象即对小说选本的评点来看，笔者所认为的评点形式不应包括序跋，正如笔者同意"评点是批评文学与所评作品融为一体"，但明清小说的序跋并不是对小说文本的评点，而往往是对小说创作、编撰过程中一些理论问题的发挥，故笔者对小说序跋理论价值的探讨置于第六章"明清小说选本与小说观念"中，本章所论即为评点者对小说选本所选文本的评点。

第一节　明清小说评点产生的原因及其作用

通俗小说评点首次出现在明代嘉靖元年本《三国志通俗演义》（世称"嘉靖本"），万历十九年（1591 年）金陵万卷楼本《三国志通俗演义》在嘉靖本基础上增加大量注评，是最早的由书坊主从商业营利角度操作的通俗小说评点。自此以后，小说评点开始大规模出现，金圣叹对《水浒传》的评点、汤显祖等人对《虞初志》的评点，标志着小说评点者对文言和白话两类小说充分关注，进入繁盛阶段，"促进了小说评点在明末清初蔚为大观"②。后来的毛宗岗、张竹坡、脂砚斋等批评家更将评点发扬光大，评点遂成为中国小说理论批评中一种独特的文学批评和审美鉴赏方式。

一、小说选本评点产生的原因

谭帆先生认为小说评点产生有两个基本条件：一是小说创作与传播的相对繁盛，二是与万历时期文人对通俗小说的逐渐注目密切相关，③并认为小说评点主要就通俗小说而言，④ 即认为小说的繁盛和文人的参

① 谭帆：《中国小说评点研究》，上海：华东师范大学出版社 2001 年版，第 6 页。
② 参见石麟：《古代小说评点派的形成演变和主要特点》，《福州大学学报》（哲学社会科学版）2005 年第 3 期。
③ 谭帆：《中国小说评点研究》，上海：华东师范大学出版社 2001 年版，第 12 页。
④ 谭帆：《中国小说评点研究》，上海：华东师范大学出版社 2001 年版，第 17 页。

与促进了通俗小说评点的产生。但根据某些系列作品来看，小说评点在明代开始形成并迅速达到高潮阶段，除了上述原因以及诗文评点的成熟影响到小说评点外，书坊刻书业的发展和商业风气也极大地促进了小说评点的发展。

首先是印刷业的发展。成化年间，陆容曾扼要地介绍了明初至中叶时印刷业发展的概况："国初书版，惟国子监有之，外郡县疑未有，观宋潜溪《送东阳马生序》可知矣。宣德、正统间，书籍印版尚未广，今所在书版，日增月益，天下古文之象，愈隆于前已。但今士习浮靡，能刻正大古书以惠后学者少，所刻皆无益，令人可厌。"① 明初对书籍的印刷做了种种约束与限制，以致到了宣德、正统年间，人们所面临的仍然是"书籍印版尚未广"的局面。到了明末，印刷刻书的状况已经产生了极大的变化，叶德辉《书林清话》有载："王遵岩、唐荆川两先生尝相谓云：'数十年读书人，能中一榜，必有一部刻稿；屠沽小儿，身衣饱暖，殁时必有一篇墓志。'此等板籍幸不久即灭，假使尽存，则虽大地为架子，亦贮不下矣。"② 这说明明代中后期，刻书业已达到空前繁荣，刻工价格低廉，一般士子和普通人都有经济能力刊刻书稿了。印刷业的发展，使小说的出版增多，小说的读者群扩大，对于一些识字能力和理解能力并不太高的读者来说，以评点加深对小说的理解很有必要。如《东西汉通俗演义序》云："人言《水浒传》奇，果奇。予每检《十三经》或《二十一史》，一展卷，即忽忽欲睡去，未有若《水浒》之明白晓畅、语语家常，使我捧玩不能释手者也。若无卓老揭出一段精神，则作者与读者，千古俱成梦境。"③ 这段话说明了两个问题，一是《水浒传》已经人人皆知，二是李贽评《水浒传》使读者加深了对小说文本的理解，读者、评者和文本三者之间产生了共鸣，可以说读者阅读需要刺激了小说评点的发展。

其次是商业求利对小说评点的影响。书坊经营者为了扩大所刻书籍的销售，以众多"名家评点"吸引读者，而且出版求新求快。《归庄集》卷四《书葛家板史记后》中就提到有明一代评点的盛况："于是评

---

① （明）陆容：《菽园杂记》卷十，《明代笔记小说大观》，上海：上海古籍出版社 2005 年版，第 475 页。
② （清）叶德辉：《书林清话》卷七，上海：上海古籍出版社 2012 年版，第 153 页。
③ 黄霖、韩同文：《中国历代小说论著选》，南昌：江西人民出版社 2000 年版，第 184 页。

语取多，不知其赘，议论取新奇，不顾害理。搜剔幽隐，抉摘琐细，乃有丹黄未毕，而贾人已榜其书名悬之肆中。"① 书坊主在商业利益的驱使下，寻找名家评点，迅速刊印问世。有的甚至伪托名家评点，以扩大市场。如《虞初志》评点本，有汤显祖、屠隆、袁宏道、李卓吾诸名家评点，"以集众美"。这种商业运作方式，一方面以作者或编选者的知名度为号召，引起读者的注意；另一方面，说明利用名家评点对当时读者的吸引力可以扩大书籍的销路。小说的评点在书坊的推动下逐步发展，由最初的注音释义扩大到对文本艺术性情节内容等的解读。《虞初志》小说选本的产生本身就带有一些商业性的因素，如编选唐传奇故事中脍炙人口的名篇、托名汤显祖并伪托名家点评，为了适应读者的需求，扩大小说销路而将小说进行评点等，客观上也促进了小说评点的发展。

此外，小说评点是建立在对小说的细读精研、用心揣摩之上的，体现出了强烈的文本中心意识。从评点本身来讲，它是一种文体自觉的表征。中国小说的历史源远流长，但在明清之前，由于小说的地位低下，被视为"小道"，文人不屑于研究它，故传统的小说理论研究并不深入，理论总结较少，零碎的分析中往往多是对小说的分类总结。明清之际，正统诗词渐趋式微，白话小说大行于世，为小说评点打下了基础，正因为有了众多的小说文本，才有了小说评点的盛行，小说选本的评点也由此产生。从社会学的方面考查，小说评点在晚明兴起，与当时的社会历史状况是分不开的。就社会原因而论，政治颓败，士子求进无门，使文人退而求其次，以文立言成为可能；就心理原因而论，因无出路而取小说评点以自适是其表面原因，因对政治的不满而造成的文人士子的"戾气"，即对正统采取反抗姿态，是文人借用为正统所不取的"小道"来作为评点对象的深层心理基础。与长篇通俗小说评点的繁荣态势不同，小说选本的评点本并不是很多。从小说选本来看，只有《艳异编》《警世奇观》《今古奇闻》《虞初志》《虞初新志》《虞初续志》和《青泥莲花记》等几部有评点，其中评点价值高的为数较少，大多数只有眉批或是少量点评。因此，与"四大奇书"等名著评点相比，选本的评

---

① （明）归庄：《归庄集》卷四《书葛家板史记后》，上海：上海古籍出版社1982年版，第294页。

点并不起眼，是顺应当时小说发展的潮流，使评点之风波及选本这一领域，并受其他风气如刊刻娱乐之风、印刷发展等因素影响而产生的。但是作为选本本身来看，评点也是选本的组成部分，因此，分析小说选本评点产生的原因既离不开评点产生的渊源，也离不开小说兴盛的缘由，它与这两者紧密结合在一起，在明清两代小说史上具有一定的价值。

二、小说选本评点的作用

明代，随着通俗小说的大量印行，小说批评明显地体现了一种适应市场需要的商业化倾向。一些由出版商或书商网罗的下层文人对通俗小说的批评，主要是为了迎合那些世俗的读者，从而为其售书打开更大的销路。这样的批评，基本上没有多大的理论价值或艺术价值可言，如余象斗双峰堂出版的《批评三国志传》《水浒志传评林》就是这方面的代表。明代后期，由于一些文人如李贽、袁宏道、叶昼等人亲自参与通俗小说的评点，使小说评点进入一个新的历史阶段——从作品的思想内涵、艺术成就、审美效应、社会功能等各个不同的角度对通俗小说进行了高层次而又通俗化的评判。这时的批评家们还认识到了评点的重要意义，如托名李贽所撰写的《出像评点忠义水浒全传发凡》中说："书尚评点，以能通作者之意，开览者之心也。"在当时甚至造成了假托名人评点小说的时代风气，李贽、汤显祖、钟惺等人的名字均多次被别人所借用。正如汪本钶在《续刻李氏书序》中指出的："夫伪为先生者，套先生之口气，冒先生之批评……第寖至今日，坊间一切戏剧淫谑，刻本批点，动曰卓吾先生，耳食辈翕然艳之。"① 托名汤显祖等文人对文言小说，尤其是"虞初体"小说的批评，使小说评点在选本中也蔚然成风。这种假冒名人效应的风气从假冒李卓吾开始，后经不断地发酵扩大，弥漫于整个图书刊印行业，一直延续到明末清初改朝换代之后，表现在明清小说选本方面，选本的评点商业性也非常突出，同时也具有一定的审美价值功能。

---

① （明）汪本钶：《续刻李氏书序》，见张建业主编：《李贽全集注》第三册，北京：社会科学文献出版社 2010 年版，第 421 页。

（一）商业功能

1. 促进流通

小说选本评点最主要的作用就是招揽读者。小说评点的大量出现对于小说的传播起到了十分重要的促进作用。明清两代，书商重金邀请名人甚至委托名人为小说作评，同时使用不同字体和颜色将正文与评语区别印刷，其目的就是使评点内容一目了然，更有效地帮助读者阅读文本。插图与评点的相互配合更是书商促销的重要手段，图文并茂的作品显然更容易吸引购买者的注意。明清通俗小说的流通过程中，"白文本"很少，大多数都为评点本，与明代小说发展的大趋势相适应，评点也成为选本的一部分，成为传播的重要媒介。

小说评点是书坊主推动小说的商业传播的一种促销手段。小说评点产生的最初动机是书坊主为了推动小说的流通，采取注释疏导为主的形式，方便市民尤其是文化层次不高的市民阅读。一些选本以评点形式刊刻行世，其目的在于保证"愚夫愚妇亦识其意思之一二"。明中叶时更是"时尚批点，以便初学观览"①。这时期的小说评点主要处于书坊主的控制中，其主要目的是扩大小说读者的范围，更好地销售小说。

2. 广告意识

选本评点中的广告意识表现为在书籍刊印中依托名人评点。明清之际受书坊主欢迎的名家有李贽、冯梦龙、钟惺、汤显祖、袁宏道、李渔等，书坊主以名人评点标榜，作为广告手段以扩大销量、促进销售。选本刊刻小说时，这些手段运用过多，在明代已经引起反感："余最恨今世龌龊竖儒，不揣己陋，欲附作者之林，将自家土苴粪壤，辄托一二名公以行世。而读者又矮人观场，见某老先生名讳，不问好歹，即捧诵之。"② 这段话说明了当时社会上借助名人效应扩大影响的现象是客观存在的，受此风气影响，书坊主利用名家评点或托名名人批点或撰写序跋来大肆宣扬自己的产品，对这种假冒伪劣风行一时的风气起到推波助澜的作用，甚至造成明代书籍善本不多的后果，这种现象引起后来研究

---

① （明）陈邦俊：《广谐史·凡例》，《四库全书存目丛书》据清华大学图书馆藏明万历四十二年沈应魁刻本影印，第252本第208页。

② （明）盛于斯：《休庵影语·西游记误》，转引自朱一玄：《〈西游记〉资料汇编》，天津：南开大学出版社2002年版，第316页。

者的诟病。同时，从读者角度来看，见到名人姓名，"不问好歹，即捧诵之"，这就给书坊假托提供了市场，以较低的"假托"成本带来较高的销售利润，不能不说书坊主运用"评点"广告手段的高明之处，能抓住读者的阅读心理，占领市场。

同一本书或者相类似的故事，经过重新编选，更换评点来求新，以推动书籍的销售，也是明清时期书坊者常用的手段，小说评点在明清时期的传播功能和商业价值，已经得到书商的认可和充分肯定。评点确实能给书贾们带来丰厚的利润，因此大量刊行评点本，或者改换原刊本的书名假称"新评"，但内容却沿用旧本中的评点；或者书名称评点本，但书中实际并无评点的刊本均有出现，这些都是书坊主欺骗读者、吸引读者购买的方法。可见，利用小说评点招徕读者，已成为明清书贾们进行商业竞争的手段。

（二）审美功能

小说评点即为文学批评的一种，虽然零碎或者只是散见于文中或文末，但是也具有一定的审美功能。评点者特别注意古典小说的美感作用，注意小说欣赏的审美心理作用。他们把作者与读者、作品与欣赏统一起来，把小说的创作、小说的品评与小说的鉴赏统一起来，在古典小说创作中加入多种形式的评点，使小说创作与美学评点结合甚至融为一体，小说评点成为小说本身的必要组成部分。其中，文言小说的评点值得特别关注。文言小说与白话小说相比较而言，篇幅短小，情节简单，人物形象也不够丰满，因此对其评点的要求应开门见山，一语破的。如钟惺之评着重于"点"，多用眉批和夹批，而少有总评，虽有理论不够丰富的缺点，但也避免了游离于作品之外的大段空洞议论，其"点"，往往也能点到实处，揭示出作品的实质，较为简洁；袁宏道之评注重自我感情的抒发，关注文章的篇章结构，等等，都表现出文言小说评点者对评点审美功能的重视。

小说选本中有评点的文本并不是很多，其中以托名现象评点的有《虞初志》《艳异编》等，而《虞初新志》《青泥莲花记》《今古奇闻》等都是编者自评，在选文之末表明自己的观点。由此可见，评点的商业性在明代小说评点中表现得非常突出，选本的评点可以说是在商业利益驱动的风气影响下顺势产生的。运用评点对小说进行理解品评、赏鉴，既提高了小说的思想性、艺术性，深化了小说的社会意义与美学意义，提高了读者的阅读能力与艺术欣赏能力，也提高了小说批评的理论水平。小说选本的评点本数量虽然较少，有的评点本评论语言也不太多，但也反映了评点之风所涉范围之广。

"虞初"系列选本评点集明清两代小说选本评点于一体，从一定程度上体现了明清两代对小说和小说选本的态度以及小说的审美观念，也可以看出明代小说理论和清代小说理论的发展，特别是它集书坊编选与文人编选小说选本特点于一体，具有一定的代表性。梅鼎祚《青泥莲花记》为家刻本，它的评点则是受到王学思想影响的文人选本评点，与商业利益并不相关，在明末也有一定的代表性，故选择它们作为论述的重点。

第二节　　"虞初"系列小说评点的特色

前文已经谈到，小说选本的评点集中表现在对几种系列小说的评点上，"虞初"系列小说评点即为其中较具特色的评点。对文言小说评点的研究有华东师范大学董玉洪 2005 年博士学位论文《中国文言小说评点研究》①，该论文对文言小说评点进行了综合研究，将古代文言小说评点分为宋前、宋元时期、明代和清代四期，并分别对各期发展和流变状况进行评述。其中对《聊斋志异》进行了重点分析，认为《聊斋志异》的评点是文言小说评点之高峰，介绍和分析了"聊斋体"文言小说评点之形式、《聊斋志异》评点之内涵及《聊斋志异》仿书的评点，肯定了其在文言小说评点史上的地位。在"明代文言小说评点"一节中，作者论道："本时期文言小说评点中，最值得注意的是李贽的评点和多位名士对《虞初志》一书的评点。""《虞初》一书问世后，受到了后世文人的热烈追捧，模仿后续之作蜂拥而出，有《续虞初志》《广虞初志》《虞初新志》等等，形成了一个庞大的'虞初'系列。《虞初志》凌性德序言有'《虞初》之来旧矣，梓《虞初》之家亦夥矣'之

【第四章　明清小说选本评点论】

① 董玉洪：《中国文言小说评点研究》，华东师范大学博士学位论文，2005 年。

语，可见当时以《虞初志》为代表的通俗小说选本流通的风行情况。"①
该论文总结了明清两代文言小说评点的特色，但对《虞初志》《虞初新
志》等评点的单独讨论并不多，笔者认为，"虞初"系列小说的评点，
作为选本中的评点，较具特色，有一定的理论价值。

《虞初志》有万历年间吴兴凌性德翻刻本，将汤显祖、袁宏道、李
贽等人的评点集录于一书，美国国会图书馆东方书库藏有此书万历年间
刊本四卷，题"临川汤显祖若士评选　钱塘钟人杰瑞先校阅"②。其中
汤显祖、袁宏道和李贽的评点较多，其他人的评点较少，但都各具特
色。《虞初新志》的评点主要是张潮在文末的评点，形式为"张山来
曰……"，文中夹评并不多。这两者评点所处时代不同，反映出来的评
点思想也不尽相同。从具体评点思想内容来看，主要表现在以下几点：

一、对人物形象方面的点评各具特色

"奇"是小说创作的不断追求，而"奇"的内涵在明清两代有不同
的理解。

（1）《虞初志》评点对人物形象的关注主要表现在对"奇""情"
赞扬方面。首先，《虞初志》评点者以异于常理之事为"奇"。如《狄
梁公》中，狄梁公医术高明，尤擅针术。一小儿鼻端生赘，大如拳石。
"公因令扶起，即于脑后下针寸许"，汤若士评曰："鼻端生赘，脑后下
针，便是奇文字。"与一般医者所为不同，即为奇。《虬髯客传》中写
李靖与虬髯客相见却是因为与李靖同行的张氏，张氏慧眼识英雄，看出
虬髯客异于常人，于是先与之结为兄妹，然后，呼"李郎且来见三
兄"，此处袁石公评曰："英雄相遇，乃在女子，更奇。"后来，虬髯公
将府第与家产赠与李靖夫妇，袁石公又评："虬髯，异人也，无所不异。
掀翻从来英雄公案，有独辟世宙手段。人以为宝货泉贝，尽护李郎夫
妇，为一大奇事。公视之，特寻常着衣吃饭耳。"这些与平常事平常理
不同之处，评点者将其拈出，视为奇事。

《虞初新志》评点中赞赏的"奇"更多来自对小人物"奇技"的欣
赏。如《秋声诗自序》中描绘了一名善演口技之人，张山来评曰："绝

---

① 董玉洪：《中国文言小说评点研究》，华东师范大学博士学位论文，2005 年，第 23 -
24 页。

② 孙庆茂：《〈虞初志〉三家评略论》，《明清小说研究》1999 年第 1 期。

四、借题发挥表达作者个人情感，讽古骂今

《虞初志》小说评点的产生，除了书坊主为吸引读者、扩大销售等商业性因素外，单从评点本身来看，评点大多表达了对小说艺术性的鉴赏，但也有不少是借评点各类小说以发泄自己情感。正如李贽所说："胸中有如许无状可怪之事，其喉间有如许欲吐而不敢吐之物，其口头又时时有许多欲语而莫可所以告语之处，蓄积极久，势不能遏"，所以才不得不"夺他人之酒杯，浇自己之垒块"。① 而评点本身即是借他人之酒杯，浇自己之垒块的最佳形式。《虞初志》中《南柯记》的评点，多处颇有深意。如袁评："蚁穴用人得当，便称治理，何况朝廷可无循良。"《枕中记》中有评："举世皆梦也。演邯郸者，以梦语梦也。天地有日飞，此梦何时醒。吾为世下一针砭曰：不须太认真耳。"类似的评点大多表达了作者的个人情感，感慨世风。张潮在《虞初新志》跋中写道："穷愁之际，借书而释。"可见其选编、评点此书都带有自身情感色彩。在评点中也借题发挥，表达心中的牢骚不平。如《剑侠传》文末评曰："予尝遇中山狼，恨今世无剑侠，一往诉之。读此乃知尚有异人，第不识于我有缘否也。"于另一篇剑侠后评："若我遇其人，当即恳其为我泄愤矣。"除了抒发自己的牢骚不平外，评点也借以讽世。如《狗皮道士传》，对那些文武官员投降张献忠的行为，张潮进行了辛辣的讽刺："人皮者不能吠贼，狗皮者反能之，何以人而不如狗乎？"时大臣列班朝见，而狗皮道士突然作狗吠，合城之犬从而和之，"此时如人狗国矣"。这些评点都表明了张潮对变节投降者的讽刺，认为人大不如狗。

五、与其他作品类比

将所评之作与其他相类似作品比较是评点和序跋中经常出现的一种方式，如张无咎《批评北宋三遂新平妖传叙》中指出："王徽山先生每称罗贯中《三遂平妖传》堪与《水浒》颉颃。"② 李贽在《忠义水浒传叙》中认为《水浒》与《说难》《孤愤》一样为发愤之作。在《虞初

① （明）李贽：《焚书》卷三《杂述·杂说》，见张建业主编：《李贽全集注》第一册，北京：社会科学文献出版社 2010 年版，第 272 页。
② 黄霖、韩同文：《中国历代小说论著选》，南昌：江西人民出版社 2000 年版，第 242 页。

志》和《虞初新志》的评点中，也经常出现将评点对象与其他作品类比的情况。如屠赤水评《南柯记》时有："淳于际此，不复究其洞穴，则穴中与枕中何异？"并将《南柯记》借异类以讽世的写作手法进行类比，文末评曰："假物立谕，其原出于庄生蛮触之说。若《搜神记》之审两堂，《酉阳杂俎》之垫江城，《异苑》之鼠妇，皆由是出。公佐殆亦附会而为此者，然其意则达矣。"《虞初新志》评点中与他作类比情况也不少。如评《汤琵琶传》，将韩昌黎、白居易之作与之相比："韩昌黎《颖师琴》诗，欧阳子谓其是听琵琶。予初疑之，盖以琵琶未必能如诗中所云之妙也。今读此文，觉尔汝轩昂，顷刻变换，浔阳江口，尚逊一筹耳。"《顾玉川传》评："余读《水浒传》，窃慕神行太保戴宗之术，又以为尚不及缩地法。私尝疑之……今读此，则是世有其人，惜予不及见耳。"与名家名作类比，可以使读者对小说有更深的理解，也从某种程度上提高了所评之作的艺术价值。

除此之外，评点也表达了作者对某些神秘事物的质疑。如《姚江神灯记》中记载，姚江三四月间有神灯出没，文末张潮附上另一记载以证明"姚江神灯，非妄言也"。但是又在一些作品中表达了对鬼神的不信，如《记缢鬼》评道："世间自尽之鬼，如投河、自缢、自刎之类，俗谓其必讨替身。予素不之信。审若此，则此等鬼必有定额，不容增减耶？真不可解。"《述怪记》则对阴间小鬼也索贿的行为进行讽刺，张评之："岂鬼神亦不能禁需索陋规也耶？"《书戚三郎事》的评点则表达了对神鬼的不满："关帝能宛转默佑戚郎，则曷不于其妇被掳时显示神威耶？岂数当有难，有不可免者耶？又岂必待诉祷而后应耶？然终不可谓非帝佑也。"张潮有时认为神是真正存在的，有时又在评点中质疑鬼神的存在，认为不太灵验，这说明了他美好的理想，希望神灵在善良小民受迫害时能够庇护人们，又希望神鬼所在的世界是一个清明的世界，即以小说评点寄寓自己美好的理想，以小说塑造一个完美的世界。

第三节 《青泥莲花记》的评点与梅鼎祚的编选思想

梅鼎祚是明中晚期的"布衣文人",他的一生作品丰富,但是一直以来评价较低,清初钱谦益《列朝诗集小传》云:"禹金于学,博而不精。其为诗,宗法李、何,虽游猎汉魏三唐,终不出近代风调。七言今体,步趋李于鳞,又其靡也。"① 但是近年《青泥莲花记》《才鬼记》这两部选本逐渐引起研究者的注意,陈晨《20 世纪以来梅鼎祚研究综述》② 中指出:"20 世纪以来对它们(《青泥莲花记》和《才鬼记》)的关注和研究,随着学界对明代文言小说、小说汇编等关注程度而逐渐深入。"中州出版社和黄山书社先后出版二书的整理本,陆林研究员在黄山书社出版的"前言"中介绍了该集的编排内容、进步思想以及梅鼎祚的交游。随后一些单篇研究论文出现,如马珏玶《"专以娟论"肠内热——〈青泥莲花记〉的青楼女性观管窥》③ 从选辑目的、编次对梅鼎祚的青楼女性观念进行了分析,并就梅氏对青楼女性认识思想的形成原因进行了探讨,认为明中叶的社会文化风尚和狭邪文学传统,以及梅氏本身仕进无门与声色自娱的人生历练,都对他的编选观念产生了一定的影响,并认为他的思想呈现出较为复杂的价值判断和伦理倾向,甚至出现矛盾心态。陈大康的《明代小说史》、陈国军的《明代志怪传奇小说研究》对梅鼎祚两部选本的编纂有所论及,台湾中山大学陈慧芬的硕士学位论文《梅鼎祚〈青泥莲花记〉考论》对编者的生平和经历进行考证,通过了解编者的思想渊源,结合当时社会风气分析《青泥莲花记》的成因,并对文本内容进行集中探讨,最后将全书故事内容分为四类探讨倡女的生活和小说的思想内涵。刘小玉的硕士学位论文《〈青泥

---

① (清)钱谦益:《列朝诗集小传》丁传,上海:上海古籍出版社 1959 年版,第 627 页。
② 陈晨:《20 世纪以来梅鼎祚研究综述》,《辽宁师范大学学报》(社会科学版)2008 年第 1 期。
③ 马珏玶:《"专以娟论"肠内热——〈青泥莲花记〉的青楼女性观管窥》,《明清小说研究》2004 年第 3 期。

莲花记〉考论》① 对此书做了文学方面的研究，将 216 篇选目进行对比分析，找出其中的变化，并讨论了青楼文化的流变。

总的看来，对梅鼎祚的这两部选本的研究逐渐增多，关于梅鼎祚文学思想的已有研究成果不少论述精当，重点突出。但是对影响梅鼎祚文学创作的佛道思想、儒家思想以及明后期的小说理论方面的通俗化理论，它们与梅氏文学创作之间的关系，研究者关注的并不多。例如《青泥莲花记》的编排标准和梅氏点评的"女史氏曰"中体现出的审美倾向等方面的研究尚有可开拓之处。因此，本节从梅氏《青泥莲花记》的评点以及选本的编选，并结合《才鬼记》的选编来分析梅鼎祚的小说思想和评点思想。

鹿角山房刊《青泥莲花记》共十三卷，题"江东梅禹金纂辑"，分为正编、外编两大部分。前八卷为正编，分记禅、记玄、记忠、记义、记孝、记节、记从七类；后五卷为外编，分记藻、记用、记豪、记遇、记戒五类，共计十二类。这十二类分别体现了佛、道、儒家等各种思想，可见，《青泥莲花记》是梅鼎祚以选编为主、间有创作的专题小说选集。书前有万历二十八年（1600 年）自序，实刻于万历三十年（1602 年）。梅鼎祚生活于明嘉靖二十八年到万历四十三年（1549—1615 年），作为布衣文人，他与传统士大夫的人生理想、精神生活方式和审美趣味有所不同，在他的小说编选中时时体现出当时"俗"的审美趣味。梅鼎祚在各类的末篇往往以"女史氏曰"的方式直接阐述自己的观点，表达对有关问题的看法，从而使该书显示出鲜明的时代特色与强烈的反道学的思想倾向。

一、《青泥莲花记》的辑选目的与编排标准

梅禹金在《青泥莲花记》序中写道，他的编选目的是拯救"旷古皆然，于今为烈"② 的世风，如同"司马长卿赋词艳冶，咸归讽劝；苏子瞻嬉笑怒骂，无非文章"③，与历代文人作文劝诫的主旨一样。但从编选内容上看，为倡女这一特殊人群"正名"是梅鼎祚辑录《青泥莲

---

① 刘小玉：《〈青泥莲花记〉考论》，上海师范大学硕士学位论文，2005 年。

② （明）梅鼎祚纂辑，陆林校点：《青泥莲花记序》，合肥：黄山书社 2014 年版，第 1 页。

③ 参见（明）梅膺祚：《青泥莲花记跋语》（即《校后志》），见梅鼎祚纂辑，陆林校点：《青泥莲花记》，合肥：黄山书社 2014 年版，第 323 页。

花记》的重要目的。在序中，作者一再强调："观者毋仅以录烟花于南部，志狎游于北里而已。"然而，他的这一说法并未得到认可。《四库全书总目》所代表的封建正统文人的观点表明了当时士大夫对此书的意见："自谓寓维风于谐末，奏大雅于曲终。然狭斜之游，人情易溺，惩戒尚不可挽回，鼎祚乃捃摭琐闻，谓冶荡之中亦有节行，使倚门者得以借口，狎邪者弥为倾心。虽意主善善从长，实则劝百而讽一矣。"①

（一）辑选目的

第一，为倡立传。首先，所选篇目肯定了倡女中具有人格尊严的一类女性，称之为"青泥莲花"，"非可与人尽夫者等也"②，矫正世人专以色相视之的眼光，并在文中郑重为倡女辩护："凡倡，其初不必淫佚焉。"文中所述女子不仅具有封建士大夫所提倡的妇德，甚至有胆识和英雄豪气超过世俗男子者。如卷六有《高三》，全篇不过二百余字，却写出了明前期一位妓女在忠奸斗争中的侠义之举。其背景是正统十四年（1449 年）明英宗在土木堡被俘，于谦拥立朱祁钰为帝并率部大挫来犯之敌，迫使瓦剌放回英宗。英宗复位，杀害于谦，又指使权臣石亨狂捕滥杀。高三的旧交昌平侯杨俊，亦为石亨"所拘诛"。这篇作品，主要是写高三慷慨赴难，在刑场上的无畏表现：

> （杨俊被押赴刑场）亲戚故吏，无一往者。俄有一妇人缟而来，乃娼也。杨顾谓曰："若来何为？"娼曰："来事公死。"因大呼曰："天乎，忠良死矣！"观者骇然。杨止之曰："已矣，无益于我，更累若耳。"娼曰："我已办矣。公先往，妾随至。"杨既丧元，娼恸哭，吮其颈血，以针线纫接，著于颈，顾杨氏家人曰："去葬之。"即自取练，经于旁。③

忠良被斩，唯有一妓殉难，这既是倡女对权奸的抗争，也是作者对

---

① （清）永瑢等撰：《四库全书总目·青泥莲花记》，北京：中华书局 1965 年版，第 1235 页。

② （明）梅鼎祚纂辑，陆林校点：《青泥莲花记·凡例》，合肥：黄山书社 2014 年版，第 2 页。

③ （明）梅鼎祚纂辑，陆林校点：《青泥莲花记》卷六《高三》，合肥：黄山书社 2014 年版，第 144 页。

世态的针砭。而侠妓高三愤激凛然的决绝、视死如归的大义，仅用两句简短干脆的对话、一个触目惊心的细节，便已衬托得淋漓尽致。其次，所选篇目通过描写妓女的遭遇和人品，将历史上所谓的大人物与之对比，表达了对明代乃至整个封建社会的褒贬。在《李师师》中，宋徽宗赵佶于大敌当前、存亡危急之秋去寻娼宿妓，并设立专门管理此事的"行幸局"，如果夜游次日未还，"则传旨称疮痍不能坐朝"，而正是在赵佶当了金人俘虏之后，却有京口倡女挺身而出，在抗敌前沿播鼓助阵，大败金兵。皇帝与倡女孰贵孰贱，实际上已非常清楚了。这些倡女虽为青楼女子，身世卑贱，但志行高洁，与投降卖国、临阵失节的所谓士人大丈夫相比，行为令人赞叹。编者在篇末评点中不乏对她们的称赞，立志为倡女立传。

第二，拯救世风。所选篇目注重倡女的德行，甚至有意提醒读者不要因为倡女的身份而否定其中有立志高远者的存在。《台妓严蕊》中，严蕊即便被无辜下狱，"吏治榜笞"，也不肯以一言污蔑士大夫，并怒斥道："身为贱伎，纵是与太守有滥，科亦不至死罪。然是非真伪，岂可妄言以污士大夫？虽死，不可诬也。"表明严蕊志行高洁，非俗世所言之随波逐流的风尘女子，而且立志坚定，实在超过一般士人。即便是普通人看来"此一淫纵女子，人尽夫也"，选者却将其视为菩萨的化身。《锁骨菩萨》一篇，此女"年少之子悉与之游，狎昵荐枕，一无所却"，胡僧却看出："斯乃大圣，慈悲喜舍，世俗之欲，无不徇焉。此即锁骨菩萨。"菩萨为了挽救众生，甘愿化为一名倡女，从另一方面来看，实际将倡女的生活赋予了神圣的意义，虽然有不合理之处，但是为倡女的出身提供了一个尊贵的来历，为青楼女子正名、为提高其地位呼号之意明显。在选文"记忠"之后，选者有评："夫忠及于倡，其世亦良可悲矣。……所谓劲烈不贰心之臣，岂复得辱以巾帼哉？"认为本来"妇终于其所事而忠矣"，而现在倡女都如此忠毅贞节，实在是世风之可悲，对世人进行了嘲讽。

这种"为倡立传"的编选意图在当时引起了很大的反响，在《初刻拍案惊奇》卷二十五《赵司户千里遗音　苏小娟一诗正果》中有：

> 看官，你道此一事，苏盼奴助了赵司户成名，又为司户而死，这是他自己多情，已不必说。又念着妹子终身之事，毕竟

所托得人，成就了他从良。那小娟见赵院判出力救了他，他一心遂不改变，从他到了底。岂非多是好心的妓女？而今人自没主见，不识得人，乱迷乱撞，着了道儿，不要冤枉了这一家人，一概多似蛇蝎一般的，所以有编成《青泥莲花记》，单说的是好姊妹出处，请有情的自去看。①

小说中以《青泥莲花记》作为描写有情义、有德行的倡女的宣言书，并且告诉读者，不要冤枉了所有的倡女，有《青泥莲花记》为证，表明了此书编成之后在社会上的影响，从一定程度上维护了倡女的人格尊严，反对人们以有色眼光看待她们。

（二）编排标准

书首的选者自序指出："首以禅、玄，经以节、义，要以皈从；若忠若孝，则君臣父子之道备矣。外编非是。"由此可见，选者指出正编意在标榜有节义的倡女事迹所体现的传统道德规范，即宣告倡女同样具有忠孝节义的德行，以达到为倡女正名的目的。另外，外编所选标准与此不同。从所选内容来看，"记禅"所选多为倡女修行获得正果，或是妓女幡然悔悟、参佛入道、寄身方外的故事，如《琴操》篇中，琴操精通佛书，与苏子瞻参禅。领会到子瞻所对"门前冷落车马稀，老大嫁作商人妇"中的禅机，"大悟，遂削发为尼"。"记仙"中记述了倡女羽化成仙的故事。"节义"类则大致分为三种，一是从良后妇道兼修，二是誓守贞节，三是殉情而死。《段东美》《杨爱爱》《太原妓》《林小姐》等篇目是青年男女为爱情而双双殉情的篇章。他们弃礼法于不顾，将爱情凌驾于一切之上，为爱付出一切。因而，在"记节"类中，作者虽然赞扬了娼妓守贞、守节的行为，但更为重要的是宣扬男女之间的真正爱情。作者以娼妓殉情而死，来唤醒人们对情感、爱情的追求。外编所选则倾注了作者更多的个人情感，如《薛涛》，选者选录了薛涛诗70首，并收录多篇有关这位一代名妓的传记小说及相关作品，展示了她多方面的才华和风采，并介绍了她的生前活动和死后影响。陆林在所

---

① （明）凌濛初：《拍案惊奇》，《古本小说集成》据尚友堂本影印，上海：上海古籍出版社1990年版，第1066页。

作的点校前言中认为选者偏爱的原因为"惺惺惜惺惺，诗人敬诗人"①，并认为选者对薛涛有所偏爱，所以多方面展示了薛涛的文采和才艺，诗词俱佳，创制的薛涛笺名扬后世。由此看出，外编所选，与正编中大致相同的编排标准有所不同，更能表现出选者个人的偏好，以及在选文中对这群倡女寄予的深切同情。

通过分析论述正编各部类内容，可知作者主要是按倡女的出路（或者说最后归宿）来对正编进行编排的，而不仅是按选者所表彰的倡女的某一德行来编排。作者在"记禅""记玄"中介绍了倡女跳出浊世、参佛入道的选择；在"记节"类中，则是介绍了倡女嫁人成妻或守节、殉情而死的结局；在"记从"类中介绍了倡女做人姬妾和从良的结局。在"记忠""记孝"中则编选了一批忠义勇敢的节烈女子，正如梅鼎祚的评点所云："妇终于其所事而忠矣，况倡乎？彼徐倡之三人者，即终事且难于国，又何以死焉？夫忠及于倡，其世亦良可悲矣。"

因此，《青泥莲花记》是梅鼎祚选历代倡女中有美德懿行的节义女子的故事合集，专注于她们的才与德，为之立传，即如钱锺书所言："以莲揣称高洁，实为释氏常谈。《四十二章经》即亦云：'吾为沙门，处于浊世，当如莲花，不为泥所污。'……此喻入明渐成妓女之佳称，如梅鼎祚著录妓之有才德者为《青泥莲花记》。"② 《青泥莲花记》从"禅""玄""节""义"和"藻"几个方面突出了倡女的品质和事迹，大体上按倡女的最终归宿分类，为青楼女子正名。

二、评点的思想倾向

在《青泥莲花记》选编故事的末尾，选者往往以"女史氏曰"对选文进行评点，以一个近似代言人的身份出现在文本中，直接对文本中

---

① （明）梅鼎祚纂辑，陆林校点：《青泥莲花记·前言》，合肥：黄山书社 2014 年版，第 6 页。

② 钱锺书：《谈艺录》，北京：商务印书馆 2011 年版，第 40 - 41 页。将莲花与释氏联系起来的来历，《谈艺录》此处有介绍，书中有宋陆佃《陶山集》卷二《依韵和双头芍药》第六首云："若使觉王今识汝，莲花宁复并真如"，盖以兹花为释氏表志矣。苏轼《答王定国》："谨勿怨谤谗，乃我得道资。于泥生莲花，粪土表出菌芝"；亦如黄诗之用释语。周敦颐《濂溪集》卷八《爱莲说》："予独爱莲之出淤泥而不染……花之君子者也。"钱谦益《列朝诗集》闰四赞王微云："君子曰：'修微青莲亭亭，自拔淤泥。'"又《初学集》卷一八《有美一百韵》赞扬柳如是亦云："皎洁火中玉，芬芳泥里莲。"道学家必谓莲花重"陷"矣。由此可见，莲花之意象与倡女、佛、道密不可分。

的叙述对象进行评述，较为充分地展示出他对青楼女性生活的认识。这些评论有的表现了作者的伦理倾向，有的表现出较为复杂的价值判断，并且时时体现出晚明人性解放思潮对作者思想观念的影响。

（一）对"才"的重视

在信奉"女子无才便是德"的中国封建社会，女子的心灵被禁锢，才华被压抑。"哲夫成城，哲妇倾城。"[①] "妇德，不必才明绝异也；妇言，不必辩口利辞也；妇容，不必颜色美丽也；妇功，不必工巧过人也。"[②] 女性被套上了"三从四德""饿死事小，失节事大"等精神枷锁，难以在抒情言志上展示自己的智慧与才华。至明代，流传着"男子有德便是才，女子无才便是德"的谚语。虽然女性的才智备受压抑，但在历朝历代的史册上也不乏一些才华横溢的女子千载留名，尤其是在明末，兴起了反理学的思潮，在张扬男性的"童心""性灵"的同时，重新定义了女性的"才"，强调了"德、才、色"三者兼备的女性主体意识。因此，在这一时期，出现了许多有才情的女子，她们能诗善文，能书善画，甚至卓越的才华不仅让许多男子望尘莫及，而且对"女子无才便是德"的封建礼教进行了有力的回击。有才情的女子更成为文人墨客笔下津津乐道的文学形象。梅鼎祚选倡女中有才情的女子并对其极力赞扬，本身就是对当时社会观念的挑战。书中"记藻"以四卷篇幅选录了有才情的女子，并不遗余力地选录她们所作的诗词，如《薛涛》中选薛涛所作诗词达七十首，对颜令宾、杨莱儿等的诗词都多有记录。除"记禅一"这一部类外，几乎各篇章都有诗词的描写，有的甚至超过了文章本身所记叙故事的篇幅，如《田洙遇薛涛联句记》所列诗文联句内容的篇幅超过了故事情节的篇幅；《张建封妾盼盼》，原文所录白居易与关盼盼互相唱和的诗词内容占了整个篇幅的三分之二；另外，作者"记藻"内的很多篇章，都只是记载了一首诗或词，而没有故事梗概及人物的介绍，如《张九》《妓扬》《苏桂亭》《姜顺玉》等篇。作者甚至专门辟出一个类别，介绍古代娼妓所作的诗词。梅鼎祚对《青泥莲花记》所录宋以前的诗大多推崇备至，并在卷十二文末评曰："女史氏曰：妓者，技也。技，丝竹、讴舞及琴弈、蹴鞠、藏钩而已，飞筹纠

---

① 周振甫译注：《诗经译注》，北京：中华书局2002年版，第457页。
② （宋）范晔撰：《后汉书》卷八十四，北京：中华书局2007年版，第820页。

席、善令章，则又有都知、录事之目。乃姑舍是，而独能唫墨泚毫，以文藻自备，此其人非大雅不群者乎？西陵之咏，久传乐府。其最著者，推洪度、楚靓、淑姬，自后代兴时有矣。温琬遂疏义《孟子》，比迹台卿。然余是编悉外之，盖要自有所重焉。倡优拙荆楚剑利虑世者，何以彼工为？若其娇节与义，从一而终者，亦尝斐然有辞，华实相副，是称得全。嗟夫，彼蔡文姬、李清照，岂不抑亦文人哉？"这段话表明，选者认为倡优中有文藻者尤其值得称赞，她们虽然地位低下，但能诗能文，也能为经疏义，是有"才"之人，而选者将"记藻"四卷置于外编，是为了强调这群人的才华与特别之处，并将她们与蔡文姬、李清照对比，将文采、才情视为评判的标准，评点中可见对"才"的重视和对才女们的爱护之情。

（二）对"节""义"的高扬

"节""义"是封建士人行世准则，当家国有变、社会动荡的时候，尤其是对文人士子官吏们的考验，对忠毅之士的考验就是为家为国殉身。对女子在节、烈方面的考验多为"三从四德"的要求。"记义"中所记青楼女子，一旦为人妇，即洗尽铅华、专心侍夫、持家谨严，恪守三从四德，甚至超过一般女子。如《娇陈》中，娇陈入柳氏之家后，"执仆媵之礼，节操为中表所推"。后召入宫中，并不接受玄宗的礼遇，"因涕泣称痼疾且老"，遇到知情明理的皇帝，"知其不欲背柳氏"，许其归。娇陈一旦脱离青楼，即表现出符合传统道德规范的妇德，而且始终不变。女史氏对有节义的倡妇的评价："娇陈而下，或酬恩于知己，或务分于穷交。既胜薛公之市，朝盈暮虚；复异和氏之癖，铜山钱树，固此曹所鲜能也。……彼希涛以死，犹烈焉，悲夫！"① 将这些青楼女子从良之后的贤良淑德描绘得无异于贤妻良母，从中可以看出，选者对符合传统妇德规范的女性是极其认可与称赞的，这既是根植于他潜意识中的理学思想的自觉流露，也是封建官方意识对女性人格特殊模式要求的反映。《刘玉川娟》则将及第的刘玉川的卑劣行径与行事坦荡、不畏生死的倡女行为对比，可见有些士人实为衣冠禽兽，实不足与倡之高洁相比。编者认为倡女"翘然自殉其身，而皎然不欺其志者，顾代不乏人焉"。指出倡女中有节操者比比皆是，而无行士人也是数不胜数。文末

---

① （明）梅鼎祚纂辑，陆林校点：《青泥莲花记》，合肥：黄山书社 2014 年版，第 80 页。

评点中特别点出:"孝,百行之首也。"倡女虽失行止,但是立志行孝,为父报仇者如《新王二》篇,在《醒世恒言》中有一篇同类故事《蔡瑞虹忍辱报仇》,描述情节与之大致相同,选者认为倡女行孝是天性,忠孝节义之行在倡女身上皆可体现。选者将封建士大夫的"节操"评价标准施于倡女,认为许多倡女完全能担起"节""义"之名号。梅鼎祚在评点中为倡女正名:"凡倡,其初不必淫佚焉。或托根非所,习惯自然;或失足不伦,沦胥及溺。人之无良,一至此尔。"认为她们本性都是善良的,并非天生卑贱之人,有力地反驳了倡女性淫的论调,有利于倡女争取社会的同情。他对"革朝之遗忠其后隶教坊者"尤为关注,他鼓励士人们为此善行:"至若怜才士则适愿佳偶,笃交谊则赎嫁文姬,即表风流之标致,且殖阴骘之善祥矣。"尽管倡女也有从良不到头的例子,但是梅鼎祚只择取从良始终的例子,一方面客观上为倡女从良制造有利的舆论,另一方面也对有意或已经从良的倡女坚持贞节产生积极的作用。这些青泥中的莲花移入清白的环境之后,立刻绽放出别样的风采,在忠义或者倡女史册上足以留名。选者在评点中对倡女的爱护、赞美,张扬"节、义","为倡立传"之意明显。

(三)对"贪鄙"者的警诫,讽喻世风

《青泥莲花记》中一些倡女地位低微,虽心地善良,但最终不得善终,如卷十三中《张氏》,张氏被富商纳为妾,富商客死,张氏历经辗转,将其灵枢归葬,却被富商之子所杀。官府明知其冤而纵凶手。最后遇到一位清官于文传,终将此子伏法。《念二娘》中二娘为杨生所负,投缳而死。在张客的帮助下得以报仇,"杨原无疾,偶七窍流血而死"。卷十三的最后,女史氏曰:"大戒有二:其一有所堕者也;其一有所负者也。堕则往因,负则来果。曾子曰:'戒之戒之,出乎尔者,反乎尔者也。'"所选《李林甫为娼》《婺州富家犬》《宣城葛女》均为前生作恶转世受苦或前世有冤转世报仇的故事,表明一切皆有因果,劝诫人们弃恶从善,以讽喻世风。梅鼎祚将"禅""玄"列于卷首,也表明了劝善的题旨。如卷二后的评语:"女史氏曰:沮泽淤泥之地,亦有嘉生;火焰热恼之场,岂无凉界?故护咒散花之众,或本目挑心招之人;抑翅蜚骨锁之灵,权示眈眈挂缨之迹。盖一净念,则茶坊酒肆,即是道林;一回头,但脱械放刀,立成正果。彼微矛且能化壳,冥合真诠;顽石犹知点头,本含佛性,而况若而人者乎?余撰是记,首列禅玄,夫亦开方

【第四章 明清小说选本评点论】

目提要》"艳异编"①词条下作："明王世贞撰。……现存明玉茗堂原刊本作正集四十卷，续集十九卷，又有明刊四十五卷本，明代又有二十一卷、十九卷两种摘评本。玉茗堂刊本全称《新镌玉茗堂批评王弇州先生艳异编》，卷首题'正续艳异编'……"《中国古代小说总目》"艳异编"② 提及《千顷堂书目》小说类著录王世贞《艳异编》三十五卷。《贩书偶记续编》收录此书四十五卷本三种，不题撰人。《续修四库全书》第 1267 册《玉茗堂摘评王弇州先生艳异编》题王世贞撰，汤显祖评，据明刻本影印。王世贞留下来的作品较多，研究者从《弇州山人四部稿》大致可以看到他的主要活动，但是其中对这部小说集的编撰却甚少提及，仅有一处提到，卷 118《与徐子与》云："九月中，游阳羡诸山，问之土人，云从此而道长兴八十里，殊自怅恨，不早为日以要足下也。出洞疮复发。抵家，复大发。委顿间有致徐目者，见足下山东之命，不觉捶床大喜。……即不死，来岁三月，定邀足下洞庭之泛，作惊涛拍天语，必不虚也。……族兄东昌君碑阴记，来促甚急，幸即挥洒，附颜氏人来为妙。《艳异编》附览，毋多作业也。"③ 此文中这段文字，在郑利华《王世贞年谱》中有考证："徐中行《天目先生集》卷二十一所附李炤《明故通奉大夫江西左布政使天目徐公行状》：'（徐）以太安人讣至去位，亡何，就其家起山东佥事，未任。隆庆戊辰服除，补湖广佥事……'四卷九十一《明故征士彭先生及配朱硕人合葬墓志铭》：'时王子自阳羡归，疾作。过吴门，彭先生生出视之……既余归，病益甚。……彭先生乙丑正月十三日，卒嘉靖丙寅十二月初十日……'则元美出游阳羡其时当在嘉靖四十四年或四十五年九月。又《弇州山人四部稿》卷一百五十一《艺苑卮言·八》：'吾于丙寅岁，以疮痒在床褥者逾半岁，几殆。'则元美游阳羡当在是年九月。"④ 由此可知，王世贞写给徐中行的这封信为嘉靖四十五年（1566 年），将《艳异编》寄给徐的时间也应该在这年，因此，大概可以猜测《艳异编》在嘉靖四十五年

---

① 朱一玄、宁稼雨、陈桂声编：《中国古代小说总目提要》，北京：人民文学出版社2005 年版，第 275 页。

② 石昌渝主编：《中国古代小说总目》（文言卷），太原：山西教育出版社 2004 年版，第 575 页。

③ （明）王世贞：《弇州山人四部稿》卷一百十八《徐子兴》，上海：上海古籍出版社2021 年版，第 2942 页。

④ 郑利华：《王世贞年谱》，上海：复旦大学出版社 1993 年版，第 158 页。

（1566 年）已经编成。

《艳异编》录有大量的艳情及幻遇类小说，文辞华美，所选内容多表现出作者对男女情爱的欣赏与赞同，基本上属于才子佳人的情爱模式，其表现出的闲适的态度也与王世贞遭父难休闲在家时期的心境相符合。关于《剑侠传》，大多认为是王世贞编选，① 所选之作为《太平广记》一百九十三卷至一百九十六卷所载《豪侠》四卷，文字基本相同，其跋有"是刻也非载道之器，然舒澶决愤而逞心于负义者，亦仁人孝子之所不废也"。表明选编之由完全是出于自己内心情感的抒发，属于自娱自赏型。

（二）《艳异编》与复古思潮

1. 《艳异编》注重采撷历史题材，通过对历史人物、事件的刻画反映现实，强调个体的精神娱悦

明代文学的基本取向是面向现实，反映生活，小说向现实题材进军，题材不断扩大。明中叶开始，唐宋派与三袁公安派对前后七子复古运动展开了激烈的批判。前后七子复古派在反对台阁体的空廓、浮泛和八股文的恶劣影响方面虽有一定的积极意义，但他们主张文必秦汉、诗必盛唐，以模拟抄袭古人为能事，实质上仍然是一种形式主义。反映在小说中，模仿前人作品在明初期已有出现，如《剪灯新话》就与唐传奇关系密切。鲁迅认为："《剪灯新话》，文题意境，并抚唐人，而文笔殊冗弱不相副。"②《剪灯新话》一方面从内容和艺术手法上借鉴唐人小说，另一方面，作者将借鉴与创新两者结合，在一定程度上强调现实成分，反映了元末明初的社会风貌，复古思潮影响于小说，一个突出表现就在于对前代小说作品的选编和改写改编方面。

2. 强调其文学作品的审美特征

胡应麟《诗薮》内编卷二云："今人律则称唐，古则称汉，然唐之律远不若汉之古。汉自《十九首》、苏、李外，余《郊庙》《铙歌》乐府及诸杂诗，无非神境，即下者犹踞建安右席。唐律唯开元、天宝。元

---

① 孙学堂：《崇古理念的淡退——王世贞与十六世纪文学思想》，天津：天津古籍出版社 2004 年版，第 272 页。

② 鲁迅：《中国小说史略》，上海：上海古籍出版社 1998 年版，第 146 页。

白而后，寖入野狐道中。"① 元白而后，诗不足称道，唯有唐传奇故事情节"奇"的特点得到编选者的审美认同。《李娃传》《无双传》等描写奇人奇事的唐人小说，由于情节曲折，得到明代文人的认可，受到他们的关注。汤显祖在《点校虞初志序》中指明："《虞初》一书，罗唐人传记百十家……婉缛流丽，洵小说家之珍珠船也。"② 并认为唐传奇"奇僻荒诞、若灭若没、可喜可愕之事"，具有"使人心开神释、骨飞眉舞"③ 的艺术效果。另有太原王稚登为《虞初志》作序时写道："以《虞初》一志，并出唐人之撰其事，核其旨，隽其文，烂漫而陆离。"④ "情"的描绘也吸引了明代选者，在评《李娃传》时，钟人杰认为"摹情甚酷"⑤，并认为《莺莺传》"风流绝艳，遂作千古相思史"⑥。

三、《艳异编》与"艳异"系列小说选本所体现的审美观念的变化

明代复古思潮影响了小说选本的编选，小说选本又体现出了明代不同时期思潮的变化发展，几种思想交相冲突变化，使小说编选内容呈现出多样性，传统的小说观念产生更新与转变，被赋予了更多的社会化色彩。从《艳异编》《广艳异编》来看，小说审美观念有如下明显的转变：

（一）"奇"与"艳""异"的结合

从《艳异编》中可以看到，"奇"的具体内容与"艳""异"之事结合起来。在题为汤显祖所作的《艳异编序》中，指出"奇"的内容为"诸凡神仙妖怪，国士名姝，风流得意，慷慨情深，语千转万变，靡不错陈于前"⑦。"宣尼不语怪，非无怪之可语也。……从来可欣可羡可骇可愕之事，自曲士观之，甚奇；自达士观之，甚平。……是集也，奇而法，正而葩，秾纤合度，修短中程，才情妙敏，踪迹幽玄。其为物也

---

① （明）胡应麟：《诗薮》内编卷二，上海：上海古籍出版社 1980 年版，第 34 页。
② 黄霖、韩同文：《中国历代小说论著选》，南昌：江西人民出版社 2000 年版，第 187 页。
③ 黄霖、韩同文：《中国历代小说论著选》，南昌：江西人民出版社 2000 年版，第 187 页。
④ 柯愈春编纂：《说海·虞初志》，北京：人民日报出版社 1997 年版，第 5 页。
⑤ 柯愈春编纂：《说海·虞初志》，北京：人民日报出版社 1997 年版，第 123 页。
⑥ 柯愈春编纂：《说海·虞初志》，北京：人民日报出版社 1997 年版，第 131 页。
⑦ 丁锡根：《中国历代小说序跋集》，北京：人民文学出版社 1996 年版，第 1811 - 1812 页。

多姿，其为态也屡迁，斯亦小言中之白眉者矣。"① 该序高度评价了所选篇目的内容特色和艺术特点，既具有"奇"的一般特点，又有独特内涵。吴大震在《广艳异编序》中写道："河伯宵啼，尽献骊宫之贝，可谓抽泰山之玉牒，发禹穴之金符，应比竹而新吹，唱于喁以递合已。自众说散于丝梦，而艳异联为绮合，六庚宝册，铺星彩于鸾绡。"② 选者将奇文奇事的来源也写得非同凡响，最后"萃狐腋以成裘，咳唾皆成珠玉"，"悟神奇于糟粕"以成是编。两位序者都强调了选集的特点，为"艳""异""奇"三者的结合。

其一，"奇"与"异"的结合。这两者的结合，使小说具有一种陌生化的效果，使人在惊叹中体会到一种审美愉悦。《广艳异编》"幻术部"《中部民》中，赵云为官时，遇官府审问一道士，官府有意私放道士，赵劝官对他施发刑罚，于是道士被杖一百。道士因此记恨赵，后来施法术将赵关入囚牢，易容改声，变为奴隶。道士身为"异人"，拥有"奇术"，竟然能改变人的容貌声音，这在常人看来是不可思议的事，"奇"与"异"的结合使情节引人入胜。其二，"奇"与"艳"的结合。与明代审美风尚相应的是，香艳而放纵之事在小说中随处可见，发生在美人身边的奇事成为《艳异编》《广艳异编》收录的重点。《艳异编》"徂异部"《汤赛师》中，汤赛师，"艳丽绝伦，慧而黠巧"，不肯轻易露面。后来却受人蒙蔽，被恶少所骗。恶少所赠一大筐"灿然精金"原来是假的，汤自视甚高却受此欺骗，"恚恨不已，愧郁而死"。"奇"事与"艳"事的结合，符合明代人的审美趣味。其三，"奇""艳"和"异"三者的结合。《艳异编》"幻异部"《阳羡书生》中，阳羡人许彦在路上遇到一个书生，"求寄鹅笼中"，途中休息时，书生口吐美食与许彦共享，并吐出一位美女助兴。后来书生醉卧，女子口吐一男子，与彦交谈甚欢。女子休息后，男子口中吐出另一女子，"共宴酌戏调"。"奇""艳"和"异"三者在这个故事中表现得淋漓尽致，《艳异编》《广艳异编》所收的类似"奇事""异人""艳遇"的篇目不在少数，这些篇目的入选体现了小说选者审美观念上对三者结合的重视，情节由单线结构向复线结构转换，注重情节安排曲折动人。

---

① 丁锡根：《中国历代小说序跋集》，北京：人民文学出版社1996年版，第1812页。
② （明）吴大震：《广艳异编·序》，《古本小说集成》据日本内阁文库藏明刻本影印，上海：上海古籍出版社1990年版，第3页。

（二）从"雅"到"俗"的审美趣味

《艳异编》和《广艳异编》中，遇"仙"题材演变为遇"艳"题材就是审美趣味明显俗化的过程。天上星宿、仙女都剥去了其"仙"的外衣，与世俗之人并无差别，表达爱情的大胆、强烈、直率都超过了此前其他文言小说。所关注的对象从"雅"转向"俗"，"器具部"中，敝帚变美女迷惑人成为入选题材，"禽部"中昆虫变人，有蚍蜉、蜜蜂、蚯蚓、蝎子等，这些细微之物不可谓不俗，但是，在选者看来，有入选价值。从俗事中发现美，甚至以丑为美，成为选者的选录标准。从"雅"到"俗"的审美趣味的变化具体表现在：

第一，从"仙人"到"凡人"。《艳异编》所选篇目有写天上神仙、地上水神的，有写后宫妃嫔、皇亲国戚的，《广艳异编》中所收有写民间倡女、贫家之子的，有写平凡小人、市井细民的。随着审美范围日渐扩大，被收录的小说题材日渐广阔，贴近现实生活的小人物成为关注的焦点，他们由不可接近的神仙变为了无处不在的凡人。如《柳秀才》《秋英》和《苍璧》等篇中人物，他们都身份低微，平凡可亲。同时，"仙人"与"凡人"还存在合流情形，如《书仙传》中的书仙曹文姬，"本长安倡女也"，但实为天上星宿转世，仙人与凡人故事融为一体，仙人不再高高在上，倡女也质本纯洁。

第二，从"奇事"到"俗事"。"奇事"不仅可以是闻所未闻、见所未见的，也可以是身边的"俗事"之奇，两者也渐趋融合。如《广艳异编》"幻术部"《东流道人》中，两少年赌钱，东流道人欲加入却说没有钱，遭到少年谩骂。后来，两人因打架而丧命，被道士救活。赌钱、打架这些市井无赖所为的俗事，与道士法术结合，使"俗事"中见"奇事"。

第三，从飞龙麒麟到花鸟草木。《广艳异编》中，"器具部""草木部""禽部"和"昆虫部"都选了很多日常生活中可见的器具、生物的故事。这表明审美范围从天上到地下无所不包，审美趣味由"雅"到"俗"，富有生活特色。

（三）从"情理"到"情欲"的情感观

《艳异编》《广艳异编》所选篇目，大力张扬人的欲望，与明代小说观念的变化有关。在李贽的性情理论的沐染下，理、情、欲的关系颠倒不清，正面歌颂自然情欲成为许多小说的主要内容。艳情类作品，青年男女两情相悦，共谐秦晋之好，反映的主题与一般婚恋小说无异，只是在情之深、欲之强上有较大突破，如前所述"星部"《郭翰》中，织女下凡与郭翰幽会，就是为了与之共享男女欢爱。在异物类作品中，各种各样的生物、器具幻化为人与尘世间人共度一段姻缘，细说鱼水之乐。如《广艳异编》"昆虫部"《蝎魔》《虵蚱王传》分别讲的是蝎子、虵蚱；"草木部"中的《杨二姐》《苏昌远》分别讲的是杨树妖、荷花女。"情欲"在此类作品中得到极大的展示，特别是对"欲"的宣扬露骨至极。因为是异物，所以没有"理"的约束，没有道德的观念，这类作品对扫荡道学思想、儒家理论有颠覆性的瓦解作用，也正是因为如此，通过"情欲"表达出来的"奇情"具有了与以往不同的新意。

复古思潮对明代中后期小说编选方面产生的影响主要表现在对前代小说作品的关注和欣赏，编选内容方面由于小说的休闲娱乐性使小说的消遣功能发挥了出来，表现出适意随性的特点，通过野史稗说、奇闻逸事、奇情奇事来悦人耳目，实现小说的娱乐功能，因此，与复古思潮在诗文界发挥出的巨大作用相比，小说选本方面的反映主要为形式上的复古和对经典作品的编选，而选本内容则更多地体现出明中后期个性解放思潮的特点，彰显人性、宣扬情欲，这也说明，明代多种思潮并存，文人不自觉地受到多种思想的冲击和影响，使其编选小说经常体现出矛盾性和多样性的特点。

第二节　王学与明后期小说选本

阳明心学与前七子复古运动同样兴起于弘正之际，它们都是当时思想文化领域解冻的产物，都具有摆脱束缚、张扬主体精神的性质，所以二者曾在明中期共处过一段时间，但是从摆脱束缚、张扬主体精神的程度来看，阳明心学的"良知"说更具有独立性，"他们并行过一小段时间之后，复古派成员纷纷吸引过去，最后几乎吞灭了前七子复古运动"①。诚如焦竑所言，王学一出，"闻者霍然如披云雾而睹青天也"②。

王承丹的《阳明心学兴起与复古文学迁变》③一文分析了阳明心学的兴起、繁荣与复古文学潮流变迁之间的关联，认为两者有着紧密联系。如郑善夫接受了阳明心学思想，对他的文学创作产生了重大影响；屠隆接受阳明心学思想而走出复古阵营，甚至加入以心学理论武装的文学革新派队伍中。王守仁之心学，"门徒遍天下"，嘉靖、隆庆时期以后，更为盛行，致使"笃信程朱，不迁异说者，无复几人矣"④。王学对文学产生影响，主要是在嘉靖、万历时期，"明代学术，皆尊程朱。自正德间，王守仁始有直接孟子以学孔子之说，于宋儒则尊陆九渊之学，而不甚满于朱子。嗣是以来，其说亦风靡天下，而尊之者曰：'无姚江，则古来之学脉绝。'毁之者曰：'与朱子异趣，颇流于禅。'自此程朱与陆王分为道学中两派，辩论相激，至诋守仁为异端"⑤。李贽将心学发展壮大，形成嘉靖、万历时期一股重个体、崇自我的哲学思潮。⑥ 宋克夫、韩晓的《心学与文学论稿——明代嘉靖万历时期文学概观》一书中认为："阳明心学之于文学的影响，是在唐宋派反对'前七子'的复古主义文学创作中拉开序幕的。"⑦ 李贽出版《焚书》《童心说》《杂说》《忠义水浒传序》等具有影响力的文学作品之后，心学思潮及"主情"理论产生了巨大的影响，文人袁宏道、汤显祖、屠隆、焦竑等人立即支持并附合。以三袁为核心的"公安派"在万历二十六年（1598 年）、二十七年（1599 年）间活动也达到高潮，提倡"独抒性灵、不拘格套"，一些新奇类的作品受到欢迎。汤显祖、袁宏道在文学创作中追求世俗之情、快适之意，强调个体精神与个性自由，对儒家

---

① 参见廖可斌：《明代文学复古运动研究》，北京：商务印书馆 2008 年版，第 208 页。

② （明）焦竑：《焦氏澹园续集》卷四《国朝理学名公祠记》，《续修四库全书》据中国科学院图书馆藏明万历三十九年朱汝鳌刻本影印，第 1364 本第 591 页。

③ 王承丹：《阳明心学兴起与复古文学迁变》，《厦门大学学报》（哲学社会科学版）2007 年第 1 期，第 92 - 99 页。

④ （清）张廷玉：《明史》卷二百八十二《儒林一》，北京：中华书局 1974 年版，第 7222 页。

⑤ 孟森：《明史讲义》，上海：上海古籍出版社 2002 年版，第 253 页。

⑥ 参见左东岭：《王学与中晚明士人心态》第三章、第四章，北京：商务印书馆 2014 年版，第 411 页。

⑦ 宋克夫、韩晓：《心学与文学论稿——明代嘉靖万历时期文学概观》，北京：中国社会科学出版社 2002 年版，第 41 页。

思想弃之不顾，突出个性与自我。他们受到市民风尚与重情思潮的熏染，对文坛的复古思想进行抨击，改造并超越复古思想的主张，在明代后期文坛开辟了一条新路，特别是对戏曲、小说等通俗文学的创作带来巨大的影响，他们编选了一些符合广大市民和普通读者阅读口味的文学作品，满足了读者的需求。

一、王学左派对小说、戏曲的重视提高了通俗文学的地位

首先为通俗文学摇旗呐喊的是李贽，他在《童心说》中写道："诗何必古选，文何必先秦，降而为六朝，变而为近体，又变而为传奇，变而为院本，为杂剧，为《西厢记》，为《水浒传》，为今之举子业……皆古今至文，不可得而时势先后论也。"[①] 他以浓厚的兴趣对大量的戏曲、小说做了评论和评点，扩大了小说的社会影响。他还十分强调小说的社会功能："孰谓传奇不可以兴、不可以观、不可以群、不可以怨乎？饮食宴乐之间，起义动慨多矣。"[②] 他把小说放到文学的主体地位上，给小说以高度的评价。同样，袁宏道称赞《水浒传》说："后来读《水浒》，文字益奇变。六经非至文，马迁失组练。"[③] 把《水浒传》置于儒家经典和著名文学家司马迁之上。李贽的"童心说"和主张"真性情"的思想在文学领域也引起了较大反响，汤显祖和冯梦龙等文人在文学创作和编撰领域，选取"情""义"类小说来弘扬李贽思想，表达自己"主情"的审美理想。

这一时期受心学思潮影响的主要小说选本有选明代中篇传奇的通俗类书型小说选本，其中所选中篇传奇大都是男女勇敢大胆追求爱情的故事，从正面充分肯定了情和欲。如《钟情丽集》，瑜娘的《喜迁莺》云："欲使情如胶漆，先使心同金石"；辜生的《菩萨蛮》则云："不缘色胆如天大，何缘得入天台界。"旖旎的恋爱故事、典雅绮丽的风格与华美的辞藻中蕴含着激烈的反叛思想："倘若不遂所怀兮死也何妨，正

---

① （明）李贽：《焚书》卷三《杂述·童心说》，见张建业主编：《李贽全集注》第一册，北京：社会科学文献出版社 2010 年版，第 92 页。

② （明）李贽：《焚书》卷四《杂述·红拂》，见张建业主编：《李贽全集注》第二册，北京：社会科学文献出版社 2010 年版，第 182 页。

③ （明）袁宏道著，钱伯城笺校：《袁宏道集笺校》卷九《听朱生说水浒传》，上海：上海古籍出版社 2008 年版，第 418 页。

好烈烈轰轰兮便做一场。"这是对明初以来程朱理学长期禁锢思想的逆反心理的尽情宣泄，它与正在蓬勃兴起的市民阶层的审美趣味相适应。"明中叶时要求个性解放的思想正开始萌生，并对封建势力已有所冲击，这是作者之所以如此描写的背景，同时也是中篇传奇发展至此情节设置出现重大变动的动因"①，体现了情、欲及男女之情都得到了正视与肯定。

《虞初志》所选大致属唐传奇中的经典之作，不超出爱情故事的范畴。《僧尼孽海》选本以僧尼纵欲故事为主，所选作品体现了重情观念走向另一个极端，即放纵情欲编选色情故事。这与《金瓶梅》出现之后文学编选创作的风气有关，《金瓶梅》被袁宏道认为"胜于枚乘《七发》多矣"，将纵情纵欲故事演绎到极致，艳情小说也乘明末思想解放之风而盛行起来。这一时期广为流行的小说及选本也良莠不齐，《四库总目提要》评《珍珠船》云："是书杂采小说家言，凑集成编，而不言所出。既病冗芜，亦有讹舛。盖明人好剿袭前人之书而割裂之，以掩其面目。万历以后，往往皆然也。"这段话也适用于明末编选的文言类小说选本。

二、心学思想张扬物欲和情欲对小说选本编选的影响

（一）对物欲的肯定

明代后期，由于资本主义萌芽的兴起，新的生产关系带来了变化，社会新思潮涌起，加之明朝统治的腐朽，因此，封建纲常名教、"礼义"、"天理"大大削弱了，普通市民的合理欲望得到肯定，白话通俗小说正是市民文学、市民风貌的展现，小说中首先表现了市民阶层对金钱财富赤裸裸、不加掩饰的渴求心态。应该说，渴求金钱财富乃是人的天性之一。孔子早就说过，"富与贵，是人之所欲也"，"贫与贱，是人之所恶也"。事实的确如此，"世之人有不求富贵利达者乎？有衣食已足，不愿赢余者乎？"但是，造成晚明市民渴求金钱财富心态的原因不能仅仅用人类好货好财的天性来解释。首先，晚明是资本主义生产关系的萌芽和继续发展时期，处于资本主义关系下的市民百姓较之于自给自足的封建小农经济背景下的人们，显然具有更强烈的渴求财富的愿望。

---

① 参见陈大康：《明代小说史》，上海：上海文艺出版社 2000 年版，第 334 页。

其次，在王学左派思潮盛行的晚明，特别是泰州学派所鼓吹的"百姓日用即是道"观念，无疑是此时市民求货求财心理的哲学指导。受此哲学思想的影响，市民阶层对财富的追求更加热切，在社会上形成了较为明确的以物质利益为追求的思想观念，在一定范围内被普遍认可。再次，晚明市民崇拜金钱的心态，似乎只能从当时的社会现实中找到答案。在晚明商品经济日趋活跃的现实背景下，连一些传统的士人都被卷入商品经济的大潮中，像徽州不少士大夫之家也重视经商致富，甚至当时流行对金钱的歌颂，如《题钱》歌谣表达金钱的巨大诱惑力："人为你跋山渡海，人为你觅虎寻豺，人为你把命倾，人为你将身卖……人为你名亏行损，人为你断义辜恩，人为你失孝廉，人为你忘忠信……人为你生烦惹恼，人为你梦扰魂劳，人为你易大节，人为你伤名教……"①

白话短篇小说展现的就是商人经商活动的社会场景，轻商观念已被抛弃，小说选本如《今古奇观》、别本《三刻拍案惊奇》都选入了大量以商人为主人公的故事，谋求物质利益和经商赚钱都成为主人公合理的需求，"四民异业而同道"，肯定了工商业者的地位与社会作用，小说中诚信经营的善良商人形象成为正面形象。

（二）对自然人性的提倡

同样，在王学左派思想的影响下，人性获得一定程度的解放，世风放佚，情窦大开，许多钟情之士，自称是"有情人"，其宇宙观、人生观、政治观、伦理观、教育观等都有尊情的色彩，并由此建立起尊情的美学观、文艺观。"三言二拍"受晚明主情人文思潮影响，反映了新兴市民的意识，表现出进步的思想倾向。这明显表现在爱情婚姻题材中，"三言二拍"中新兴市民意识的一个突出表现是，不仅歌颂自由爱情，而且封建贞节观念也淡薄了，对所谓"失节"采取较为宽容甚至漠视的态度，这在本质上正是对人、人性、人情的重视的反映。

在王学左派思想的指导下，欲的观念被放大，市民阶层固有的畸形心理便通过拟话本等文学样式不断地表现出来。被称为"异端之尤"的思想家李贽，就曾结合释道思想宣扬纵欲观，如"成佛征圣，惟在明

---

① （明）薛论道：《林石逸兴》卷五《题钱》，《续修四库全书》据北京图书馆藏万历明刻本影印，第 1739 本第 142 页。

心，本心若明，虽一日受千金不为贪，一夜御十女不为淫也"①。在衣食稍足的现状和上层社会堕落风气的影响下，市民阶层固有的追求享乐的畸形心理，便被普遍地催生了。这一时期小说选本的编选呈现出迎合市民口味的趋势，主要表现在选作趋俗上，如通俗类书型选本所选中篇传奇有的即为艳情题材作品，内容上有色情描写。冯梦龙的小说编撰实践较好地体现了李贽"情"的理念，他编选《情史》本身就是实施其情教论的具体行动，"三言"则将"情"与"欲""理"很好地结合起来，体现了其通俗理论和情教理论，甚至可以说"三言的成功，标志着通俗论和情教论的成功，也标志着心学，尤其是泰州学派思想的胜利"②。

冯梦龙、凌濛初之后的不少明末清初拟话本作家，编创作品呈现的思想价值往往不及"三言二拍"，这与作家个人的思想基础、认识水平密切相关，但作为小说作品中表现出的大体发展趋势，却是受时代社会思潮影响的。③"三言二拍"的主情思想在晚明主情文艺思潮的大合唱中，唱出了自己的声音。但到了明末天启、崇祯年间，魏阉专政，外族入侵，天灾人祸，政治危机、民族危机、阶级矛盾空前严重，反对阉宦、挽救危亡成为当务之急，于是以东林党和复社为代表的倡导实学、复兴古学的思潮发展起来。他们在抨击阉宦专政、政治黑暗的同时，也反对所谓"王学末流"，攻击清算晚明新思潮。黄道周抨击李贽"乱天下"，钱谦益指斥李贽是"读史之谬"的罪魁祸首等，他们将晚明以来普遍越出封建纲常规范的思想道德、社会风尚重新拉回到传统伦理轨道上，对刚刚露头的解放个性思想进行抨击，儒学思想重新受到重视，主情思想日益消歇。

（三）对女性的重视

李贽主张男女平等思想，在麻城期间，李贽曾招收女弟子学道，引起一些人的非议，对此，李贽写下了《答以女人学道为见短书》予以回击：

---

① （明）周应宾：《识小录》，转引自吴存存：《明清社会性爱风气》，北京：人民文学出版社 2000 年版，第 66 页。

② 宋克夫、韩晓：《心学与文学论稿——明代嘉靖万历时期文学概观》，北京：中国社会科学出版社 2002 年版，第 287 页。

③ 欧阳代发：《话本小说史》，武汉：武汉出版社 1994 年版，第 351 页。

所谓短见者，谓所见不出闺阁之间；而远见者，则深察乎昭旷之原也。短见者只见得百年之内，或近而子孙，又近而一身而已；远见则超于形骸之外，出乎生死之表，极于百千万亿劫不可算数譬喻之域是已。短见者只听得街谈巷议，市井小儿之语；而远见则能深畏乎大人，不敢侮于圣言，更不惑于流俗憎爱之口也。

余窃谓欲论见之长短者当如此，不可止以妇人之见为短也。故谓人有男女则可，谓见有男女，岂可乎？谓见有长短则可，谓男子之见尽长，女人之见尽短，又岂可乎？设使女人其身而男子其见，乐闻正论而知俗语之不足听，乐学出世而知浮世之不足恋，则恐当世男子视之，皆当羞愧流汗，不敢出声矣。此盖孔圣人所以周流天下，欲庶几一遇而不可得者，今反视之为短见之人，不亦冤乎！冤不冤与此人何与，但恐傍观者丑耳。①

李贽认为，"人有男女"，"见有长短"，这是客观存在的。但是，"见"并无男女之分，如上引文所述，"谓男子之见尽长，女人之见尽短，又岂可乎？"那种因为男女性别差异而认为识见也有差异的说法在李贽这里遭到驳斥，李贽对历史上有识见的女性予以高度评价，与世人对女性的歧视态度截然不同。他在《初潭集》卷二《才识》篇中对所选二十五位女性的事迹十分赞赏，认为"男子不如也"！将薛涛、卓文君都归为有识见的女性，并且认为薛涛有学识、有才华，卓文君能勇于追求自己的幸福，李贽对这些有才华的女性和她们追求自由与幸福的行为都十分欣赏。

晚明时期文坛上流行这样的思潮，认为女性声音等同于真诚、自然和真实。② 钟惺在《名媛诗归叙》中说："诗也者，自然之声也"，"非

---

① （明）李贽：《焚书》卷二《书答·答以女人学道为见短书》，见张建业主编：《李贽全集注》第一册，北京：社会科学文献出版社 2010 年版，第 144 页。
② 参见（美）高彦颐著，李志生译：《闺塾师：明末清初江南的才女文化》，南京：江苏人民出版社 2022 年版，第 70 页。

假法律模仿而工者也"①，并引证儒家经典《诗经》中作品，认为其中很大部分由女性所写，"三百篇自《东山》《陟岵》，唱为怀人之祖，其言可歌可咏，要以不失温柔敦厚而已，安有所为法律哉"。由于女性较少受到人为学术传统的浸染，她们天生就是更合适的诗人，"诗，清物也。其体好逸，劳则否；其地喜净，秽则否；其境取幽，杂则否"。这些特征都更与女性的生理、心理特征相吻合。他将女性与男性进行了对比："盖女子不习轴仆舆马之务，缛苔芳树，养丝熏香，与为恬雅。男子犹借四方之游，亲知四方，如虞世基撰十郡志，叙山川，始有山水图；叙郡国，始有郡邑图；叙城隍，始有公馆图。而妇人不尔也，衾枕间有乡县，梦幻间有关塞，惟清故也。"这种对女性声音的推助，在个人层面上，一些女性在学问和文学的世界中获得了与男性平等的地位，但在体制层面上则恰恰相反，对女性作家的推崇，反而强化了社会性别区分即"男女有别"这一前提。而这一矛盾同时明显地表现在妇女教育的传播和对妇女诗歌的颂扬上。②

《青泥莲花记》《才鬼记》的编者梅鼎祚的思想与泰州学派有关，他曾从罗汝芳学理学，同泰州学派的追随者一样是理学的反叛者。他批判现实、反对礼教、反对禁欲。他好佛老，《青泥莲花记》中辑了"记禅""记玄"各一卷，即"首列禅玄"，为众生"开方便之门，遵归受之路"。在《才鬼记》中，他说"记鬼"是"托之自述其志"。《才鬼记》中，触目都是可爱的形象，这些"鬼"身上，赋予的是人类智慧的光华，她们能文善歌，工于诗词，聪慧过人，选辑者把她们看作富于文采的艺术形象，表达自己的爱憎，因此，此书呈现出独特的认识价值和审美价值。对女性专题故事的编选体现出了小说编撰者对女性的重视，将女性与仙佛故事结合的《新镌仙媛纪事》则融合了女性观与佛老这两种思想，说明明代中期各种思想交融在小说选本编选中体现了出来。

---

① （明）钟惺辑：《名媛诗归叙》，《四库全书存目丛书》据中国人民大学图书馆藏明刻本影印，集部第 339 本第 1 页。
② 参见（美）高彦颐著，李志生译：《闺塾师：明末清初江南的才女文化》，南京：江苏人民出版社 2022 年版，第 63、92 页。

第三节 实学思潮与小说选本

明代中后期，世俗文化在商品经济和心学思潮的双重推动下，曾表现出波澜壮阔的态势。清初，经历了巨大的社会变动之后，世俗文化承其余绪，既有发展又有所沉淀和收敛，比较明显的事实是，不少文学仍极力褒扬人情却又不再肆意煽情。与之相应的，文人精神也义帜重张，经历过民族灭亡、有切肤之痛的文士如顾炎武、王夫之、黄宗羲等，对明末文学解放、个性张扬、物欲横流的文化思潮、文学思潮进行了深刻的反思，努力提倡经世致用之文。他们对明代空疏的学风十分反感，①倡导以"博学""求实"为宗旨，以宋学为根底，兼采汉学博证、务实的学风，如顾炎武作《日知录》，"论一事必举证，尤不以孤证自足，必取之甚博，证备然后自表其所信"②。在撰写《天下郡国利病书》《肇域志》等地理考据著作时更是重视杨慎、徐霞客倡导的"目睹身历"的求实精神，常"以二马二骡载书自随，所至阨塞，即呼老兵退卒，询其曲折，或与平日所闻不合，则即坊肆中发书而对勘之"③。王夫之治学力求做到"言必征实，义必切理"④。黄宗羲在治学中强调："读书不多，无以证斯理之变化，多而不求于心，则为俗学。"⑤ 经世致用之学体现在文学方面，就是由晚明以表现个体性情为取向的适情任性的文学观，转变为以实现社会功用为旨归，强调关心现实，文学为社会服务。

---

① 参见（清）梁启超撰，朱维铮导读：《清代学术概论》，上海：上海古籍出版社 2011年版，第 27 页。

② 参见（清）梁启超撰，朱维铮导读：《清代学术概论》，上海：上海古籍出版社 2011年版，第 12 页。

③ 参见（清）梁启超撰，朱维铮导读：《清代学术概论》，上海：上海古籍出版社 2011年版，第 12 页。

④ （清）永瑢等：《四库全书总目》卷六经部易类6，北京：中华书局 1965 年版，第 35 页。

⑤ （清）全祖望：《鲒埼亭集·内编》卷 11《梨洲先生神道碑文》，《近代中国史料丛刊》，台北：台湾文海出版社 2006 年版，第 518 页。

一、小说选本注重社会教化

明末清初实学思潮对小说选本重教化的思想倾向主要表现在以下几点：

（一）宣扬忠孝节义

宣扬忠孝节义是清代白话短篇小说选本的显著特点，本书第六章第二节"白话类作品编选者的小说观"具体阐述了白话短篇小说选本对原作忠孝节义观念的发挥，这里所述主要为清初实学思想促使小说选本编选者对忠孝节义观的重视。清代醉犀生《古今奇闻·序》中称："稗官小说亦正有移风易俗之功。"① 王寅《今古奇闻自序》中指出："虽（稗史）其中亦有一二规戒语言，正如长卿作赋，劝百而讽一。"② 编选作品本身就是一个对前代作品精选重编的过程，符合编者思想主张和编选意图的作品才会入选，如《今古奇观》将《三孝廉让产立高名》《两县令竞义婚孤女》编排在第一卷和第二卷的位置，该书的前四卷有三篇都是宣扬孝悌与节义的，其他如《吴保安弃家赎友》《羊角哀舍命全交》《刘元普双生贵子》《俞伯牙摔琴谢知音》《徐老仆义愤成家》《念亲恩孝女藏儿》等作品都是宣扬孝悌义的。从其他白话短篇小说选本来看，《三孝廉让产立高名》被选 4 篇（次），先后在《今古奇观》《警世选言》《警世奇观》《二奇合传》中出现，《刘元普双生贵子》则在《今古奇观》《今古传奇》《二奇合传》中三次出现，《裴晋公义还原配》先后被《今古奇观》《再团圆》《二奇合传》所选，前面提及的《两县令竞义婚孤女》《俞伯牙摔琴谢知音》等被选频率也较高。但是，从今天读者的眼光来看，"三言二拍"中的精华显然并不止这些忠孝节义类作品，如《蒋兴哥重会珍珠衫》《杜十娘怒沉百宝箱》《卖油郎独占花魁》这类描写真情真性、情节构思曲折精致的作品更具有可读性，并经过历史的沉淀成为经典。白话短篇小说选本编选者一方面注意到了描写真情作品的感人之处，注重对爱情作品的编选，另一方面更加强调

---

① （清）醉犀生：《古今奇闻·序》，转引自丁锡根：《中国历代小说序跋集》，北京：人民文学出版社 1996 年版，第 854 页。

② （清）王寅：《今古奇闻自序》，《古本小说集成》据复旦大学所藏光绪十三年东璧山房刊本影印，上海：上海古籍出版社 1990 年版，第 2 页。

教化类作品，使这两类作品在选本中入选频率较高。由此可以看出，注重说教但艺术水平并不很高的作品更受选家的欢迎，反映了选家的鉴赏水平和艺术修养，同时也鲜明体现了选家的小说观念，宣扬孝悌节义的作品频繁出现，正好说明了选家意在利用小说宣扬社会教化的编创主旨。

（二）维护封建道德规范

这一编选主旨与宣扬忠孝节义密不可分，从"虞初"系列小说选本来看，清初小说选本的编选主旨在于维护封建道德规范。《虞初新志》中所选多有易代之际士人殉国事迹，如《姜贞毅先生传》；还有动物忠于旧主不事新主的，如《象记》《义猴传》《义犬记》等。《虞初新志》所选多为传奇题材类作品，它强调"发愤以抒情"，因而，社会生活发生剧烈变化、知识阶层的整体情绪处于亢奋状态的背景，对于其繁荣有着直接影响。明末清初是汉族士大夫心灵备受煎熬的时代，清贵族入主中原对他们是一个双重悲剧：这不是通常的改朝换代，许多文士认为这关系到亡国与亡天下的问题。入清后的明代知识分子，有的坚持抗清斗争如张煌言，有的做了遗民如张岱，有的主动入仕新朝如钱谦益，有的被迫入仕如吴梅村。在复杂的社会政治环境下，知识分子都面临着是忠于旧主、为旧主守节还是认同新主、入仕新朝的两难抉择。顾炎武在《日知录》中认为：反抗清朝统治，比一般不事二姓的感恩行为要深刻得多，是关乎天下即民族存亡的大事。确实，这一时期知识分子的民族情感是空前高昂的，一切别的情感都退居到次要地位。人们衡量一个人，首先就看他是否保持节操。张潮《虞初新志》等人对传奇小说的审美规范，增添了新的时代认识即对节操的重视。由此，所选之作对名节非常重视，可以看出在提倡忠孝节义的同时，强调做人的气节，这固然与清入主中原的特定历史条件有关，也与实学思想观念倡导者顾炎武"行己有耻"有关，体现了以儒家的名节规范人们的行为在士林文人中产生重大的影响。

（三）因果报应之说

小说选本在对原作进行选编时，对作品中的因果报应予以关注，如《四巧说》中，所选之作以"巧"连接，但是大多具有善恶果报的程式化模式。其中将反映近期时事与果报结合起来的，如《忠格天幻出男人

乳　义感神梦赐内官须》写男仆王保对幼主的至诚感动上天，竟然两乳流出乳汁；太监颜权仗义私放民女，感动神仙而长出胡须。它将因为行善而感动上天的不可思议之事写得如真有其事，将因果报应观念纳入封建传统伦理规范的范围。一些选本所选之作大多具有程式化的特点：孝悌者终有好报，如《负双骸孝子感神》（《西湖拾遗》卷三十九）；节操坚贞者虽死犹荣，如《忠臣死义铁铮铮　贞女全名香扑扑》（别本《三刻拍案惊奇》卷二十六）；即使是梁上君子，若重孝顺、讲义气、行善事，则天必佑之，而独霸家产的哥嫂未得好报，如《曾孝廉解开兄弟劫》（《二奇合传》第三十四回）；虐杀母亲的逆子必遭天谴，如《神钺记》（《虞初新志》卷四）；奸骗人妻的恶徒终得报应，如《张溜儿熟布迷魂局　陆蕙娘立决到头缘》；行善之人必有好报，如《赠遗金暗中获隽　拒美色眼下登科》等。果报明显不爽，而且越来越迅速，即施恩即得报、好人终有好报的劝人行善之旨在选本中得到体现。

二、关注近事

从题材方面来看，清初期小说选本更为直接地反映了明清社会风貌，题材更为广泛，爱情、神幻、讽世之作都深入反映社会现实。

（一）反映忠奸斗争和改朝换代

在天崩地坼、国破家亡的巨大事变中，广大士人的心灵世界受到强烈震撼，留下道道伤痕，经过血与火的洗礼，磨炼出坚卓的人格、深沉的思想和静笃的情志，晚明文士常有的那种颓放浮躁的习气，阳明心学和公安、竟陵末流那种率易的浅薄的弊病，在这一时期的士人心中渐渐涤去。痛定思痛，士林陷于痛苦的深沉的历史大反思中，获得的经验教训是深刻的、丰富的，因此表现忠奸斗争题材的小说在选本时有选入，忠臣与阉党的斗争如《沈小霞相会出师表》《杨八老越国奇逢》都反映了明清之际的社会现实，《虞初新志》和《虞初近志》中许多作品都反映了时事近闻。

（二）抨击科举之弊

揭露社会黑暗是小说贴近现实的一个表现，明清科举之弊和读书士子的艰苦生活在清初小说选本中时有表现。如《鸳鸯针》集中描写晚明儒林生活，对科举制度弊端多有抨击，卷一《打关节生死结冤家》

写杭州秀才徐鹏子，满腹文章，参加乡试，成绩优异，试卷却被考官偷梁换柱，反成全了打通各路"关节"的同窗丁全，徐落第后要求查考卷，却被诬陷入狱。科举黑暗，官场腐败，由此可见一斑。其他小说选本多借"古往今来的世情闲话"抒发愤世嫉俗的感慨，借古讽今，针砭时弊，发展到《聊斋志异》则集中体现了科举对读书人的戕害，至《儒林外史》则从各个侧面表现了科举的弊端。

（三）批判假道学，表现平凡和真实的人物

从"虞初"系列小说选本可以看出，"奇"是小说的审美追求，但是人物由英雄传奇向平凡真实人物转化，人物更趋向于生活真实和艺术真实，甚至所述多为小人物，笔者在论述"虞初"系列小说选本的特点时已有提及。与明代小说市民化、通俗化的结果相关，入清以后的小说主角都与现实生活密不可分，都表现了平凡真实的普通生活。这一时期作品即使是英雄人物也都被普通化，如《警世选言》所选六回作品，第一回《灵花阁织女表诬词》，第二回《慈航度朱生救功畜》，第三回《王荆公两谪东坡》等描写的都是普通人熟悉的生活，织女即使在天上过的也是与普通人无异的生活，与现实生活中的人们差别不大。

另外，重考据的实学思潮对清初小说也有一定的影响，顾炎武等学者认为"承晚明经学极衰之后，推崇实学，以矫空疏，宜乎汉学重兴，唐宋莫逮"①。清代梁启超亦云："（清代前期学者）因矫晚明不学之弊，乃读古书，愈读而愈觉求真解之不易，则先求诸训诂名物典章制度等等，于是考证一派出。"② 由此可以看出考据实学思潮与经世致用思潮一样，皆以"实"为学术倾向，反对理学空疏学风。他们认为学术必须"明道""救世"。所谓"明道"，就是强调恢复儒家思想传统；所谓"救世"，就是强调学者研究学问要关注社会现实，留心世务，以挽救国家、民族、社会危机。表现在小说选本编选上，可以看出，清代小说选本大多注明出处，详细注明选作来源，而不是像明代小说选本不题原作者甚至妄题撰人。有研究者指出：明代空疏学风的形成除了与宋明"心学"倡导的"高谈性命、直入禅障，束书不观"的治学风气有关以

---

① （清）皮锡瑞：《经学历史》，北京：中华书局2004年版，第214页。

② （清）梁启超：《清代学术概论》，朱维铮校注：《梁启超论清学史二种》，上海：复旦大学出版社1985年版，第22页。

外，还与明代科举制度的导向及教育制度的缺失相关。它不仅造成学术研究的浮泛和浅薄，还在很大程度上影响着社会的风气。明中叶以来实学思潮的兴起，促使学风发生了变化。这种变化不仅影响了当时的学术研究，而且也影响着清代学术研究的发展。① 可以说，清代以后，实学之风对文学创作产生了巨大的影响。

第四节　明清两代的禁毁政策与小说选本

明清两代针对小说的禁毁政策时有颁布，在明朝初年政府就有意识地加强了思想控制和文艺管理，国家在中央集权思维的引导下，开始了对曲艺的严格控制，颁布了严厉的政策压制曲艺的正常发展。虽然明初的禁毁法令并不是直接针对小说，但这已经预示了不久以后小说以同样的原因被禁毁的图景。明正统七年（1442 年），国子监祭酒李时勉奏请禁毁"假人托怪异之事，饰以无根之言"的《剪灯新话》等小说，"不惟市井轻浮之徒争相诵习，至于经生儒士，多舍正学不讲，日夜记忆，以资谈论，若不严禁，恐邪说异端日新月盛，惑乱人心"②。明政府批准奏请，于是《剪灯新话》成为中国古代第一部禁毁小说。在明代统治者大力推行程朱理学的意识形态环境下，文言小说逐渐衰微，白话小说虽然试图另辟蹊径，但同样困难重重。此后，万历三十年（1602 年）颁布"禁以小说语入奏议"、崇祯十五年（1642 年）"严禁水浒"等，但是由于经济、社会的种种原因，禁书运动并没有取得专制统治者预期的效果。

禁毁小说政策在清代得到了有力的实施，是整个清王朝执行了二百余年未变的一项长期性文化政策。敖堃的《清代禁毁小说述略》③ 将清代禁毁小说的步骤大致统计为二十二次，平均十年一次。《元明清三代

---

① 杨绪敏：《论明代空疏学风形成和嬗变的原因及影响》，《北方论丛》2006 年第 4 期，第 14 - 18 页。

② （清）顾炎武撰，严文儒、戴扬本校点：《日知录》，《日知录之余》卷四《禁小说》，上海：上海古籍出版社 2012 年版，第 1418 页。

③ 敖堃：《清代禁毁小说述略》，《清史研究》1991 年第 3 期，第 14 - 18 页。

禁毁小说戏曲史料》记录了小说被禁毁的历程，总的看来，小说的生存环境并不乐观，但是小说一直流传于广大民众之间，是人民生活需求的一部分，为民众喜闻乐见，且在统治者看来，这些大多是社会教化问题，处置较轻。又因许多小说是前代流传下来的，已找不到作者，捉不到"主使之人"，又使禁令在许多时候流于无的放矢。在这种情形下，书坊老板对保存小说起到了一定的作用。尽管统治者一禁再禁，因为小说有市场，有社会需求，就有人去刻印，有人去贩卖，特别是"物以稀为贵"，翻刻禁书，也成了某些书贾迅速致富的捷径。焚毁小说即使在高压下一时销声敛迹，风声一过，社会上又广为流传，形成一个禁者自禁、刻者自刻、贩卖租借者自贩卖租借的奇怪循环。一些书坊主人刻书时不注明刻书者与刻书年代，许多作者也不署真名，使禁书无从查起。现在留存下来的小说也大多为托名，只能以"坊刻本"大致言之，从作者到刊刻者都无从查考的事实大量存在可以看出，这也是明清时期小说禁毁给小说流传带来的影响。

一、小说选本托名或署别名现象多

在中国文学史上，小说一直是不登大雅之堂的文学样式，托名现象一直存在，陈文新、毛伟丽《略论晚明白话小说"托名"现象》① 中对白话小说"托名"现象的原因进行了分析，认为是为了获得利益最大化，具有商业头脑的书坊主们纷纷假托名家进行小说编撰刊刻，并认为："'商业化'是托名现象产生的根本原因，文学观念的革新又为小说创作出版提供了较为宽松的环境，部分文人参与到小说创作出版过程中来的事实为书坊主们的'托名'行为提供了有利的契机。"如果说明代晚期整个社会对名人的追捧是小说托名现象产生的直接原因（这些名人在清代作为托名对象已经变得很少），那么，禁毁政策的影响则是清代小说选本"托名"现象产生的间接原因。明代小说选本如《闲情野史》托名陈继儒，《花阵绮言》托名袁宏道，《虞初志》托名汤显祖、袁宏道评点；清代署别名的小说选本有署吴中梅庵道人的《四巧说》，署李笠翁先生汇辑的《警世选言》，署步月主人的《再团圆》等。禁毁

---

① 陈文新、毛伟丽：《略论晚明白话小说"托名"现象》，《明清小说研究》2006 年第 4 期，第 10 – 28 页。

使书坊主人刻书时不著刻书者与刻书年代，也不署真名，使禁书者无从查起。即使署名也是隐蔽了作者真正姓氏的别称别号，从这些可以看出禁毁对小说选本刊刻的影响。

二、小说改头换面继续流行

当通俗文学以商品的形态出现之后，生活在现实社会的普通消费者从消遣的角度出发，对书贾提供的东西按照自己的好恶进行选择，他们更倾向于选择消遣性最强而颇为刺激的淫词小说。所以丁日昌一再叹息说："忠孝廉节之事，千百人教之而未见为功；奸盗诈伪之书，一二人导之而立萌其祸。"① 李渔的《无声戏》和《无声戏二集》，因为与张缙彦牵涉②而禁止流通，后来改名为《连城璧》才能在市场上卖。选本中为原来书籍改名或者离析原书的也不少，如《遍地金》实为《五色石》前四卷，《补天石》实为《五色石》后四卷。《一枕奇》为《鸳鸯针》的第一、二两卷，《双剑雪》为《鸳鸯针》的第三、四两卷。其他"淫词小说"改名重新流传的更多，《如意君传》改名为《阃娱情传》、《肉蒲团》改名为《循环报》、《红楼梦》改名为《金玉缘》、《浪史》改名为《梅梦缘》、《欢喜冤家》改名为《贪欢报》、《灯草和尚》改名为《灯花梦全传》。这些作品因禁毁而禁止流通，但书坊主总是想尽办法让其重新刻印再卖，改名重印后便可暂时逃避官府查禁而得以流通。政策法令对书坊的打击也十分严厉，雍正二年（1724 年）颁布的法令有："凡坊肆市卖一应淫词小说，在内交与八旗都统、都察院、顺天府，在外交督抚等，转行所属官弁严禁，务搜板书，尽行销毁。有仍行造作刻印者，系官革职，军民杖一百，流三千里；市卖者杖一百，徒三年；买看者杖一百。该管官弁不行查出者，交与该部，按次数分别议处。仍不准借端出首讹诈。"③ 在政策法令的打击下，小说仍然变相流行，说

---

① （清）丁日昌：《抚吴公牍》卷一《札饬禁毁淫词小说》，广州古籍书店发行，据宣统纪元小春月南洋官书局石印本影印。

② 顺治十三年到十五年间，张缙彦出资为李渔刻印了《无声戏二集》，至顺治十七年初，他因"耽情诗酒，好广交游，沽名取悦，殊失人臣靖共之谊"而被贬为江南徽宁道。同年六月，他的好友文华殿大学士、吏部尚书刘正宗被弹劾，他也受到牵连，为李渔刊印《无声戏二集》一事变成了张缙彦的罪状。后来张缙彦被抄没家产流徙宁古塔，《无声戏二集》成了禁书。

③ 王利器：《元明清三代禁毁小说戏曲史料》，上海：上海古籍出版社 1981 年版，第 32 页。

明人们对小说的需求真实存在，而禁毁政策并不得人心。

三、打着教化的旗帜获得生存空间

清中期以后，小说的说教已为人诟病，但是以教化为主旨的小说作品获得了一定程度的生存空间。以《娱目醒心编》为例，内容上适应当时的名教之风，完全移向劝忠说孝、因果报应。郑振铎评曰："这部最后的创作话本集，正足以充分地表现出当时的著作界的风气来。在这时，淫靡的作风是早已过去的了，随了正学的提倡的结果，连小说中也非谈忠说孝不可了。"① 乾隆年间的小说，明显完全向"劝善"与"说教"靠拢，而且陷入了空泛的说教。笔者认为一方面与小说发展走入僵化、教条有关，另一方面也是民间意识反禁毁的一种策略。从清中期的禁毁政策来看，主要禁毁对象为淫词小说，认为其有伤风化。从民间立场来看，人们认为"多演男女之秽迹，敷为才子佳人，以淫奔无耻为逸韵，以私情苟合为风流，云期雨约，摹写传神，少年阅之，未有不意荡心迷、神魂颠倒者。在作者本属子虚，在看者认为实有，遂以钻穴逾墙为美举，以六礼父命为迂阔，遂致伤风败俗，灭理乱伦，则淫词小说之为祸烈也。即有因果报应，但人多略而不看，将信将疑；况人好德之心，决不能胜其好色之心，既以挑引于前，岂能谨饬于后。有司者正其士民，有家者闲其子弟，于此等淫词，严行禁毁"②。因此，一些书斋中文人独立创作或编撰小说作品时，以抒情、言志、劝惩为主旨，并当作藏之名山的事业来经营，通过小说世界的虚拟来抒写自己的抱负、感慨，并不认为自己编创的是"淫词小说"，如《西湖拾遗》选本编者，穷困之际仍拥有理想，以编书来传世，但是这些炫学言志小说没有迎合大众品味，书商也不感兴趣。连篇累牍的说教使读者和书坊主都对它们失去了兴趣，即使不禁毁也没有多大的市场。

四、对小说进行删改

清人余莲村辑《得一录》中提到《删改淫书小说议》："欲罗列各种小说，除《水浒》《金瓶梅》百数十种业已全数禁毁外，其余苟非通

---

① 郑振铎：《西谛书话》，北京：生活·读书·新知三联书店1998年版，第150页。
② 转引自王利器：《元明清三代禁毁小说戏曲史料》，上海：上海古籍出版社1981年版，第178页。

部应禁，间有可取者，尽可用删改之法，拟就其中之不可为训者，悉为改定，引归于正，抽换板片，乃可通行，所有添改之处，则必多引造作淫词及喜看淫书一切果报，使天下后世撰述小说者皆知殷鉴，不致放言无忌。"① 但官府以卫道为职责的删改，是违背文艺规律的，《今古奇观》在道光二十四年（1844 年）浙江湖州、苏州和同治七年（1868年）丁日昌查禁时三次被抽禁，就有了道光时《今古奇观》奉命删改本，手法卑劣至极。

必须对小说进行删改的一个重要原因是有"违碍之语"。《论乾隆朝小说禁毁的种族主义倾向》② 一文指出，乾隆时期的小说禁毁特别强调民族主义，涉及金、元的小说都十分敏感。对明末野史小说防之甚严，在清朝统治者眼中，凡是真实地揭露金兵暴行、金的统治者对汉族人的压迫和残害的，就都是"失实"。由于满族统治者承认自己是金的后代，一度自号"后金"，高宗皇帝十分憎恨汉族文人把清代统治者与历史上的金联系起来，含沙射影，指桑骂槐，所以对涉及金的作品也特别注意。再参以"但须不动声色，不可稍涉张皇"等语，充分显示出其思想统治的周密和手段的巧妙。在这样周密的审查之下，张潮的《虞初新志》、明末的《今古奇观》也再次被列为应修改的对象。如《今古观奇》卷七《卖油郎独占花魁》中，涉及宋金战乱给人民带来的痛苦，清代选本多将原作中的"鞑子""鞑虏"改为"金人""金兵"；如《西湖拾遗》卷三十六《卖油郎缱绻得花魁》的改动：将"金虏乘之而起"改为"金兵乘此而起"，把"不幸遇了金虏猖獗"改为"不幸遇着金人入寇"，把"（难民）叫天叫地叫祖宗，唯愿不逢鞑虏"改为"（难民）求天求地求祖宗，所愿不逢兵马"。《虞初新志》中涉及的明代的称呼也有改换。类似的这些改动都是因为禁书的原因。

清代的禁毁政策对文化的影响较大，清代正统文人大都持小说"诲淫诲盗"的社会认识，实际上代表了当时的一种文化观念，以为小说坏人心术，败坏社会道德，影响正常的社会秩序。乾嘉时期著名的学者钱大昕认为："古有儒释道三教，自明以来，又多一教曰小说。小说演义

① （清）余莲村辑：《得一录》卷十一《删改淫书小说议》，《近代中国史料丛刊三编》（第九十二辑），台北：台湾文海出版社印行，第 16 页。

② 胡海义、程国赋：《论乾隆朝小说禁毁的种族主义倾向》，《明清小说研究》2006 年第 2 期。

之书，未尝自以为教也，而士大夫、农、工、商贾，无不习闻之，以至儿童妇女不识字者，亦皆闻而如见之，是其教较之儒释道而更广也。释道犹劝人以善，小说专导人以恶，奸邪淫盗之事，儒释道书所不忍斥言者，彼必尽相穷形，津津乐道……"① 这些一直被视为地位低下的小说，既不入正统文学之流，地位也不高，即使它一再往正统文学所宣扬的封建伦理道德上靠，也没有获得良好的生存空间，一些选本中的精品在经历官方严厉的禁毁后，却并未因行政手段的强制而减低其传播效果，反而在更广阔的传播范围内得到了接受。一些喜爱阅读"淫词小说"的人甚至参照禁毁书目去选择自己爱读的小说，从这个角度来讲，禁毁实际上增强了它们的传播效果，提高了接受者兴趣并最终扩大了传播的时空范围，其中一些精品甚至正是因为被不断禁毁，而引起人们的兴趣，受到大众的喜爱，并没有因为禁毁而完全消失，反而流传了下来。

---

① （清）钱大昕：《潜研堂文集》卷十七《正俗》，《续修四库全书》据清嘉庆十一年刻本影印，第 1438 本第 598 页。

第六章
明清小说选本与小说观念

　　小说选本是小说编选者按照一定的取舍标准进行选择，对原作加以重新编排而形成的小说文本，体现出编选者强烈的审美观念。"选择"作为一种价值判断行为的本质特征决定了小说选本的"选"本身就是一种重要的批评实践，在对小说作品文本进行重新编排的过程中体现了编者的文学批评方式和小说观念，因此，从不同类型小说选本可以大致看出不同选家的编选观念。明清小说选本对小说的批评主要体现为通过序跋、体例编排、批点和评注等直接阐述选编的缘由、宗旨和标准以及对前作的评价态度，编选者的兴趣爱好和观念往往可以从选本中反映出来，其审美水平和小说观念一定程度上决定了选本价值的高下，这也是有的选本历经数十年、数百年仍然是经典之作，而有的割裂原书、粗制滥造之作不久就湮没了的原因。本章分别讨论了文言类和白话类作品编选者的小说观念，论述了文言类小说选本编选重自娱的特点和白话类小说选本重教化的特色。

第一节　文言类作品编选者的小说观

　　从本书第二章笔者对小说选本的分类大致可以看出，文言类小说选本和白话类小说选本体现出的小说观念不尽相同。本节将明清文言类小说选本分为唐传奇类和类书类两种，在此分类的基础上，对不同类型的选本编选理论拟进行分别论述。

一、唐传奇类选本选家的编选理论

前文已论及唐传奇类小说被明代选本编选者重复编选，既受到明代文学复古思潮的影响，也与唐传奇的审美趣味符合明代选者的需求有关。唐人传奇成就很高，但唐人并没有留下关于传奇独立的评论和理论文字，明初传奇类小说风行，《剪灯新话》《剪灯余话》等几种传奇集中的序言对唐传奇小说的特点进行了一些探讨。从选本的角度来看，从这些选本的编排与序跋可以看出选者的编选理论与小说观念。

（一）"虚""实"理论

"虚"与"实"的观念在小说理论中一直多有争论，文人对小说的认识在"虚构"与"实录"的关系上一直纠缠不清。洪迈从自身的小说创作实践中逐渐认识到小说的"虚"与"实"关系，他在《夷坚志·乙志》中认为"耳目相接，皆表表有据依"①；到了编《夷坚志·丁志》时，他认识到司马迁的《史记》并非完全真实，偶有杂采民间传说，对记录传闻的态度有所改变，认为"凡以异闻至，亦欣欣然受之，不致诘"②。洪迈听到了认为可采辑者的轶事则将这些故事收入其小说中，而不是像过去那样追求事实考问真假，认为"不致诘人，何用考信"；到了后来，他认为"稗官小说，言不必信""信以传信，疑以传疑"。由此可以看出洪迈的小说创作编选观念已经脱离了实录、史余的小说观念，认识到"传闻""虚构"是小说创作的方式。虽然洪迈在小说创作的过程中认识到了小说的特点，但是他关于"虚"的认识，并没有得到普遍认同。"虚构"在明代仍受到批评，如明人胡应麟在批评唐人小说时说："唐人小说如《柳毅传》书洞庭事，极鄙诞不根"③；"若《东阳夜怪录》称成自虚，《玄怪录》元无有，皆但可付之一笑，其文气亦卑下亡足论"④。但他也认为唐传奇"作意好奇"，肯定韩愈的《毛颖传》和李公佐的《南柯太守传》，认为这类作品"假小说以寄笔

---

① （宋）洪迈：《夷坚志·乙志序》，北京：中华书局1981年版，第185页。
② （宋）洪迈：《夷坚志·丁志序》，北京：中华书局1981年版，第537页。
③ （明）胡应麟：《少室山房笔丛·二酉缀遗》，上海：上海书店出版社2001年版，第485页。
④ （明）胡应麟：《少室山房笔丛·二酉缀遗》，上海：上海书店出版社2001年版，第371页。

端"，"尚可"。明高儒在《百川书志》卷五《传记》后的附记中写道："以上（《虬髯客传》《任氏传》）等二十八家，或失世次姓名，或撰人不具，故为野史之流，大率托物兴辞，信笔成文为多，审其词气，必唐人及六朝之作也。"① 高儒认为，传奇小说的明显特征是"托物兴辞"而"不求其实"，认识到了传奇小说所具有的艺术想象与联想，对"物"和"事"进行了艺术加工，具有合理的虚构成分。谢肇淛在《五杂俎》卷十五谈道：

> 凡为小说及戏剧杂文，须是虚实相伴，方为游戏三昧之笔，亦要情景造极而止，不必问其有无也。古今小说家如《西京杂记》《飞燕外传》《天宝遗事》诸书，《虬髯》《红线》《隐娘》《白猿》诸传，杂剧家如《琵琶》《西厢》《荆钗》《蒙正》等词，岂必真有是事哉？近来作小说，稍涉怪诞，人便笑其不经，而新出杂剧，若《浣纱》《青衫》《义乳》《狐儿》等作，必事事考之正史，年月不合，姓字不同不敢作也。如此，则看史传足矣，何名为戏？②

此处，谢肇淛开首即言"小说"，即明确地表达了一种小说文体之意识；同时，他又谈到了小说与戏剧一样，都得"虚实相伴，方为游戏三昧之笔"，"必事事考之正史，年月不合，姓字不同，不敢作也。如此，则看史传足矣，何名为戏"，这样的言论，则又明白地指出了文学意义上的小说与史传不同，应当具有虚构性。

清代纪昀认为《聊斋》是"才子之笔，非著书者之笔"③，他说："小说既述见闻，即属叙事，不比戏场关目，随意装点。"④ 说明在明清两代，对于小说的"虚"与"实"的看法，不少人仍以"实录"为高。由此，一些小说理论研究者认为："到了明代，幻奇理论的内容发生了

---

① （明）高儒：《百川书志》卷五《传记》，上海：上海古籍出版社 2005 年版，第 66 页。
② （明）谢肇淛：《五杂俎》卷十五，《明代笔记小说大观》，上海：上海古籍出版社 2005 年版，第 1829 页。
③ （清）纪昀：《阅微草堂笔记·姑妄听之》"盛时彦跋"，北京：中华书局 2014 年版，第 1475 页。
④ （清）纪昀：《阅微草堂笔记·姑妄听之》"盛时彦跋"，北京：中华书局 2014 年版，第 1475 页。

很大的变化，实录观念遭到批评，批评家开始探讨小说虚构与写实的关系，这是明代小说批评的一个重要发展。"① 由于小说已有的"补史之阙""纪实"观念的影响，"虚"的理论只是在部分作品中体现出来，具有开创意义，所以研究者认为"虚构"理论的提出，是小说观念的重要发展，也是小说理论发展的一大进步。

唐人小说多强调故事来源真实，作家分明在写小说，却要努力使人相信自己讲述的故事并无虚构或夸饰的成分。如《韦安道传》在故事结尾写道："取安道所画帝王功臣图视之，与秘府之旧者皆验，至今行于代焉。天策中，安道竟卒于官。"《古镜记》文末写道："大业十三年七月十五日，匣中悲鸣，其声纤远，俄而渐大，若龙咆虎吼，良久乃定。开匣视之，即失镜矣。"这种在文末交代故事的来源或者强调故事实有其事的做法，更多的是一种艺术手法，从情节的安排和故事的叙述中可以看出作者注重于细节的夸张和修饰，强调虚构委婉曲折的故事情节。从整体上看虚构成分占据不少。唐传奇受到"实录"方法的熏陶，这是毋庸置疑的，不过，在创作过程中它又突破了"实录"方法的樊篱。② 这一论点道出了唐传奇小说实与虚的关系。"作意好奇，假小说以寄笔端"，通过虚构故事情节，小说的真实感才愈强，艺术形象才愈加饱满、具体，带着生动的意态和情趣。陈文新《论唐人传奇的虚构艺术》③ 提出："虚构是唐人创作传奇的一个特征。"表明了唐传奇作者自觉突破"实录"观念，虚构创作，寄托寓意。

从小说选本来看，"虚构"这一观点受到选者的重视。如《艳异编·序》中写道：

> 尝闻宇宙大矣，何所不有。宣尼不语怪，非无怪之可语也。乃龌龊老儒辄云，目不睹非圣之书。抑何坐井观天耶？泥丸封口当在斯辈。而独不观乎天之风月，地之花鸟，人之歌舞，非此不成其为三才乎？从来可欣可美可骇可愕之事，自曲士观之，甚奇；自达人观之，甚平。吾尝浮沉八股道中，无一

① 方正耀：《中国古典小说理论史》，上海：华东师范大学出版社 2005 年版，第 111 页。
② 程国赋：《唐代小说嬗变研究》，广州：广东人民出版社 1997 年版，第 15 页。
③ 陈文新：《论唐人传奇的虚构艺术》，《电子科技大学学报》（社会科学版）2001 年第 2 期，第 62—64 页。

生趣。月之夕，花之晨，衔觞赋诗之余，登山临水之际，稗官野史，时一展玩。诸凡神仙妖怪，国士名姝，风流得意，慷慨情深，语千转万变，靡不错陈于前，亦足以送居诸而破岑寂，岂其詹詹学一先生之言而号于人曰：此夫出自《齐谐》之口者也，而摈不复道耶？虽然，《诗》三百篇，不废郑、卫，要以无邪为归。假令不善读《诗》者，而徒侈淫哇之词，顿忘惩创之旨，虽多亦奚以为！是集也，奇而法，正而葩，秩纤合度，修短中程，才情妙敏，踪迹幽玄。其为物也多姿，其为态也屡迁。斯亦小言中之白眉者矣。昔人云："我能转法华，不为法华转。"得其说而并得其所以说，则乐而不淫，哀而不伤，纵横流漫而不纳于邪，诡谲浮夸而不离于正。不然，始而惑，既而溺，终而荡。"尽信书则不如无书"，有味乎子舆氏之言哉。不佞懒如嵇，狂如阮，慢如长卿，迂如元稹，一世不可余，余亦不可一世。萧萧此君而外，更无知己。啸咏时每手一编，未尝不临文感慨，不能喻之于人。窃谓开卷有益，夫固善取益者自为益耳。①

这段话可以看出：①"怪异"之事原本存在，在小说中，"何所不有"。序者认为"宣尼不语怪，非无怪之可语也"。序者颠覆圣人之说，为小说争地位，为自己的理论张本，并怒斥只读圣贤之书的人为"泥丸封口，当在斯辈"。编者所选"星部""神部""仙部"等类型也可以看出编选者认为重"虚构"的故事是小说的特点，虚构构成了小说的重要审美特征。②传奇小说虚构情节曲折有致，贴近生活真实。"诸凡神仙妖怪，国士名姝，风流得意，慷慨情深，语千转万变，靡不错陈于前，亦足以送诸居而破岑寂。"

明初从对唐传奇虚构特点的认识到思考小说的"虚"与"实"的关系，体现了小说理论批评的发展，关于通俗小说评点中的对"虚"与"实"的探讨是现实小说创作虚构艺术的理论总结，促进了小说创作的发展。清代梅鹤山人在《萤窗异草·序》中认为："其记载时事，

---

① （明）王世贞：《艳异编·序》，《古本小说集成》据日本藏明刊本影印，上海：上海古籍出版社1990年版，第1-8页。

传述见闻，舒广长之舌，斗雕镂之心；说鬼搜神事，不必问其虚实，探赜索隐文，不必嫌夫诡奇。"①　其中讲到虚实论，并认为"说鬼搜神"也是小说创作的重要来源。由此可见，经过明代小说理论的探讨与总结，到清代，小说作家与批评者都已经认识到了虚构是小说创作的必要组成部分，认可小说创作中"虚者实之，实者虚之"的艺术虚构是符合小说创作规律的。

（二）审美价值理论

1. 辞藻华艳、文采华美的作品具有较高审美价值

与"虚构"这一写作手法相关，唐传奇作品多为虚构故事，为使读者信服，所以详加描摹，大肆渲染，注重辞章文采，描写细致深入，读来使人如身临其境，故而作品往往被评为"秾艳"、"婉转"、曲尽其妙。唐传奇类小说选本所选作品大多注重小说的审美功能，认识到辞章文采是传奇小说的主要特点，具有审美价值，如《点校虞初志序》中谈到了小说的审美功能：

> 以奇僻荒诞、若灭若没、可喜可愕之事，读之使人心开神释，骨飞眉舞。虽雄高不如《史》《汉》，简澹不如《世说》，而婉缛流丽，洵小说家之珍珠船也。……意有所激荡，语有所托归，律之风流之罪人，彼固歉然不辞矣。使呫呫读古，而不知此味，即日垂衣执笏，陈宝列俎，终是三馆画手，一堂木偶耳，何所讨真趣哉！

评点者认为，小说能使人"心开神释，骨飞眉舞"，就在于其"婉缛流丽"，有审美的"真趣"。这种独特的审美功能，是通过审美主体"展玩间神踽踽欲动"而实现其效应的。

前文所论及《艳异编·序》也认为其所选作品具有极高的审美功能："是集也，奇而法，正而范，秾纤合度，修短中程，才情妙敏，踪

---

① （清）梅鹤山人：《萤窗异草·序》，见长白浩歌子：《萤窗异草》，济南：齐鲁书社2004年版，第1页。

迹幽玄。"①编选者将所选小说的特点概括出来，即文采与奇情兼备，"乐而不淫，哀而不伤，纵横流漫而不纳于邪，诡谲浮夸而不离于正"②。从审美的角度指出了选作的特点，肯定了"稗官野史"以其鲜明的形象为读者带来的美感，读《艳异编》就能引导读者进入超越时空的奇妙境界，从而获得极大的审美享受，并认为能否进入作品的艺术境界，主动权在读者自己："窃谓开卷有益，夫固善取益者自为益耳"，因此，"开卷有益"不可一概而论，决定于阅读者自己的选择。

自晋陆机《文赋》提出"诗缘情而绮靡"的艺术理论后，"情"对文学著述的影响是巨大的，它促成文学对"美"的追求的自觉，体现在小说上，既有对小说文体形式美的追求，也有对美的表达形式即小说语言的美的追求。唐传奇小说大多体现了对"美的艺术形式"的追求，③ 如陈鸿《长恨歌传》中借王质夫之口道出著述之主张，云："夫希代之事，非遇出世之才润色之，则与时消没，不闻于世。乐天深于诗，多于情者也。试为歌之，如何？"意即曲折感人的故事还要有华丽的文采来表达，才能流传于世。而这些传奇小说大多达到"语渊丽而情凄婉"④的艺术境界，《虞初志》对所选之作的评语很好地表达了这些小说的艺术成就，如"万斛万想，味之无尽"的《离魂记》、"不第，摹愁惨之形，直抉愁惨之神"的《柳毅传》等。

从明代开始，小说理论者认识到小说的本质特征。明初文言小说如《剪灯新话》被认为："文题意境，并抚唐人，而文笔殊冗弱不相副。"⑤有意规摹唐人小说是明初文言小说创作的特点。凌云翰在《剪灯新话·序》中道："乡友瞿宗吉氏著《剪灯新话》，无乃类乎？"即认为读了《剪灯新话》后，便不由自主地联想到唐传奇中的《长恨歌传》《东城父老传》与《幽怪录》等作品，并指出《秋香亭记》与《莺莺传》相

① （明）王世贞：《艳异编·序》，《古本小说集成》据日本藏明刊本影印，上海：上海古籍出版社1990年版，第5-6页。

② （明）王世贞：《艳异编·序》，《古本小说集成》据日本藏明刊本影印，上海：上海古籍出版社1990年版，第7页。

③ 李军均：《传奇小说文体研究》，武汉：华中科技大学出版社2007年版，第187页。

④ （清）周克达：《唐人说荟·序》，见丁锡根：《中国历代小说序跋集》，北京：人民文学出版社1996年版，第1795页。

⑤ 鲁迅：《中国小说史略》第二十二篇"清之拟晋唐小说及其支流"，上海：上海古籍出版社1998年版，第146页。

类似。由此可见，唐人小说对明初文言小说的创作产生了重大影响。唐传奇类选本，特别是《虞初志》，产生于《太平广记》尚未大规模传播之前，所选小说对唐传奇的传播和扩大影响起了重大的作用，其中表现出的小说观念和编选原则对文言小说创作产生了不小的影响，可以说"促成了'剪灯'类传奇小说创作的再度复苏"①。

从《虞初志》所选唐传奇作品可以看出，所选大多为唐传奇全盛时期之作，如《离魂记》《任氏传》《枕中记》等，程毅中在《唐代小说史》中认为："（唐代小说）前后期的分界点可以拿有确切纪年的《任氏传》作为标志。"②"陈玄祐的《离魂记》则是一篇较早把异闻和言情相结合的单篇传奇。"③ 吴志达的《中国文言小说史》也把《离魂记》《任氏传》《柳毅传》《莺莺传》和《李娃传》等篇目归为"传奇鼎盛时期的爱情小说"④，认为这些名篇佳作为唐传奇小说的代表。也就是说，成熟时期的唐传奇作品代表了小说的最高成就，而《虞初志》所选篇目代表了唐传奇小说中最具特色的作品。《唐人小说·序》中，汪辟疆引用宋人刘贡父之语："小说至唐，鸟花猿子，纷纷荡漾"⑤，不离隽永之旨。洪迈认为："大率唐人多工诗，虽小说戏剧，鬼物假托，莫不宛转有思致。"⑥ 郑振铎认为是"平话系与传奇系的作品，最显明的区别，便是前者以民间日常所口说的语言写的，后者是以典雅的古文或文章写的"⑦，这些都强调了小说在语言、辞采、意境方面的审美特征，说明唐传奇类小说选本的选者对此有深深的认同。这些诗化的语言，形式非骈非散，诗文相间，言简意丰，营造了一种诗化的意境，句式上多用四言句，杂以排偶，铺陈藻饰，富有诗意，对传奇类小说的总体风格的形成有一定的促进作用。

2. "雅"的审美态度

"明初规仿唐人的传奇小说的纷起，它主要是文人用以自娱和娱人，

---

① 陈文新：《文言小说审美发展史》，武汉：武汉大学出版社2007年版，第453页。

② 程毅中：《唐代小说史》，北京：人民文学出版社2019年版，第116页。

③ 程毅中：《唐代小说史》，北京：人民文学出版社2019年版，第116页。

④ 参见吴志达：《中国文言小说史》，济南：齐鲁书社2005年版，第306页。

⑤ 汪辟疆校录：《唐人小说·序》，北京：人民文学出版社2018年版，第1页。

⑥ （宋）洪迈：《容斋随笔》卷十五"唐诗人有名不显者"，上海：上海古籍出版社1978年版，第192页。

⑦ 郑振铎：《西谛书话·中国短篇小说集序》，北京：生活·读书·新知三联书店1998年版，第4-5页。

属于雅文学的范围。"① 小说选本的编选也是如此。唐传奇的流传主要是在文人之间，故事主角也多为文士，反映出浓厚文人气息的美学风格和审美情趣。文人以自己的"诗笔"和"史才"表达自己的生活情状和内心向往。透过这些小说，读者可以看到文士的门第观念、情爱指向、科考情结、出世向往等思想意识，总体上来看写的是文人雅士的生活，表现出一种雅趣、风雅的审美态度。

（1）文人显才情使唐传奇表现出雅的特点。

首先，小说中可见"诗笔"。崔际银的《诗与唐人小说》一书对小说与诗歌的关系进行了深入的分析，在"诗与唐人小说融合因缘探究"一章中认为诗与小说的融合有三方面原因：一是小说文体的需要；二是小说作家的情结；三是唐世风尚的推动。② 这三点全面概括了小说与诗歌的关系，同时从这三点也可以看出，唐传奇基本上都是文人雅士的活动，整个过程体现出"雅"的审美趣味。在小说里穿插诗歌是唐传奇的一大特点，有的以诗词代替对白，以诗词雅会交流构成主要情节。

其次，除了杂缀诗歌之外，小说往往在叙事中运用整齐的词句抒情写景，在行文中杂以诗赋和议论，诗赋大多含蓄凝练、富有文采。如《柳毅传》中描写钱塘君出场时的情景："俄有赤龙，长万余尺，电目血舌，朱鳞火鬣，项掣金锁，锁牵玉柱，千雷万霆，缴绕其身，霰雪雨雹，一瞬皆下，乃擘青天而飞去。"这种铺叙式的描写在后世的通俗小说里作为赞、赋大量存在，专门用以描写人物出场容貌、形态或者重要场景。小说作者将小说场面、人物出场写得极富诗意，在叙事中体现出诗化的色彩。

这些传奇小说作为文言小说的主体和主流，除了讲究雅驯、多用骈词俪赋的语言特点外，有些故事描写语言精练，意味隽永，形成了一种含蓄蕴藉的抒情化风格。文末议论往往言辞敏锐，恣肆汪洋，显示出作者广博的才学和高妙的智慧，正如沈既济在《任氏传》文末赞中提出："著文章之美，传要妙之情"，认为好的小说必须是形象生动鲜明，气韵充沛深邃，而且能表现人物细微、丰富、曲折的情感活动，即所谓

---

① 王先霈、周伟民：《明清小说理论批评史》，广州：花城出版社1988年版，第37页。

② 参见崔际银：《诗与唐人小说》，天津：天津古籍出版社2004年版，第247页。

"征其性情",形成强烈的艺术感染力,将文学的审美价值由它的情感体现出来,包蕴在美的形式中,具备含蓄蕴藉的特点。同时,过于强调诗笔的作用使一些作品仅仅追求辞藻华丽,小说发展又走向另一个极端,开诗体小说之风气。

(2)展现文士的科举生活与喜好风雅的生活态度。

唐传奇具有明显的文人特征,它是在唐代政治、经济、文化等诸方面高度发展的社会背景下,由文人士子的积极参与才发展成熟起来的。由于传奇创作群落中文士荟萃,甚至有柳宗元、白行简、元稹、李公佐等文学大家,他们有着广博的知识面和深厚的文学功底,文化视野开阔,审美情趣高雅,并有相当的艺术鉴赏能力,因此唐传奇具有明显的文人趣味。他们的小说创作是一种积极的审美创造活动,既追求作品的思想内涵,又追求高雅的情志旨趣;选材上多采用文士与妓女题材;艺术上多着意修饰,精雕细琢。这些因素使作品体现出以才情学识为美的审美特征,以至于使传奇形成了史才、诗笔和议论兼备的小说体制。小说内容多倾向于择取现实生活中才子佳人型的离合聚散故事。故事的男主人公多为举子、书生和文士,他们风流倜傥,易得异性芳心;故事的女主人公往往秀外慧中,多才多情,多得男子爱慕。文人作者多以自己的审美标准、性格爱好刻画小说人物,使之与自己有一些相似的地方,诸如社会地位、思想感情、生活习惯和命运遭际等。这些文人作者描写的多是自己熟悉的生活,所以写人能栩栩如生,写情能真挚感人,写事能曲尽其妙。才子佳人的故事便于抒发文士阶层的多愁善感和温柔细腻的内心感情,这是文士们所经历并欣赏的,因而也极易投合大众口味,致使唐代传奇表现出华美、柔丽、精致的文士气质,展示出典雅、俊秀、内敛的文士情怀。

(3)表现文人之"趣"。

《续虞初志·序》介绍了选本内容之后,托名汤显祖评点道:"使咄咄读古,而不知此味,即日垂衣执笏,陈宝列俎,终是三馆画手,一堂木偶耳,何所讨真趣哉!"《艳异编·序》说,"吾尝浮沉八股道中,无一生趣"。而小说才给他以"趣"的享受。这里的"趣",是指作品所自然流露的风致和情味,完全不同于一些评论者虽然意识到小说的特性而不愿明言，而是绕着弯子从"资治体、助名教、供谈笑、广见闻"①等角度来肯定小说。他认为，调笑不损气凶，奢乐不堕儒行，任诞不妨贤达，小说虽然"意有所荡激，语有所托归，律之风雅之罪人，彼固歉然不辞矣"，可是它不仅无害于涵养性情，反而能怡养性情，表现文人旨趣。从小说的感性特征来认识小说，指出小说之有"真趣"，是对小说的真正价值与特性的揭示与肯定。公安派也主张文学抒发作家的真情实感，偏重于作家性格和心理的表现，认为有真实自然的感情就会有"趣"。他们反对封建礼教对个性的束缚和固定的章法对写作的束缚。明代小说评论者用这种理论说明小说创作，认为唐人传奇中各种题材和情节的设置，都是作者性格的外现，所以它们就有真趣。②

（三）娱乐价值理论

小说的娱乐性在魏晋时期就得到了肯定。《三国志》卷二十一《魏书·王粲传》裴注引《魏略》记载：

> （邯郸）淳一名竺，字子叔。博学有才章，又善《仓》、《雅》、虫、篆、许氏字指。……（曹）植初得淳甚喜，延入坐，不先与谈。时天暑热，植因呼常从取水自澡讫，傅粉。遂科头拍袒，胡舞五椎锻，跳丸击剑，诵俳优小说数千言。讫，谓淳曰："邯郸生何如邪？"③

从这段文字可以看出，贵公子曹植是将"小说"作为一种消遣来看待的。后来晋时的干宝在《搜神记序》中则宣称："群言百家，不可胜览；耳目所受，不可胜载。亦粗取足以演八略之旨，成其微说而已。幸将来好事之士，录其根体，有以游心寓目而无尤焉。"④由于"小说"观念有了变化，所以"小说"被士人所津津乐道。《世说新语·文学》

---

① （宋）曾慥：《类说·序》，转引自丁锡根：《中国历代小说序跋集》，北京：人民文学出版社1996年版，第1779页。
② 王先霈、周伟民：《明清小说理论批评史》，广州：花城出版社1988年版，第189页。
③ （晋）陈寿撰，裴松之注：《三国志·魏书》卷二十一《王粲传》注，上海：上海古籍出版社2012年版，第1667页。
④ （晋）干宝：《搜神记·序》，见丁锡根：《中国历代小说序跋集》，北京：人民文学出版社1996年版，第50页。

记载道："裴郎作《语林》始出，大为远近所传。时流年少，无不传写，各有一通……"① 小说开始引起一些正统文士的注意，表明小说的地位已有所提高。罗烨在《醉翁谈录·小说开辟》中也论及："夫小说者，虽为末学，尤务多闻。非庸常浅识之流，有博览该通之理。幼习《太平广记》，长攻历代史书。烟粉奇传，素蕴胸次之间；风月顷知，只在唇吻之上。"② 这里作者虽认为小说是"末学"，但强调其依然为"学"，同样需要广博的知识，小说家们所具有的知识完全可以与正宗的文人相比，并通过这种比较来抬高小说的地位。

唐人小说的兴盛，也与诗酒宴会相关。沈既济《任氏传》末尾说，他被贬从京城往东南，与人同道而行，"方舟沿流，昼宴夜话，各征其异说，众君子闻任氏之事，共深叹骇，因请既济传之，以志异云"。也有评述认为唐传奇故事为"一时戏笑之谈耳"③，"用诸酒杯流行之际，可谓善谑。其言虽不雅驯，然所诃诮多中俗病。闻者或足以为戒，不但为笑也"④，凌云翰《剪灯新话序》："是编虽稗官之流，而劝善惩恶，动存鉴戒，不可谓无补于世。矧夫造意之奇，措词之妙，粲然自成一家言，读之使人喜而手舞足蹈，悲而掩卷堕泪者，盖亦有之。自非好古博雅，工于文而审于事，曷能臻此哉！"这段话点明小说两方面的功用即"有补于世"和"使人喜而手舞足蹈"，具有娱乐价值，在笑谑之外也有些训诫作用，但其出发点和主要性质都是以资谈笑。《艳异编·序》中有："月之夕，花之晨，衔觞赋诗之余，登山临水之际，稗官野史，时一展玩。诸凡神仙妖怪，国士名姝，风流得意，慷慨情深，语千转万变，靡不错陈于前，亦足以送居诸而破岑寂。"由此看出，选者强调了小说的娱乐作用。把情感托于"文字"、选编小说这样的游戏之中，强调了小说寄托个人情感的作用。《剑侠传·序》则提出："夫习剑者，先王之僇民也。然而城狐遗伏之奸，天下所不能请之于司败，而一夫乃得志焉。如专、聂者流，仅其粗耳，斯亦乌可尽废其说。然欲快天下之

---

① （南朝宋）刘义庆著，陈美锦编译：《世说新语》，南昌：江西美术出版社2019年版，第160页。

② （宋）罗烨：《新编醉翁谈录》卷一《小说开辟》，《续修四库全书》据宋刻本影印，第1266本第408页。

③ （宋）陈振孙：《直斋书录解题》，上海：上海古籍出版社1987年版，第322页。

④ （元）马端临：《文献通考》卷二百五十五，经籍四十二，北京：中华书局2011年版，第6025页。

志，司败不能请，而请之一夫，亦可以观世矣。余家所蓄杂说剑客甚夥，间有慨于衷，荟撮成卷。时亦展之，以摅愉其郁。若乃好事者流，务神其说，谓得此术不试，可立致冲举，此非余所敢言也。"由此可见，小说不仅仅具有娱乐训诫，而且可以"宣泄心中愤懑"，"时亦展之，以摅愉其郁"。小说编选者借编选他人之作，表达自己心中的情感。

（四）明初唐传奇类小说选本重自娱的原因分析

小说从产生之初，就与人们的休息娱乐密不可分。鲁迅在《中国小说的历史的变迁》中认为，小说起源于休息。"人在劳动时，既用歌吟以自娱，借它忘却劳苦了，则到休息时，亦必要寻一种事情以消遣闲暇。这种事情，就是彼此谈论故事，而这谈论故事，正就是小说的起源。"① 创作与阅读小说都是文人宣泄心中情感的途径，许多作者认为文学创作只是自己闲暇自适生活的反映，是悠然自得的精神创作活动，是一种闲雅的个人生活方式。文学不是求功名之具，亦不必示人传世。在这种精神愉悦活动中，创作过程即充满快感。阅读戏剧、小说等通俗文学作品更是闲暇时纯粹的消遣自娱。不少文人自称喜读闲书、杂书、奇书、僻书，甚至被统治者列为"诲淫诲盗"的禁书，多是出于好奇心，自寻快乐，"雪夜闭门读禁书"还被传为美谈。不仅著文以自娱，编辑选录前人、他人之作也可自娱。"雅"的自娱，是文化层次较高的士大夫、雅人韵士的专利。以文学自娱是一种高雅、清雅、文雅、风雅的行为方式，是一种高尚脱俗的心灵享受，古人喜称所欣赏的文艺作品是"雅玩""清玩"，是"雅供"。同为阅读"自娱"，有的是纯粹的审美娱乐，是闲暇时的享受，是闲中作乐。有的是单纯消遣娱乐，是茶余饭后或无聊时的排遣时日、消磨光阴。有的则有明确的意图，或是驱赶睡魔、振奋精神，或是遣闷释愁、去忧除烦。这时，"自娱"变成手段。钟人杰《新校〈虞初志〉题语》云："永日闲窗，以之作辟尘犀、忘忧草，亦不可无一也。"

"自娱"有时只是表象，是一种情感上的寄托，而实质是忧愁苦闷。文人身值乱世或仕途上、生活上遭受挫折时，以文自娱是一种郁闷情感的宣泄方式。内心苦闷，往往纵情诗酒情场，寓哭于笑，寓悲于

---

① 鲁迅：《中国小说的历史的变迁》，《鲁迅全集》第九卷，北京：人民文学出版社 2005 年版，第 313 页。

乐，求得精神上的一时慰藉。"娱"实是心灵麻醉剂、镇静剂。"自娱"是退而求其次的不得已行为，是"载道"无路或无"道"可"载"后的行为。文人失望或绝望于仕途、世事，只得敛缩退避到自我设计的狭小精神天地里，以文学创作自娱，实是自怜自慰，以忘却烦恼忧愁。不少文人提出"以文自娱"，实质是全身避祸之方、安身立命之道，是对现实政治的逃避，是精神痛苦的一种慰藉。如果将张潮所选古文类传奇小说的主旨纳入此处来看，也可以看出其对小说审美规范的见解。张潮认为，传奇小说多借"才子、佳人、英雄、神仙"等"幽奇"题材抒写"感愤"。《虞初新志·凡例十则》云："鄙人性好幽奇，衷多感愤。故神仙英杰，寓意《四怀》；外史奇文，写心一启，生平罕逢秘本，不惮假抄；偶尔得遇异书，辄为求购。"《虞初新志·总跋》又说："予辑是书竟，不禁喟然而叹也，曰：嗟乎！古人有言：'非穷愁不能著书以自见于后世。'夫人以穷愁而著书，则其书之所蕴，必多抑郁无聊之意以寓乎其间。读者亦何乐闻此如怨如慕如泣如诉之音乎？予不幸，于己卯岁误堕坑阱中，而肺附中山，不以其困也而贳之，犹时时相嗾唆，既无有有道丈人相助举手，又不获聂隐娘辈一泣诉之，唯暂学羼提波罗蜜，俟之身后而已。于斯时也，苟非得一二奇书消磨岁月，其殆将何以处此乎？然则予第假读书一途以度此穷愁，非敢曰惟穷愁始能从事于铅椠也。"[①] 以"穷愁"与"聂隐娘辈"相联系，表达了作者感愤、悲苦之情。

有时，自娱是"寓教于乐"，"乐"只是手段，"教"才是目的。强调的虽是教化，但"乐"在其中，这也是一种"自娱"，而且是有意义的"自娱"。"自娱"往往不是孤立的，常与教育、事功、政治等功能结合在一起，密不可分，因此，在"自娱"的表象下往往有深刻的内涵。文体在发展演变过程中，"自娱"功能会发生很大变化。任何一种文体于民间初兴时皆是自娱娱人，文人偶尔涉足染指，也多是自娱，后来便逐渐被统治者利用，使之政治化、功利化，原来的自娱功能反遭贬低排斥。但"自娱"功能是一脉不断的。这是一种带有普遍规律的文学现象。不同时代、不同历史时期，人们对文学"自娱"有不同的认

---

① （清）张潮：《虞初新志·总跋》，见丁锡根：《中国历代小说序跋集》，北京：人民文学出版社1996年版，第1807页。

识。总体上看，唐代特别是盛唐以前的文学基本上属贵族文学、士大夫文学，是"雅"文学，是少数人的专利。文学功能论上，教化、载道、政治、事功占绝对统治地位，文学"娱乐"说尤其是"自娱"说仅处于边缘地位，形不成气候，只有少数人偶尔论及。中唐以后，中国文学开始由"雅"向"俗"转化。词、曲、小说开始与雅文学分庭抗礼，并行发展。文学已走向民间大众，昔日崇高、神圣的光环已大大消退。文学的娱乐功能尤其是自娱功能也受到普遍重视，文人进一步从理论上论证文学"自娱"的合理性。文学"自娱"意识、"自娱"观念深入人心，成为文人从事文学活动的自觉追求。文人的别号、斋名、文集名也多喜用"自娱""自悦""自乐"等字眼，可视为文学"自娱"说的最简洁、最明确的表达。但是，同一人在不同时期对"自娱"认识也不同。文学史上有大量的"悔其少作"现象，多是作者走上仕途后反悔年轻时写游戏自娱之作的行为，实为否定以前的文学"自娱"观。文人政事余暇时自娱，退隐闲居时自娱，绝意仕进时自娱。文学即表现这些自娱生活，文学"自娱"在一定程度上是合情合理的。它是一种个人的生存方式，是一种文化创造和消费活动，是个人消闲生活的重要内容之一，这是一种具有合理性的存在。

明代郑元勋《媚幽阁文娱·自序》云："但念昔人放浪之际，每著文章自娱。余愧不能著，聊借是以收其放废，则亦宜以'娱'名。"清张潮《虞初新志·凡例》云："敢谓发明，聊抒兴趣，既自怡说，愿共讨论。"强调编辑点评此书首先是自娱。以文学作品消遣自娱，是人类普遍的一种文化行为，也是文学的最基本功能，文学作品首先是一种闲暇时的文化消费品。文人雅好，往往会达到一种高尚、高雅的自娱，能得到心灵上的净化，达到一种美善境界。通过阅读实现人生最大的快乐，心灵上达到至乐之境，将消遣自娱上升到一种新的境界。唐传奇类小说选本的编选者大多在序跋中提到自己对稗史小说的热爱，编选此书大多为自娱或为抒发自己的思想感情。如《艳异编·序》中说道："月之夕，花之晨，衔觞赋诗之余，登山临水之际，稗官野史，时一展玩。"并认为八股之文，"无一生趣"。《虞初志》王稚登的序中有："稗虞象胥之书，虽偏门曲学，诡僻怪诞，而读者顾有味其言，往往忘倦。"① 谢肇淛序称："吾友黄黄叔，博学能文章，尤喜稗官小说诸书……复锓《虞初》以示余。"② 因为对小说的热爱而编选小说，一定程度上使选本体现出一种自娱的编选目的。正如前人论及小说的娱乐价值时认为，这类选本的编选往往是为了自娱，在百无聊赖之际拿出来自己欣赏或者是抒发自己心中的愤懑，或者表达自己模仿前人创作的想法，选前人作品中契合选者理想的篇章进行重新编排，因此表现出明显的自娱特点。

二、类书型选本选家的编选理论

类书型小说选本集中出现在明代万历时期，它们既收历代文言作品，同时又载录语言浅显的中篇传奇，且又有通俗的宋元话本，甚至还包括日常生活所需的各类文体，表现出明显的通俗化倾向，如出现在万历初期的《国色天香》刊行之后"悬诸五都之市，日不给应"，随后即有《绣谷春容》在万历十五年（1587年）刊出、《万锦情林》刊于万历二十六年（1598年），《燕居笔记》何本、林本、冯本都在明末刊出，这一类型小说选本在明朝万历前后风行一时。胡适先生曾经说过："中国文学史上何尝没有代表时代的文学？但我们不应向那'古文传统史'里去寻，应该向那旁行斜出的'不肖'文学里去寻。因为不肖古人，所以能代表当世。"③ 胡适这句话虽是论一朝之文学，但用于此处描述某一时期的文学，也有相似之处。这些类书型选本，其出现快，消失也迅速，作为一个时期的一种特殊现象，往往更足以表现特定的时代精神和社会生活。笔者将从这一类型的选本编选大致分析编选者的编选态度和审美旨趣。

（一）"俗"的文学观念

之所以把这些近似于通俗类书的选本看作为小说选本，主要是因为这些选本中选编了不少中篇传奇小说，而这些中篇传奇作品也因为结集于类书型选本中得以传世。这些中篇传奇小说具有这些共同特点：第

---

① 柯愈春编纂：《说海·虞初志》，此序据上海扫叶山房本排印，北京：人民日报出版社1997年版，第5页。

② 柯愈春编纂：《说海·虞初志》，此序原载万历间黄正位刻本，北京：人民日报出版社1997年版，第6页。

③ 胡适：《白话文学史·引子》，北京：东方出版社1996年版，第3页。

一，小说文辞优美，继承了唐传奇写作风格，且多杂以诗词。所以孙楷第《日本东京所见小说书目》云："凡此等文字皆演以文言，多羼入诗词，其甚者连篇累牍，触目皆是，几若以诗为骨干，而第以散文联络之者，而诗既俚鄙，文亦浅拙，间多秽语，宜为下士所观览。"① 孙楷第称之为"诗文小说"。其中的诗词，有的是为情节服务的，如相互传递以表钟情爱慕的诗词；到了后期一些作品中的诗词，纯是诗词的集萃，与情节无关，成为游离于情节之外的"炫耀才学"。第二，小说都是写才子佳人的。书中男女主人公无不年轻貌美，文才出众，都是邂逅相见，彼此有情，诗词往来，密约偷情，虽受小人梗阻，但最终大多才子高中，姻缘美满。选本所收作品主要集中在《钟情丽集》《三奇合传》《天缘奇遇》《花神三妙传》《怀春雅集》《刘生觅莲记》等几种，万历时期成为这批作品集体登场的时期。这些中篇传奇从作品内容来看，一方面记述了文人雅士或才子佳人的传闻，转录了他们的诗词，引述了诗词的本事，在一定程度上可以迎合"雅"的心理需求；另一方面又因写了"风月"之事、具有相当的传奇性而在一定程度上又可迎合"俗"的心理需求。"此等读物，在明时盖极普通。诸体小说之外，间以书翰、诗话、琐记、笑林，用意在雅俗共赏。"② 但从总体来看，与唐传奇追求的"雅"已经相去甚远，主要体现为"俗"的审美取向。

1. 编选内容"俗"的取向

类书型小说选本不像其他小说选本那样，编选者在序跋中重复"教化""劝戒"等语调，而是认识到，在明中期，真正能够打动欣赏者的东西是性和与爱情有密切关系的男女婚恋，以及公案、神魔、侠客类题材的故事。书商和编者在编辑、刊刻作品时，在作品的序或跋中，直接鼓吹并推介的是爱情艳遇和男欢女爱。所以从格调上看，"媚俗"是类书型小说选本的主要特点之一，而"媚俗"的主要表现就是以低级趣味迎合世俗的审美要求。

以何本《燕居笔记》为例，它是面向普通读者群的需要而刊刻的小说选本，书分上下两层，上层收《天缘奇遇》《钟情丽集》《花神三妙传》《拥炉娇红》《怀春雅集》五部中篇传奇小说；下层除收诗词歌

---

① 孙楷第：《日本东京所见小说书目》，北京：人民文学出版社1981年版，第126页。
② 孙楷第：《日本东京所见小说书目》，北京：人民文学出版社1981年版，第127页。

赋、文书联曲外，另有短篇小说二十六篇，乃《游会稽山记》《金凤钗记》《联芳楼记》《滕穆醉游聚景园记》《牡丹灯记》《渭塘奇遇记》《江庙泥神记》《虾蟆牡丹记》《周秦行记》《田洙遇薛涛联句》《心坚金石传》《节义又全传》《刘方三义传》《吴媚娘传》《续东窗事犯传》《琼奴传》《爱卿传》《雕传》《张于湖宿女贞观》《红莲女淫禅师》《杜丽娘慕色还魂》《古杭红梅记》《绿珠坠楼记》《柳耆卿玩江楼记》等，多为传奇小说。从《燕居笔记》所选小说的题材来看，艳情居于核心位置，从销售和读者角度来观察，以艳情为中心，受欢迎、畅销的可能性较大，媚俗的选材取向明显。

《绣谷春容·序》中有："丈夫龌龊自靡刚肠劲骨，反多见笑于女子，盖丈夫习优孟衣冠，借他人色笑，以取媚于世，不若女子本色天真，自然露一种妙相。故或歌或舞，或悲或笑，或柔肠欲醉，或坚心欲死。是以古来英雄都颠倒于妇人手中，恁他汉高、楚项，终移情于戚姬、虞美。英雄痴情，当不起泪痕三点。"认为女子之本色天真自然，所以能吸引读者的兴趣，英雄美人的故事才受读者欢迎，"观者倘亦有读未竟而想见如怨如诉如泣如慕之真情"，读者想见的是真情之作，所以才有"装点最工"的《绣谷春容》的刊刻发行以飨读者。何本《燕居笔记》的序中也提到："一开卷间而灿若指掌，烂若列眉，天下之美，尽在此矣。燕居时之所得，不既多乎，此不独为古人扬其芳，标其奇，而凡宇宙间稍脱俗骨者，朝夕吟咏，且使见日扩，闻日新，识日开，而藏日富矣。"认为天下之美尽在此书中，读之可以广见闻、脱俗气。从编选内容来看，《绣谷春容》所选小说共十一篇，前六篇与《国色天香》重复，《国色天香》万历十五年（1587 年）刊本序中时即指出"（剞）劂氏揭其本，悬诸五都之市，日不给应"。说明这类型的小说编选更大程度上是为了适应读者需求、满足读者阅读口味而将同类作品重复刊行。

另有一种说法将这些书界定为娱乐性通俗类书，[①] 并认为"明人这些读物纯粹是为了迎合士民大众茶余饭后的消遣娱乐才专门收录的作品，体现了娱乐性通俗类书的通俗文化品格"[②]。程国赋在《明代小说

---

① 参见刘天振：《明代通俗类书研究》，济南：齐鲁书社 2006 年版，第 260 页。
② 参见刘天振：《明代通俗类书研究》，济南：齐鲁书社 2006 年版，第 332 页。

读者与通俗小说刊刻之关系阐析》① 中根据《国色天香》卷四《规范执中》篇标题下注释云："此系士人立身之要"、卷五《名儒遗范》篇标题下注释："士大夫一日不可无此味"，推断《国色天香》《绣谷春容》《万锦情林》等杂志型小说选本是书坊为满足士人群体的阅读需要而编刊的。这些信息说明了这些书的读者范围较广，既有满足士子读书学习方面需要的"实用文体"，也有适合普通大众阅读的爱情小说和"俗文学"，包罗万象，适应了世俗民众的日常文化需要，体现出"俗"的审美需求。甚至选本中也有一些低俗的虚构故事，如《国色天香》卷末的《风流乐趣》，以男女生殖器为主人翁虚构故事，渲染性交乐趣，低级庸俗。《万锦情林》中也有《咏美人指甲》《咏美人足》《咏美人眉》《咏美人目》之类的无聊之作，显然只是为了迎合某些低级趣味读者的需求，或者以此来吸引小部分读者。

2. 编选过程粗制滥造

面向市场的中篇传奇小说，其作者的文化层次总体上不是很高。"玉峰主人、梅禹金等署名作者，情况稍好一些；大多数作者宁可'佚名'，很可能是书坊老板或其聘用的'俚儒'。"② 他们无心于"十年磨一剑"，粗制滥造，情节和语言（包括诗词）雷同之处比比皆是，人物性格亦大体相仿。为了刺激读者的阅读兴趣，一些作者求助于色情描写，"不计其数"地批发"佳人"，笔墨污秽不堪，以致中篇传奇小说作者内部也反对。这些选中篇传奇的选本，更是以市场为导向，将最流行的通俗类书集合在一起结集出版，而不论其质量高下和是否曾经出版。由《国色天香》《绣谷春容》《万锦情林》《风流十传》《燕居笔记》（三种）和《花阵绮言》所收篇目可以看出，所选篇目主要集中在六种中篇传奇小说，如《龙会兰池录》由《国色天香》（卷一）、《绣谷春容》（卷二）收录，《双双传》被《风流十传》《燕居笔记》收录，多为重复收录，偶有一两种为某本所独有。虽然编选者在序中强调名公批点、精心校刊，但是不少错落之处在书中仍随处可见，或如将诗词乱归入某人名下，或将名人朝代弄混，不考证出处等，如《万锦情林》卷四上层"诗类"中，《木兰诗》中言范晔为唐代人，暴露出所谓精心

---

① 程国赋：《明代小说读者与通俗小说刊刻之关系阐析》，《文艺研究》2007 年第 7 期，第 64 - 71 页。

② 陈文新：《文言小说审美发展史》，武汉：武汉大学出版社 2007 年版，第 487 页。

151

校刊实为虚言。同一作品反复刊刻也是为了适应读者的需求，从编写到出版都体现出适"俗"的取向。

3. 雅文学的俗化

文言小说从产生之初就是雅文化的延伸，文人纵情诗酒，作文自娱。但是从宋代开始，说话艺术的兴盛标志着市民文艺的崛起。宋元说话，不仅其服务对象主要是市民，其艺人也大都来自市民，他们出身下层，却博览群书，将小说自娱与娱人结合在一起。一些文人传奇作家为说话人编写蓝本①，传奇小说已经开始与俗文学合流。明代开始，通俗文学地位高涨，类书型选本更是将雅与俗结合在一起，各种文体不同内容相异，士大夫修身要诀与低级下流故事兼收并蓄，大雅与极俗融于一书之中，体现出雅与俗的融合。虽然中篇传奇为文言小说，是文人创作的雅文学，作者在写作时，通常都尽量抹去口语的痕迹，运用文言语言，显得含蓄典雅，但仍然留下许多俗语、口语。如《国色天香》所选《张于湖传》中通俗化的语言就不少，如：于湖至浴室浴罢，到客房梳篦整冠。值门公在侧，就问："门公多少年纪？"门公曰："小人今年六十二岁。"于湖曰："你在此几年？"门公曰："有二十余年。"于湖又问曰："你身上衣服，谁管你的？"门公曰："小人但得三餐足矣，衣服有无，随时过日。"……于湖曰："他的宿房在哪里？"②类似这样的语言，在类书选本中不少，越是后出的作品，通俗化程度也就越高，如《李生六一天缘》中"千不是，万不是，乃妾等不是"这样的语言几乎等同于白话。

文言中篇传奇小说至明代，虽然所表达的内容趋于俗化，但仍然属于雅文学的范畴。由于下层读者、学人士子阅读阶层的广泛，读者人数的增加，无论是小说编撰者，还是刊刻者，都自觉考虑到读者的身份特点与文化程度，在小说的题材选择、文体形式、叙事艺术诸方面，注重

---

① 参见陈文新：《文言小说审美发展史》，武汉：武汉大学出版社 2007 年版，第 394 页。作者认为罗烨的《醉翁谈录》和皇都风月主人的《绿窗新话》大量摘录古代的传奇故事，无疑是说话人的蓝本书；北宋刘斧所编撰的《青琐高议》，也可能是说话人的蓝本书；有证据表明，其中有些故事确实被宋代说话人讲述过，如《青琐高议》别集卷四《张浩》，《醉翁谈录》题名《张浩私通李莺莺》，《宝文堂书目》著录有宋元话本《宿香亭记》，《警世通言》有《宿香亭张浩遇莺莺》等。

② 《国色天香》，《古本小说集成》据万历丁酉（1597）金陵书林周氏万卷楼重锓本影印，上海：上海古籍出版社 1990 年版，第 739 页。

适应下层读者的精神需求和阅读水平，从而加快了明代小说的通俗化进程，陈大康在《明代小说史》中认为："正是较多读者的阅读需求，推动了明中后期中篇传奇小说的问世与传播。"①将明初的文言中篇传奇与明中晚期的作品相比较，可以看出明显的俗化倾向，不仅语言文字向通俗化、口语化方向发展，格调上也越来越粗俗甚至出现露骨的色情描写，通俗类书将这些作品反复收录，体现出它们受大众欢迎的程度，在文学创作上表现出雅俗合流的文学品格，既带有文人色彩与文人喜好，也表现出世俗大众对这类题材的喜爱与接受。

（二）小说的作用是提供消遣

高儒在《百川书志》中著录了《娇红记》《钟情丽集》《艳情集》《李娇玉香罗记》《怀春雅集》以及《双偶集》后，有一段议论："以上六种，皆本《莺莺传》而作，语带烟花，气含脂粉，凿穴穿墙之期，越礼伤身之事，不为庄人所取，但备一体，为解睡之具耳！"② 这段话反映出当时统治者及士大夫阶级对这类爱情故事复杂、矛盾的态度，认为这些小说主人公他们的行为是"越礼"的行为，但小说故事却可以用来娱情悦性，读小说可以消遣，因此认为小说只是消遣娱乐的工具而已。类书型选本的编选主旨更体现了小说的娱乐消遣功能，它将小说与实用性文体、话本等编为一体，反映出编者小说概念的模糊，但是对其消遣功能的认识却十分充分。有些中篇传奇作家将自己的作品称为"话本"，有时又称为"传奇"，类书编选时认识到这一文本独特性，将他们专门列为一层。早期通俗类书（即《国色天香》《绣谷春容》《燕居笔记》何本，万历朝早期）的各体小说都编排在全书后半部分，显见在编者心目中，小说的地位并不太高。而到了中期的通俗类书，情况就发生了变化。后期（《万锦情林》《燕居笔记》冯本，万历三十年左右）与前期相比，强化了娱乐的功能，主要体现于小说分量的明显增加，除了几种皆有的中篇传奇之外，《万锦情林》上层卷一至卷三的前半部分收录诸体小说二十一篇，它把"记类""传类"的小说编排在全书最前面，在诸类书中也是绝无仅有的。而且它的"诗类""词类""吟类"

---

① 陈大康：《明代小说史》，上海：上海文艺出版社 2000 年版，第 347 页。
② （明）高儒：《百川书志》卷六《史·小史》，上海：上海古籍出版社 2005 年版，第 90 页。

等趣味盎然的故事在全书中得以突出，可见编者欲以小说相标榜的意图。林近阳增编的《燕居笔记》下层卷五至卷九收录诸体小说二十九篇，卷十下层"闻见杂录"又收录笔记小说五十五篇，这还不包括众多的诗话、词话等准小说作品。

《绣谷春容·序》称："观者倘亦有读未竟而想见如怨如诉、如泣如慕之真情，不独以绣谷繁华，春容婉丽，作三弄琵琶，杨柳风吹晓笛。庶曲终歌舞散，作彩云自片片飞入锦绣肝肠。"此书不仅可以提供消遣，还可以深入人心，慰藉读者的心灵，"作彩云自片片飞入锦绣肝肠"。《国色天香·序》中指出是书"吾知悦耳目者，舍兹其奚辞！"何本《燕居笔记》认为是书"一开卷间而灿若指掌，灿若列眉；天下之美，尽在此矣"。指出此书所收内容范围之广，作用之大，"所赖于斯记不浅也"，是闲时消遣的最佳选择。《五虎平西前传·序》中指出："小说传奇，不外悲欢离合，而娱一时观鉴之心。"《续三国志·序》中也有："夫小说者，乃坊间通俗之说，固非国史正纲，无过消遣于长夜永昼，或解闷于烦剧忧愁，以豁一时之情怀耳。"这些都说明，明后期的小说理论家和编选者都认识到了小说的一个重要功能是娱乐和消遣，即便是那些中篇传奇小说中的不少渲染男女之情、男欢女爱以及不少夸张描写的以真情为幌子而实写淫秽的作品，都以娱乐为导向，宣扬小说的娱乐功能。

成书于明末清初的冯本《燕居笔记》与此前几种通俗类书相比，更注重于小说的精选和内容的质量，小说数量达到六十一篇，超过前几种类书，实用文体部分日常实用知识增加两卷。总体上看来，小说得到重视的同时实用性功能也增强了。原因之一可能是后出小说吸收前期作品的优点，比前期小说更完备，并适应了明末清初社会实际需要，从而使这类选本功能更加齐全，超越前作成为此类选本中的精品。

（三）选本编刊的商业性

这些选中篇传奇小说的类书型选本所体现出来的编选特点与小说观念最明显的一点就是受到商业利益的驱使。书坊运作对这类选本的影响是全方位的，也是最明显的。有研究者认为："中国古代通俗小说的发展演变以及文本形态都深受书坊主商业运作方式的影响，大到一个小说流派的形成、繁盛，小到一字一词的改动，无不有书坊主活动的痕迹在。说书坊主是中国古代通俗小说发展的直接推动力,这话并不为过分。"① 对古代书坊刊印流传过程中的商业运作方式进行分析,书坊主的推动是类书型小说选本产生的重要推动力。在此影响下,类书型选本的编选过程中无不体现出了商业性和实用性以及书坊对产品销量的重视。

书坊主以营利为目的,书坊刻书考虑市场需要与经济效益,这决定了出版者要将目光盯住市场,考虑什么样的读物才能最受读者欢迎。从当时的传播与出版后的热销情况可以看出,这类通俗类书选本无疑具有广大的市场。社会的欣赏趣味主要是购买者的趣味通过有选择的购买行为影响书商,书商的经营思想又制约着作家创作的思想和艺术倾向,包括制约作品的语言和风格。从积极方面来看,这扩大了小说所反映的社会生活内容,使小说家的眼光从历史或多或少地转向现实,从朝廷转向下层社会,使小说的艺术描写更接近生活真实,更具有生活气息;从消极方面来看,就是粗制滥造和淫秽色情的作品增多了。商业上的追求使许多作品不能够精雕细琢,许多人口头上都说反对淫词秽笔,坏人子弟,为了打开销路却又一再增加猥亵的描写。这一时期小说选本的编刊特点反映着市民读者的欣赏需求,小说研究者把这些欣赏和审美需求归纳总结,从理论上提出小说语言应该由雅变为俗、小说的描写对象应该由奇变为常。通过整个通俗小说编选特点的由雅到俗,体现出编刊方式商业性对雅俗合流的影响。

通过以上分析可知,明代文言类作品编刊的商业性主要体现在以下几点:

1. 精选出版

明代后期书贾们刊刻小说时,有的还致力精选小说作品,从而刊刻出具备一定质量的小说专集。在《国色天香·序》中,谢友可对吴敬所刊刻《国色天香》之编辑出版过程如此描述:"夫采珠者贵在明月,而群玑非宝耳;伐南山者贵在豫章,而尺箭非材耳。是集也,夫亦群玑、尺箭之不顾而有所未暇与!且也悟真者,间举一二示之,将神游牝牡骊黄之外,集固已饶之矣。"由此可见,吴氏所作的精选工作还是很

---

① 苗怀明:《中国古代通俗小说的商业运作与文本形态》,《求是学刊》2000 年第 5 期,第 78 – 83 页。

明显的。其他编选者也在序中强调所编所选之精，实用性之强，是广大市民、普通士子必备之书。

2. 编选内容交叉

如前文所述，此类通俗类书转辗抄袭现象严重，中篇传奇所选主要集中在六种，林本《燕居笔记》中有六篇中篇传奇全部取自《花阵绮言》，顺序也完全一致，仅仅对题目的个别字眼稍做过改动，抄自《万锦情林》的作品也不少。① 所选作品篇名不同而内容相同。如《花神三妙传》又名《白横源三妙传》《三妙摘锦》《白锦琼奇会遇》等。在编选过程中，改变人名或地点，重新换个题目即重新出版，可以看出明显的抄袭转引现象。

3. 内容包罗万象

这些类书型小说选本文备众体，决定了它的接受群体远远大于通俗小说选本的阅读群体，即使"粗通文墨、一知半解"之人都会乐于阅读。以托名冯梦龙增编的《燕居笔记》为例，其内容包括中篇传奇小说、通俗话本小说、文言短篇小说、诗话、词话、各种公文文体、书札、对联、文人文集等，其期待读者群体之广泛可想而知。可以说，大凡有识读能力的人都能从中找到自己喜爱的内容，这样的选材方式体现了精明书贾的营销策略。

4. 重刻次数多

中篇传奇中同一篇作品由于屡次翻刻，不仅题目五花八门，而且正文文字也存在或多或少的差异，但并不影响作品的主要情节内容。出现这一现象的主要原因是此类故事在当时风行一时，书贾转相传刻，刻工粗疏，加之校勘不精，以致出现同一故事版本不同，甚至局部内容差异较大的现象；客观原因是当时刻书纯为私人行为，书业市场十分混乱，盗版现象十分猖獗，这在当时是无可奈何的事情。《国色天香》原刊于万历年间，现存多为翻刻本或重刻本。所存两种主要有万卷楼刻本系统和金陵周文炜刻本系统，万卷楼周曰校刊本为初刊之后的重刻再版。《燕居笔记》三种虽然从内容上来看不尽相同，但在不短的时间内，题名为一种书名而不断出版，也可以看出书商借用某种书名的号召力，借

---

① 参见大塚秀高：《明代后期文言小说刊行概况》，载东京大学东洋文化研究所《东洋文化》1981 年第 3 期。转引自刘天振：《明代通俗类书研究》，济南：齐鲁书社 2006 年版，第292 页。

用他作的影响来销售自己的新书。

5. 重视书籍装帧设计

除了借用已有书名和名公评点以外，小说编选注重小说的装帧设计和配备插图。《万锦情林》在这几种同类书籍中，最突出的特色是它明显偏重于小说作品的辑录，却没有收录书简杂俎等实用性文类，而且余象斗注重书籍的装帧设计，在书首扉页插图中时刻不忘为自己做广告："更有汇集诗词歌赋、诸家小说甚多，难以全录于票上，海内士子买者一览而知之。"① 并在书上刻上自己的"双峰堂"标记，使书的文化商业色彩更加浓重。冯本《燕居笔记》全名《增补批点图像燕居笔记》，有图三十八幅。可以看出编选者在以各种方式吸引读者。

这些都可以看出，商业性渗透在类书型小说选本的编选中，有研究者将此类小说选本称为通俗传播型小说选本，并认为"通俗传播型选本是由书坊主刊刻，以追求经济利益和娱人功能为主要宗旨，针对最广大普通读者的选本，这类选本重在赢利，是小说艺术商品化、大众小说阅读需求增多的产物"②。这种观点认识到了类书型小说选本最主要的特点是商业性和通俗传播中商业的出现对选本编刊的促进作用。虽然这些作品并不代表明代的精英文化，但不可否认它们曾经流行过，其出版的数量和规模都影响到小说的编辑与发展。明代中篇传奇作品借助于这些选本流传下来，扩大了中篇传奇小说在后世流传方面的影响，并对明末清初的才子佳人小说创作模式和人物形象方面产生较大影响，同时中篇传奇故事中一男数女的情节模式开艳情小说向纵情纵欲方面发展之风气。

第二节　白话类作品编选者的小说观

白话短篇小说是明中期兴起的小说文体，冯梦龙的"三言"和凌濛初的"二拍"，代表了白话短篇小说创作的最高成就，孙楷第在《三

---

① （明）余象斗纂：《万锦情林》，《古本小说集成》据日本东京大学图书馆藏万历原刊本影印，上海：上海古籍出版社1990年版，书首第1页。

② 任明华：《中国小说选本研究》，华东师范大学博士学位论文，2003年，第70页。

言二拍源流考》中说:"吾国小说至明代而臻于极盛之域","若短篇小说,则自宋迄明似始终不为世人注意,其与文人发生密切关系,自冯、凌二氏始。……二人者,生当明季,并有文名,其趣味嗜好同,其书为当时人所重视亦同。"① 本节重点论述的白话类作品选本包括"三言二拍"类选本和"西湖"故事类选本。

一、明末清初白话短篇小说的创作理论

"三言二拍"成书之后流传广泛,选编"三言二拍"的白话短篇小说选本延续明清两代,共计十四种,至清末仍有选本出现。为了分析白话短篇类小说选本中的小说观念,本节从白话短篇小说的集大成之作"三言二拍"开始,考察其小说观念,分析选本编选者的小说观念。

(一) 小说的教化功能

冯梦龙的白话短篇小说的编选首先强调的是小说的教化功能。对冯梦龙的教化观,前人已多有论及,这里主要就"三言"这三种小说的序言进行论述。首先,以小说来劝诫。从"三言"的书名《喻世明言》《醒世恒言》《警世通言》即可看出编者以小说行教化的思想观念。《醒世恒言·序》说:"崇儒不废二教,亦谓导愚适俗或有借焉。以二教为儒之辅可也,以《明言》《通言》《恒言》为六经、国史之辅,不亦可乎!"《警世通言·序》说,"推此说孝而孝,说忠而忠,说节义而节义","通俗演义一种遂足以佐经书史传之穷"。凌濛初在《拍案惊奇序》中认为小说必须"可观"。所谓可观,在他看来起码必须是"意存劝讽",而当时流行的小说,"广摭诬造","亵秽不忍闻",有伤名教,这就背离了创作小说"劝善惩恶,有益风化"的宗旨。凌濛初批评当时创作风气堕落,作品格调低下,在《拍案惊奇·凡例》中强调:"是编主于劝戒,故每回之中,三致意焉。"② 由此可以说明,他十分重视小说创作的社会效果。显然,他是主张小说传道,强调小说的教化作用,劝善惩恶。《今古奇观序》云:"仁义礼智,谓之常心;忠孝节烈,

---

① 孙楷第:《三言二拍源流考》,见孙楷第:《沧州集》,北京:中华书局 2018 年版,第153 页。

② (明)凌濛初:《拍案惊奇》,即空观主人"凡例",《古本小说集成》据尚友堂本影印,上海:上海古籍出版社 1990 年版,第 2 页。

谓之常行；善恶果报，谓之常理；圣贤豪杰，谓之常人。然常心不多
葆，常行不多修，常理不多显，常人不多见。则相与惊而道之，闻者或
悲或叹，或喜或愕。其善者知劝，而不善者亦有所惭恶悚惕，以造成风
化之美。"这些都肯定了小说的重要作用，将小说看作是六经、国史之
补，这就是对于轻视小说的传统观念的突破与否定。"（使）怯者勇，
淫者贞，薄者敦，顽钝者汗下。虽小诵《孝经》《论语》，其感人未必
如是之捷且深也。"指出小说具有通俗感人和"传之可久"的特点，正
弥补了《六经》国史"病于艰深"的局限，从小说具有巨大的社会作
用方面对小说进行了肯定。

　　冯梦龙提出"情教"说，他在《情史》的《情贞·朱蕣》评语中
指出：

> 　　自来忠孝节烈之事，从道理上做者必勉强，从至情上出者
> 必真切。夫妇其最近者也，无情之夫，必不能为义夫；无情之
> 妇，必不能为节妇。世儒但知理为情之范，孰知情为理之维
> 乎。……古者聘为妻，奔为妾，夫奔者，以情奔也。奔为情，
> 则贞为非情也，又况道旁桃李，乃望以岁寒之骨乎！……①

　　冯梦龙认为忠孝节义当"从至情上出"，无情不能为义夫，亦不能
为节妇，认为私奔者有情而所谓贞者实无情，为妾者有情便可为妻，为
娼者有情便可为妾。凡是真情人，都应肯定其真情，不能以名教加以否
定。这就对封建正统的道德观、伦理观作出了新的解释，使之颠倒过
来。由此可以看出，冯梦龙的"情教"理论与前文所述汤显祖所主张
的"情"有一定差别，汤显祖讴歌的"情"，往往与"理"处于对立的
位置，他提倡以"情"格"理"，反对以"理"格"情"。冯梦龙的
"欲立情教"虽然有向"理"挑战的一面，但基于建立正常社会秩序的
考虑，又不能设计出一套符合现存秩序的伦理规范，最后只能让"情"
回到理的范畴，即将"情"规范于礼教以内，"礼"中之情，也是
"理"中之情。冯梦龙在《情史》中对"情"加以改造，他建立情教，

　　① （明）冯梦龙：《情贞·朱蕣》，《冯梦龙全集》，南京：凤凰出版社 2011 年版，第
26 页。

以男女之情为根基，因为男女结为夫妇，才有家庭，才有父子，才有孝悌，才有忠义，才有封建伦理体系。借由这种推理，冯梦龙在《情史》中将狭义的男女爱情之"情"扩展为一般意义上的最广泛的人情——君臣、父子、兄弟、夫妇、朋友之情等。于是言情小说不但不与当时社会思潮相矛盾，反而还有利于讽谏和辅佐政事，有助于维护社会的安定。《情史》龙子犹序指出："无情化有，私情化公，庶乡国天下，蔼然以情相与……"将情与公、私、天下结合起来，使情于天下、社会都能起到教化的作用。冯梦龙《情史》的编撰则是将其具象化了，从而有了更为直接的社会效果，《情史》一书正是冯梦龙情教观的集中体现。

（二）对"真"的看法

小说观念的转变，是随着对小说虚构性和真实性——艺术真实和生活真实相互关系的认知而发生的。冯梦龙在《警世通言·叙》中云："野史尽真乎？曰：不必也。尽赝乎？曰：不必也。然则，去赝而存其真乎？曰：不必也。"这里提出的三个问题，将艺术真实与生活真实的辩证关系揭示得很清楚。他认为，小说不必拘泥于真情的"真"或者"假"，而只要求符合"理真"。"人不必有其事，事不必丽其人，其真者可以补金匮石室之遗，而赝者亦必有一番激扬劝诱、悲歌感慨之意。事真而理不赝，即事赝而理亦真，不害于风化，不谬于圣贤，不戾于诗书经史，若此者其可废乎！""事"，指小说的故事情节；"事真"，指故事情节取自真人真事。"理真"，指作品对现实生活的艺术概括合乎情理。小说中的"事"不一定是现实生活中曾有的，只要合乎情理——可能有这类事情发生，就应肯定它的真实性。小说创作不是考证性实录，不需要剔"赝"存"真"。对于小说这一艺术门类来说，"真""赝"各有用处。真、假都是从艺术角度出发的情感判断。冯梦龙的"事真而理不赝，即事赝而理亦真"，反映出无论事情是真还是假，都必须符合"理"，显示事理的逻辑要求和规范。"理"是对事件的总体认识，对于艺术概括的总体要求，艺术必须符合情理和逻辑。他认为"人不必有其事，事不必丽其人"，从审美角度论述了事与人的错位与脱节具有合理性，人物可能实有，事情不必是其人所为。人物只是一个标示符号，人物和事件之间不必完全吻合，事件也就不必附丽在其人身上，这便给审美以更多的自由度。

对于"真"的理论，凌濛初做了较大的发挥，认为"真"存在于日常生活中，正如"奇"不局限于"耳目之外，牛鬼蛇神"一样，即空观主人在《拍案惊奇·序》一文指出："今之人但理知耳目之外、牛鬼蛇神为奇，而不知耳目之内、日用起居，其为谲诡幻怪，非可以常理测者固多也。……则所谓必向耳目之外，索谲诡幻怪以为奇，赘矣。"① 睡乡居士在《二刻拍案惊奇》中进一步说："然而失真之病，起于好奇。知奇之为奇，而不知无奇之所以为奇。"笑花主人在《今古奇观·序》中更明白地宣称："天下之真奇，在未有不出于庸常者也。"这种对于"真"和"奇"的理解，大致与当时对世俗生活加以肯定的社会思潮有关，是"穿衣吃饭即是人伦物理"的合乎逻辑的发展，认为日常生活、平常之事即为真，"真"包含在日用起居之内。

（三）关于"奇"的理论

"三言"的序多次强调的小说的教化功能与"真"的理论，与日常生活中的"真"相对应的是日常生活之"奇"。如前所引即空观主人序中关于"真"与"奇"的看法，具有一定的代表性，《拍案惊奇·序》指出："语有之：少所见，多所怪，今之人但知耳目之外、牛鬼蛇神之为奇，而不知耳目之内、日常起居，其为谲诡幻怪，非可以常理测者固多也。"李贽道："世人厌平常而喜新奇，不知言天下之至新奇，莫过于平常也。日月常而千古常新，布帛菽粟常而寒能暖、饥能饱，又何其奇也！是新奇正在于平常。世人不察，反于平常之外觅新奇，是岂得谓之新奇乎？"② 少见多怪，是一种普遍的社会心理，因此，历代小说家多以"耳目之外"的"牛鬼蛇神"迎合读者的"好奇"心理。凌濛初认为"荒诞不足信"的小说不一定为奇，也不满那些猎奇的作品，认为那些记述耳目之外奇事的作品，对于博识者而言，则未必以为奇。认为小说之"奇"，源于生活，从日常生活中寻找材料，在寻常生活中寻找到有违常理但又在情理之中的事情为奇事，即小说必须写实，必须描写目前的事物和现实的生活，达到"无奇之所以为奇"。《二刻拍案惊

---

① （明）凌濛初：《拍案惊奇》，即空观主人序，《古本小说集成》据尚友堂本影印，上海：上海古籍出版社1990年版，第1—3页。

② （明）李贽：《焚书》卷二《复耿侗老书》，见张建业主编：《李贽全集注》第一卷，北京：社会科学文献出版社2010年版，第147页。

奇·序》声称:"今小说之行世者,无虑百种,然而失真之病,起于好奇。知奇之为奇,而不知无奇之所以为奇。舍目前可纪之事,而驰骛于不论不议之乡。如画家之不画犬马,而图鬼魅者,曰:吾以骇听而止耳。夫刘越石清啸吹笳,尚能使群胡流涕解围而去。今举物态人情,恣情点染,而不能使人欲歌欲哭于其间,此其奇与非奇,固不待智者而后知也。"小说描写"无奇之所以为奇",就"目前可纪之事","举物态人情,恣情点染",亦即"极摹人情世态之歧,备写悲欢离合之致"。

(四) 通俗化理论

小说通俗化的表现之一是要求语言的通俗化。冯梦龙在《古今小说·序》中认为:"大抵唐人选言,入于文心;宋人通俗,谐于里耳。天下之文心少而里耳多,则小说之资于选言者少,而资于通俗者多。"他认为通俗的语言才能适应更多的读者需要。唐人写作传奇小说,只是在文人的圈子里流传,他们要表现自己的艺术修养、文字能力或诗才史才,必定要讲究语言文字的典雅和辞采。宋人话本是应书场要求而生,以贩夫走卒、市井小民为对象,所以语言才会通俗浅显,明白如话,即以小说面对的消费群体而选择适用的语言,由此而形成通俗的语言审美趣味。如果说前文所论及通俗类书型选本所体现出的"俗"的倾向,是在"雅"的总体风格下体现出的一种向俗靠拢的表现,那么,白话短篇小说的产生则体现出俗文学的潮流渗入雅文学领域,不少文人十分敏锐地意识到俗文学具有不可忽视的社会功能,并逐渐认识到俗文学同样可以抒情言志,而且更能救世道、惩人心,甚至更能展示自己的文学才能,于是编创适合大众的作品。明刊本《警世通言》卷首有"自昔博洽鸿儒,兼采稗官野史,而通俗演义一种,尤便于下里之耳目"。即认为读书的群体不仅有读书人,更有普通小民,语言就应该是适应所有读者的。《醒世恒言·序》也认为古来作品,或病于艰深,或伤于藻绘,"不足以触里耳而振恒心"。在序言中反复强调"里耳",说明白话短篇小说就是为了满足市井小民的需求,为普通民众而作的小说。凌濛初论及戏曲创作时也指出语言古奥不是大众所需要的语言。他认为"自梁伯龙出,而始为工丽之滥觞,一时词名赫然。……不惟曲家一种本色语抹尽无余，即人间一种真情话，埋没不露已"①。他反对的是矫饰的工丽语，要求"真话"真情。

小说通俗的另一表现即反映普通民众的生活，表现市民感兴趣的故事内容，贴近读者。"三言"中大量描写普通人生活的作品，如《蒋兴哥重会珍珠衫》《陈御史巧勘金钗钿》《施润泽滩阙遇友》《白玉娘忍苦成夫》等，"二拍"中有《转运汉遇巧洞庭红　波斯胡指破鼍龙壳》《姚滴珠避羞惹羞　郑月娥将错就错》等作品，反映了普通市民或小商人的生活和奇特曲折经历，以通俗的语言表达市民喜爱的故事。这些都表明冯梦龙编辑"三言"的主导思想是面向广大市民的，对市民意识中的积极因素，他竭尽倡导之能事，而对其中"鄙俚浅薄、齿牙弗馨"（《古今小说序》）的庸俗部分，则主张用文人市民均可接受的健康意识去克服、引导，他坚持雅俗并赏与融合的原则，从而使"三言"通俗而不庸俗。凌濛初深受冯梦龙化俗为雅的思想的影响，他在《拍案惊奇》中说："宋元时，有小说家一种，多采街巷新事为宫闱承应谈资。语多俚近，意存劝讽，虽非博雅之派，要亦小道可观。近世承平日久，民侈志淫。一二轻薄恶少，初学拈笔，便思污蔑世界，广摭诬造，非荒诞不足信，则亵秽不忍闻。得罪名教，种业来生，莫此为甚。而且纸为之贵，无翼飞，不胫走……独龙子犹氏所辑《喻世》等诸言颇存雅道，时著良规，一破今时陋习，而宋元旧种，亦被搜括殆尽。"他认为冯梦龙的"三言"既可适俗，又存雅道，非前二者可比。由此可见，由于拟话本吸取了雅文学中有益的东西，才使它不仅为广大市民所喜闻乐见，也为正统文人所接受，突破了雅与俗的截然分界，雅俗共赏。

"三言二拍"是白话短篇小说中的代表之作，小说作家在创作和编选过程中表达出的小说观念和理论对白话短篇小说流派产生了重要的影响，提高了小说的地位，也做出了重要的理论贡献。

二、《今古奇观》编选者的编选理论

《今古奇观》是从"三言二拍"中精选而出的一部拟话本小说选集，它的选择体现出了选者对"三言二拍"小说理论的吸收，这是此

----

① （明）凌濛初：《谭曲杂札》，中国戏曲研究院编：《中国古典戏曲论著集成》（四），北京：中国戏剧出版社1959年版，第253页。

书在选编上体现出来的一个最大的批评特色。《中国选本批评》一书认为："（《今古奇观》）试图调和冯梦龙强调小说劝诫作用的功利主义与凌濛初主张小说在艺术追求'日用起居'之'奇'之间有可能产生的矛盾。"① 笔者认为，冯梦龙的"三言"并不一定全体现在为"小说劝诫作用的功利主义"，凌濛初的小说理论也不只是追求"日用起居"之"奇"。通过对《今古奇观》的序、跋以及文本编排的分析可以看出，编选者的小说观念主要体现在以下几点：

（一）《今古奇观》对"三言二拍"以"常"为"奇"观念的继承

笑花主人的《今古奇观·序》对小说编选理论和小说观念的阐述较多，为了使人们对《今古奇观》的序言有一个较全面的了解和笔者行文方便，现将序言转录如下：

> 小说者，正史之余也。《庄》《列》所载化人，伛偻丈人等（原作昔，误）事，不列于史。《穆天子》《四公传》《吴越春秋》皆小说之类也。《开元遗事》《红线》《无双》《香丸》《隐娘》诸传，《辍车》《夷坚》各志，名为小说，而其文雅驯，闾阎罕能道之。优人黄幡绰、敬新磨等，搬演杂剧，隐讽时事，事属乌有。虽通于俗，其本不传。至有宋孝皇以天下养太上，命侍从访民间奇事，日进一回，谓之"说话人"。而通俗演义一种，乃始盛行。然事多鄙俚，加以忌讳，读之嚼蜡，殊不足观。元施、罗二公大畅斯道，《水浒》《三国》，奇奇正正，河汉无极，论者以二集配伯喈、《西厢》传奇，号四大书，厥观伟矣。
>
> 迨于皇明，文治聿新，作者竞爽，勿论廊庙鸿编，即稗官野史，卓然复绝千古。说书一家，亦有专门。然《金瓶》书丽，贻讥于诲淫；《西游》《西洋》，逞臆于画鬼，无关风化，奚取连篇？墨憨斋增补《平妖》，穷工极变，不失本末，其技在《水浒》《三国》之间。至所纂《喻世》《警世》《醒世》三言，极摹人情世态之歧，备写悲欢离合之致，可谓钦异拔新，洞心骇目，而曲终奏雅，归于厚俗。即空观主人壶矢代

---

① 邹云湖：《中国选本批评》，上海：上海三联书店2002年版，第215－216页。

兴，爰有《拍案惊奇》两刻，颇费搜获，足供谈尘。合之共二百种，卷帙浩繁，观览难周；且罗辑取盈，安得事事皆奇？譬如印累累，绶若若，虽公选之世，宁无一二具臣充位。余拟拔其尤百回，重加绣梓，以成巨览。而抱瓮老人先得我心，选刻四十种，名为《今古奇观》。

夫蜃楼海市，焰山火井，观非不奇；然非耳目经见之事，未免得疑冰之虫。故夫天下之真奇，未有不出于庸常者也。仁义礼智，谓之常心；忠孝节烈，谓之常行；善恶果报，谓之常理；圣贤豪杰，谓之常人。然常心不多葆，常行不多修，常理不多显，常人不多见，则相与惊而道之。闻者或悲或叹，或喜或愕，其善者知劝，而不善者亦有所惭恧悚惕，以共成风化之美。则夫动人以至奇者，乃训人以至常者也。吾安知闾阎之务不通于廊庙，稗秕之语不符于正史？若作吞刀吐火、冬雷夏冰例观，是引人云雾，全无是处。吾以望之善读小说者。①

这段序言说明了以下三个问题：第一，说明了小说的定义和小说发展的历史，笑花主人认为小说是"正史之余"，认可了小说的地位。第二，表达了编选《今古奇观》的目的，"拔其尤百回"，挑选"三言二拍"中的优秀作品。第三，对"奇"看法，他认为"故夫天下之真奇，未有不出于庸常者也"。将这段序言与"三言二拍"等白话短篇小说序言体现出来的小说理论相比较，可以看出，《今古奇观》对前人小说理论进行了一定程度的发挥，表现在以下几个方面：

1. 继承了"三言二拍""奇"的观念

《今古奇观·序》主要继承《古今小说·序》述小说发展大略，在对小说发展的缕述中，认为"其文雅驯，间阎罕能道之"，与"事多鄙俚"两种倾向都各有长短，但是对"三言"极度称赏，认为"极摹人情世态之歧，备写悲欢离合之致"，"钦异拔新，洞心骇目，而曲终奏雅，归于厚俗"，是编选者心目中小说的理想。在序的后段，对"二拍"的"奇"的观念进行了阐释。他认为，故夫天下之真奇，未有不

① （明）抱瓮老人：《今古奇观序》，《古本小说集成》据上海图书馆藏本影印，上海：上海古籍出版社1990年版，第1-8页。

出于庸常者也"。"奇"之所以在"不奇",原因就在于庸常虽曰常,却恰恰是日常生活中所缺乏者,这就不免使"闻者或悲或叹,或喜或愕","相与惊而道之"。这种阐释多少对"常"有所批驳,但总体上来说还是能道人之所不能道,指出了日用起居之为奇、无奇而奇的根底。

2. 对"奇"观念的开拓

从字面上看,笑花主人所谓"故夫天下之真奇,未有不出庸常者也",与睡乡居士所谓"无奇之所以为奇"如出一辙。细加辨析,笑花主人将"无奇之所以为奇"改换为"真奇",又在"真奇"与"庸常"之间画上等号。本来,"常"的本义是普通、平常、平庸等,《史记·商君列传》:"常人安于故俗,学者溺于所闻。"① 又有《司马相如传》:"盖世必有非常之人,然后有非常之事。"② 笑花主人别出心裁:"仁义礼智,谓之常心;忠孝节烈,谓之常行;善恶果报,谓之常理;圣贤豪杰,谓之常人。"把"常"涂上道德色彩,纳入儒家所谓"三纲五常""劝善惩恶"的伦理范畴;尤其把"圣贤豪杰"谓之"不多见"的"常人",认为脱离生活的"奇"如"吞刀吐火,冬雷夏冰"之类"全无是处",则序者又将"奇"的概念转移了。

3. 求"真"

《今古奇观·序》中讲求"真","夫蜃楼海市,焰山火井,观非不奇;然非耳目经见之事,未免得疑冰之虫。故夫天下之真奇,未有不出于庸常者也"。这是一种建立于真幻艺术辩证法基础上的观点,在编选者看来,"蜃楼海市""焰山火井"固然奇特,借助于想象,人们可以感受到其中的况味,但它毕竟非耳目所见,弄不好会变成镜花水月,虚无缥缈。而现实人生是真实的存在,大千世界,人们熙来攘往,虽然平淡,但仔细体会,倒可以发掘其中奇特之处。因此,编者认为应在现实人生中挖掘生活中的"奇",使情节新奇曲折,富有故事性。这种"求真"的审美倾向既是对明代中期社会中普遍存在的重奇轻常、重幻轻真倾向的一种反拨,同时也客观反映了明代读者在厌倦玄虚荒诞后向现实人生回归的必然心理趋向。但就编选者而言,则是为白话通俗小说的行世寻找理的依据,因为作为新兴的文体,白话通俗小说以内容的世俗

---

① (汉) 司马迁:《史记·商君列传》,北京:中华书局 1982 年版,第 2229 页。
② (汉) 司马迁:《史记·司马相如传》,北京:中华书局 1982 年版,第 3050 页。

化、语体的通俗化而著称，它以近距离观照的方式再现市井芸芸众生的悲欢离合、喜怒哀乐，用通俗易懂的白话解读市民的生活，传达他们的心声，它贴近社会、执着现实、忠实人生，追求一种实实在在的"真"。

（二）《今古奇观》对"三言二拍"忠孝观的发挥

从编选角度看，《今古奇观》所选四十篇作品中，选忠孝、节义类作品最多，有十二篇，明清两代"三言二拍"系列选本中，所选宣扬孝悌节义的作品达二十余篇（次），如《醒世恒言》第二卷《三孝廉让产立高名》被选达四篇（次），《喻世明言》第九卷《裴晋公义还原配》、《拍案惊奇》第二〇卷《李克让竟达空函 刘元普双生贵子》被选三篇（次），《醒世恒言》第一卷《两县令竞义婚孤女》、《拍案惊奇》第三八卷《占家财狠婿妒侄 延亲脉孝女藏儿》均被选二篇（次）。由此可见忠孝节义类小说受选编者欢迎的程度，他们通过选编忠孝节义类小说来实现以小说"劝诫"的主旨，利用小说来宣传教化。冯梦龙编选小说就深知小说的教化作用，运用文学宣传自己的主张，"三言"就是作者运用小说强烈的艺术感染力量去改变现实社会中种种龌龊、丑恶和不合理的现象，教导民众，《今古奇观》更是将小说的社会教育作用实践于编选中。第一篇即为《三孝廉让产立高名》，并认为"忠孝节烈，谓之常行"，在选作中宣扬忠孝节义，置于篇首。除《三孝廉让产立高名》外，《两县令竞义婚孤女》《裴晋公义还原配》《羊角哀舍命全交》《俞伯牙摔琴谢知音》及《庄子休鼓盆成大道》等几篇都立意于表彰忠孝节义，说明了选家意在利用小说宣扬社会教化的创作主旨。

明末开始，白话短篇小说编创者注重小说的教化作用，在《今古奇观》对忠孝观进行发挥之后，其后的白话短篇小说选本都大受其影响。首先，从作品产生时间来看，明末到清初之一阶段，小说的忠孝观得到明显强化。程国赋在论述"三言二拍"选本时，指出选家通过以下八种方式，突出劝诫思想：①序言；②选目；③在回目上直接注明劝诫字眼，如《二奇合传》共十六卷四十回，每回用三字劝诫语标注于题目之下，"劝积德""戒狂生""劝孝弟"等；④改换题头诗，将诗词改为标明"古重孝廉，忠义为先"之类的劝诫类诗词；⑤强化人物合乎封建伦理道德规范的性格和品德；⑥改换或添加议论文字；⑦在夹评与总评中突出劝诫之意；⑧修改或增加结尾诗，在话本的篇末增加结尾诗强化劝诫思想。① 由此可以看出，忠孝观从明末开始得到广泛的重视，并在清初加以强化，成为白话短篇小说的重要特征。

（三）《今古奇观》对"三言二拍"婚恋观的理解

"三言二拍"中重"情"的观念得到认可。抱瓮老人"拔其尤"，选作专挑内容丰富、情节曲折、构思巧妙的作品，以奇制胜，带有很强的可读性，能够很好地吸引读者。婚恋题材是"三言二拍"中的主要题材，《今古奇观》编选者自然不会忽略这些作品，所选婚恋类题材为仅次于忠孝节义题材的作品。从"三言二拍"系列选本整体来看，婚恋题材为选入最多的作品。十四种选本中所选婚恋题材小说多达四十余篇，② 其中《喻世明言》第二十七卷《金玉奴棒打薄情郎》、《二刻拍案惊奇》第十七卷《同窗友认假作真　女秀才移花接木》被选四篇（次），《喻世明言》第一卷《蒋兴哥重会珍珠衫》，《警世通言》第二十二卷《宋小官团圆破毡笠》，《醒世恒言》第三卷《卖油郎独占花魁》、第七卷《钱秀才错占凤凰俦》、第八卷《乔太守乱点鸳鸯谱》，《拍案惊奇》第二十七卷《顾阿秀喜舍檀那物　崔俊臣巧会芙蓉屏》等均被选三篇（次）。为求得故事的情节动人，编选者不仅有意选择那些情节安排得曲折复杂的小说，而且特别喜欢编选那些运用偶然巧合的手法，结局不落俗套、出人意料的故事。如《蒋兴哥重会珍珠衫》《转运汉遇巧洞庭红》《唐解元玩世出奇》等。从日常生活中见奇，奇异中见真切，体现了编选者的审美追求。而将婚恋与"奇"结合，显"奇情"的作品更受到选者的欢迎。

冯梦龙编选的"三言"，就是对宋元话本的深度加工，这番加工几乎达到了脱胎换骨、点铁成金的深度，以至相形之下，"旧版话本及其结集再也不能聊充完美的文体传世而逐渐轶散"③。文人的参与不仅仅局限于说话人审美层面的文字修补，而是超越说话人审美层面而深入叙事肌理的精心改造。许多文字修改，实际上触及了话本小说的叙事意向、情趣，甚至叙事视角和心理深度。也就是说，许多改动乃是文人借

---

① 程国赋：《三言二拍传播研究》，北京：中国社会科学出版社 2006 年版，第 48－61 页。
② 程国赋：《三言二拍传播研究》，北京：中国社会科学出版社 2006 年版，第 39 页。
③ 参见杨义：《中国古典小说史论》，北京：中国社会科学出版社 2004 年版，第 313 页。

用说话人的辩才、谈风来表现自己的主体意识和文化修养，使原来粗俗的底本和原作变得文雅，形成具有较高审美价值和典范的白话小说文本。《今古奇观》在对"三言二拍"进行编选时，也进行了一定的改动，将原作中的俗语、口语、歇后语进行改换，但总体上对"三言二拍"的改动不是很大，主要是通过对作品的重新编排和题写序跋来表达自己的小说观念。《今古奇观》产生的时间与"三言二拍"相隔并不遥远，《今古奇观》成书时间大约在崇祯六年至明朝灭亡（1633—1644年）之间，所反映出的小说观念中对人性、人情仍有张扬，小说审美观念中对"理"与"情"的关注仍是小说选入的重点，它作为"三言二拍"流传中最重要的选本，为其后十多种"三言二拍"系列其他选本提供了重要的参照，在白话短篇小说史上占有重要地位。

（四）《今古奇观》对"三言二拍"编选方式的商业性的强化

白话短篇小说的产生与商业利益驱动密不可分，冯梦龙的"三言"就是一套经过精心编选而出版的系列小说集。绿天馆主人给《古今小说》所作的叙中声称："茂苑野史氏，家藏古今通俗小说甚富，因贾人之请，抽其可以嘉惠里耳者，凡四十种，畀为一刻，余顾而乐之，因索笔而弁其首。"[①] 天许斋购得古今名人演义一百二十种，先以三之一为初刻云。"二拍"的刊刻者则根据市场需要编写小说，凌濛初云：

> 丁卯之秋事，附肤落毛，失诸正鹄，迟回白门，偶戏取古今所闻一二奇局可纪者，演而成说，聊舒胸中磊块。非日行之可远，姑以游戏为快意耳。同侪过从者索阅一篇竟，必拍案曰："奇哉所闻乎！"为书贾所侦，因以梓传请。遂为钞撮成编，得四十种。支言俚说，不足供酱瓿，而翼飞胫走，较捻髭呕血，笔冢砚穿者，售不售反霄壤隔也。嗟乎，文讵有定价乎！
>
> 贾人一试之而效，谋再试之。余笑谓一之已甚。顾逸事新语可佐谈资者，乃先是所罗而未及付之于墨，其为柏梁余材、武昌剩竹，顾亦不少。意不能恝，聊复缀为四十则。其间说鬼

---

① （明）冯梦龙：《古今小说》卷首，《古本小说集成》据天许斋本影印，上海：上海古籍出版社 1990 年版，第 7 页。

说梦，亦真亦诞，然意存劝戒，不为风雅罪人，后先一指也。①

由上文可知，"贾人"在对商业市场信息已有把握的前提下，"一试之而效，谋再试之"，迅速行动，尽快编选新书出版，投入市场销售。书坊主的敦促催请成为他们创作的直接推动力，小说的畅销事实证明了书坊主判断的正确。

小说的序跋是白话短篇商业性强化的表现之一。这些序跋明显带有促销和宣传的作用。作序者往往对小说的地位和本书大加赞赏，甚至夸饰吹嘘。有的则比较实在，客观指出小说的特点所在、读者对象以及功用价值，表明自己的小说观点。一般来讲，序跋作者或为书坊主所请，或受小说作家之托，自然多着眼于作品好的一面，多讲好话。《今古奇观》将"三言二拍"每回标题重新编目，编成整齐的每两回对偶，既继承了"三言二拍"的编目成就，也使本书质量更加提高，书前的序言既表明了小说的编选原则，又提出了自己的小说观念，对读者认识和理解小说有也一定的作用。

"三言二拍"风行之后，《今古奇观》对其进行精选，本身就是书坊主与编选者对市场的迅速反映，"二拍"刊刻于崇祯五年（1632年），《今古奇观》不久即现身于市场，既借用前书盛名，又进行精选，去掉其"观览难周"的不足，精选必然更有市场，此后《今古奇观》实际上成为"三言二拍"的浓缩替代品。"（《今古奇观》）三四百年来（从初有平话的结集算起），流行最广，最为读者所知，且实际上是延着平话集不绝一缕的命脉者，只有今古奇观一书罢了。"② 这都说明《今古奇观》是书坊主与选者一次成功的商业合作，使选本超过原作且在一定时期内替代了原作而流传于世。

三、清代其他白话短篇小说选本的编选理论

清代的白话短篇小说选本主要有十四种"三言二拍"系列选本和

---

① （明）凌濛初：《二刻拍案惊奇》小引，《古本小说集成》据明尚友堂刊本影印，上海：上海古籍出版社 1990 年版，第 1－5 页。
② 郑振铎：《明清两代的平话集》，见郑振译：《西谛书话》，北京：生活·读书·新知三联书店 1998 年版，第 137 页。

两种"西湖小说"类选本即《西湖拾遗》和《西湖遗事》，以及选清初短篇小说的如《四巧说》《飞英声》《锦绣衣》等。欧阳代发《话本小说史》认为："到雍正乾隆年间，完全是衰落景象。作品稀少，思想艺术水平低下，又回到说教劝诫的老路，却更枯简干巴，缺少肉血，而许多选本则是把旧作东拼西凑，改头换面，毫无新意。"① 但是西湖类小说选本却体现出一定的编选观念和文人特色。

《西湖遗事》十六卷，题青坡居士辑，十五篇选自《西湖二集》，一篇选自《西湖佳话》。《西湖拾遗》四十八卷，题"钱塘陈梅溪搜辑"，清乾隆五十六年（1791 年）自愧轩刻本，是与西湖有关人物故事的拟话本选集。前三卷为图像，末卷为"止于至善"，实际收录与杭州西湖有关的白话短篇小说四十四卷，其中选冯梦龙《醒世恒言》一卷、周清原《西湖二集》二十八卷、古吴墨浪子《西湖佳话》十五卷，《西湖二集》和《西湖佳话》中有关西湖故事的优秀作品均被选入。它不仅仅是《西湖二集》和《西湖佳话》两者的合成，而是经过了作者精心选辑的修订本，具有高于原作的艺术价值，选本的小说观念从书前的序、所选作品和编排中可见一斑。

（一）白话短篇小说选本的文人化倾向

从整体上看，清代白话短篇小说选本，已显示出与明代小说选本不同的小说观念和审美倾向。郭英德认为："就明清时期而言，小说、戏曲创作领域的文人化倾向并非从明末清初开始，早在明初以及明朝中期的小说、戏曲创作中，这种文人化倾向已经出现。"② 程国赋在《三言二拍传播研究》一书中论及"三言二拍"改编现象时指出："所谓文人化主要是指由文人执笔创作、以文人作为主要表现对象、反映文人的审美趣味和审美理想、自觉或不自觉地体现一定的社会教化目的。"③ 也就是说，从明代到清代的发展过程中，小说、戏曲的创作都表现出文人化倾向，甚至有文章指出"清代是白话长篇小说创作全面走向文人化的

---

① 欧阳代发：《话本小说史》，武汉：武汉出版社 1994 年版，第 25 页。
② 参见郭英德：《明清传奇史》，北京：人民文学出版社 2012 年版，第 39 - 48 页。郭英德指出，在明前中期传奇创作中，存在审美趣味的文人化趋势。
③ 程国赋：《三言二拍传播研究》，北京：中国社会科学出版社 2006 年版，第 156 - 157 页。

时代"①。清代的小说选本编选也不例外，甚至表现更加明显。在西湖类小说选本中，文人化倾向主要表现在以小说表现文人雅兴，对原作中的诗词进行改换，更符合文人趣味。

1. 西湖小说选本内容的文人化

首先，描写内容的文人化。孙旭在《西湖小说与话本小说的文人化》中指出，西湖小说表现出与众不同的文人化特点主要是："思想上关注文人自身的精神世界，艺术上多用意境描写。"② 并认为《西湖二集》有以下特点：一是爱情描写精致化，二是塑造了与以往不同的文人形象。《西湖佳话》的特点是主人公的文人化，除《钱塘霸迹》中的钱镠和《雷峰怪迹》中的许宣仍保持着市民身份外，其他各篇主人公都是文人，而且作者还常刻意突出他们的高才实学。小说中，才学不仅是文人的立身之本，也是高僧名道的道行基础和名妓的脱俗之处。对西湖类小说编选的选本，选者在编选过程中专选主人公有才学的西湖故事，强调所表达的文人化情致及描写上对意境的营造，而不注重故事的曲折新奇。《西湖佳话》中十六篇故事都没有入话，入话于正文有铺垫、反衬、对比等作用，取消入话，一定程度上意味着故事性的减弱。《西湖佳话》的叙事平淡中蕴涵隽永，类似于笔记体，正与它的主题思想一致。在选入《西湖拾遗》和《西湖遗事》中时，选者将这些省略了的入话部分全部补充完整，增加篇首、入话和结尾，表明了选者对话本小说体式的认识和严肃的改编态度。

其次，表现意境的文人化。清初拟话本小说的文人化趋向，一般认为主要体现在两个方面：一是说教，这类作品占多数；二是在观念和艺术上求新求异，以李渔和艾衲居士的作品为代表。实际上还有一个方面，就是表现文人高雅、淡远的情致，西湖类小说选本编选的意义就在于它选择了一类具有文人意蕴和文人情趣的小说进行编选，代表了话本小说文人化的一种趋向，并且是文人化程度相对最高的一种趋向。

清初以后，文人对自身价值及生存意义的体认、审视相对于说教和求新求异的创作观念而言，与对人生哲理化的反思距离最近，但是西湖

---

① 雷勇：《清代白话小说创作的影响》，《南开学报》（哲学社会科学版）2003 年第 5 期，第 114 – 119 页。

② 孙旭：《西湖小说与话本小说的文人化》，《明清小说研究》2003 年第 2 期，第 19 – 28 页。

小说的作者退守到文人自己的精神世界里去观照历史遗迹，失却了关怀现实的热情，没有而且一定程度上也不可能完全把这种精神天地扩大为对普通人生状态的关注，而西湖类小说选本只对某类地域题材的关注使它更显现出编选者眼光关注范围较小，只注重文人的精神世界也使它与白话短篇小说创立之初的"市民文学"的定位相去甚远。

2. 选本与原作内容相对比，改动过程中的文人化

从本书第三章"明清小说选本艺术论"对《西湖拾遗》与原作对比分析中，笔者指出选本对原作进行了几个方面的改动，如将小说话本格式补充完整、小说题目的修改、韵文部分特别是诗词的改动等几方面都可以体现出白话短篇小说发展到清初所表现出的文人化特点。

3. 与商业运作的脱离

在明末小说编选的热潮中，由于书坊有意识的商业运作，通俗小说刊刻速度很快，往往是在写作完成后马上刊刻出版，有时候由书坊与文人合作而成。清初，李渔编选小说出版也是将小说创作编选与商业利益结合。与明末清初白话短篇小说出版情况相比，清初西湖类小说选本的编选刊刻情况则有所变化。编选者借小说编选来抒发个人的情怀，表达自己对世事人情的感慨与识见，展现作者的独特个性和风格，与书坊和谋利关系不大。这也是文人化的一种表现。

可以说，西湖这一意象本身就是文人适意闲情的代表，文人编选小说时关注的对象为文人或史书上记载之文人，表现的是文人的才学和雅趣，才学展示成分的增加和小说意境的强化，以诗词来描绘富有诗意的小说环境和氛围，都可以体现出西湖类小说选本编选中的文人化倾向。

（二）白话短篇小说编选的自娱性与教化倾向交错呈现

从文体特征及受众层面来看，白话短篇小说文体较之以前的文体更适宜教化。小说这一文体巨大的市场及对中下层百姓的影响力引起了明代自觉进行话本创作的文人注意，他们清醒地意识到话本小说的特点，并利用话本小说进行说教。中国古代文论存在"政教中心论"和"审美中心论"的二元对立，小说的教化，受到中国传统文化中"文以载道"思想的影响，小说观念上存在着载道论与娱乐论两种分歧。实际上，小说教化与娱乐的二重对立一直都存在，不过因不同时期、不同作品、不同作者而此消彼长。在明代中后期，冯梦龙以小说"喻世""醒

世""警世"，用通俗易懂的故事说理，在曲折婉转的情节中阐发名教，赋予了话本小说新的生命力。可见，白话短篇小说在编创过程中时时体现出"重教化"的特点，自产生之初已与这一文体如影随形。但是，三言中也有大部分作品主张"情教"，歌颂男女之情，重视情的作用。因此，部分研究者研究冯梦龙"情教"观时即举出其中重情重欲的作品，强调其"情教"的一面，认为其与"王学"、思想解放思潮等息息相关。从白话短篇小说总体发展来看，当作品强调自娱作用时，便表现出明显的文人化色彩，注重小说的语言、审美价值。当强调"教化"作用时，对审美方面的价值即有所忽略，过于强调小说产生的社会价值。发展到清初，部分白话短篇小说十分注重强调小说教化，如《西湖二集》编选者周清原是一个具有强烈用世情怀的人，针对明末浊世的黑暗腐朽，作者希望用小说来警醒世人，挽回世风，这与先前冯梦龙"喻世""警世""醒世"、凌濛初"意存劝诫"和陆人龙的"树型今世"的创作动机和出发点是一致的。白话短篇小说逐渐由表现市民社会的情趣向表现文人的观念世界转变，小说的教化功能日益强化，作者经常在入话、正话中大发议论，表达"寓教化、重劝惩"的创作意图和弥补世道人心、提倡封建正统伦理道德的思想。小说中这样的议论比比皆是，鲁迅评价《西湖二集》"好颂帝德，垂教训"①，即是针对《西湖二集》"告诫连篇"而言的。从文学史的角度来看，中国文学文以载道的传统源远流长，而小说地位一直颇低，所承载的教化功能也较弱。教化的思想观念给白话短篇小说带来了强大的生命力和艺术感染力，使得小说从说话艺术转为案头文学，从文学边缘向文学中心迈进。但是，过分强调教化主旨则对小说创作产生了危害，许多作品成为宣扬伦理的"宣教书"，理性过浓而感情不足，说教过多而形象淡薄，作品的艺术性越来越差。

如前所述，文人参与创作白话短篇小说，使小说渗透着文人的审美趣味与文化素养，清代以后的文人话本在语言上已与最初话本小说朴实自然的语言渐行渐远，趋于典雅精致，文人创作中的自娱与教化思想交杂在一起，有时甚至体现出思想上的矛盾，如王言锋在《逃避现实心理与清初白话短篇小说的自娱倾向》一文中认为："清初由于统治者的镇

---

① 鲁迅：《中国小说史略》，上海：上海古籍出版社1998年版，第142页。

压，汉族知识分子的社会地位和处境发生了重大的改变，形成普遍的逃避现实心理。这种心理影响到白话短篇小说的创作，使作品侧重于表现才子佳人、穷书生发达和喜剧性故事等，远离现实，不能本质地揭示现实矛盾，表现出明显的自娱倾向。"① 编选前人小说也是如此。这时期的《西湖拾遗》《西湖遗事》将目光投向文人所作的小说，所选内容多为表达文人思想感情的作品。

　　总体说来，清代白话短篇小说选本，既有强调小说教化作用的选本，如"三言二拍"系列选本；也有注重文人生活，逃避现实关注历史文人文化的选本，如西湖小说选本。这两种选本在编选过程中往往强调审美与强调教化交织在一起，甚至有时呈现出矛盾的状态，或者说具有二重性，在某些情况下，因为作家思想观念的复杂性，他们有的既痛心疾首于儒家道德的沦丧，又认识到仅凭一己之力难以扭转乾坤，然而传统的儒家思想的熏陶以及潜移默化的影响又让他们难以放弃对现实的关心，只有寄希望在小说中劝惩世人，挽救世风。表现在创作上，强调自娱的作品由于过于走向文人化与案头化，失去了普通阅读者的支持，不断地强调教化、导愚作用的作品也逐渐失去了读者与市场，最终走向衰落。我们有理由认为，白话短篇小说在发展过程中一直处于注重审美与强调教化的矛盾中，早期的"三言二拍"和选本《今古奇观》将两者融合得较好，质量上乘，因此占据了一定的读者群，而后期的作品无论是从艺术手法还是教化方式上，都没有取得较好的结合点，随着白话短篇小说在清初的消亡，小说选本的编选也渐趋消歇。

---

① 　王言锋：《逃避现实心理与清初白话短篇小说的自娱倾向》，《湖南社会科学》2008 年第 3 期，第 147 – 150 页。

第七章
明清小说选本的价值

　　明清小说选本是编选者按照自己的审美观念选编、重新编排而成的小说集，谭元春在《谭友夏合集》卷八《古文澜编序》中说："选书者，非后人选古人书，而后人自著书之道也。"① 嘉靖年间，唐顺之编《文编》，其后茅坤编《唐宋八大家文钞》，又有明人标榜元曲作为戏剧范本，如李开先编《改定元贤传奇》、陈与郊《古名家杂剧》、王骥德的《古杂剧》等，尤以臧懋循编刻的《元曲选》100 种最为著名，这些文学选本，借助于文人的鼓吹，适应了社会的需求，所以畅销于世，流行一时，如《唐宋八大家文钞》出版后，"盛行海内，乡里小生无不知茅鹿门者"②，《诗归》出，海内称诗者遂靡然从之，甚至"家置一编，奉之若尼丘之删定"③。而唐诗、唐宋文与元曲的魅力，随着这些文学选本的流行日益膨胀，在社会上形成了一种极其强大的文学接受心理定式，有力地支配着文学创作、文学欣赏、文学评论等各种文学活动。由此可见，文学选本通过传播被接受后也获得了一定价值，甚至可以形成一种文学风气。

　　不仅诗集、戏曲的选编如此，小说的编选过程也体现出对小说的评价、精选，因此，小说选本具有阅读价值。任明华论文《中国小说选本研究》第四章"小说选本的价值"中"小说选本的阅读与传播价值"一节，较为详细地介绍了小说选本的阅读价值，不乏真知灼见。他认

---

　　① （明）谭元春：《新刻谭友夏合集》，《古文澜编序》，《四库全书存目丛书》据上海图书馆藏明崇祯六年张泽刻本影印，集部第 191 本第 661 页。

　　② （清）张廷玉：《明史》卷二百八十七《茅坤传》，北京：中华书局 1974 年版，第 7375 页。

　　③ （清）钱谦益：《列朝诗集小传》丁集，上海：上海古籍出版社 1959 年版，第 570 页。

为："第一，小说选本题材多样，便于读者按照自己的兴趣和目的选择阅读文本。第二，小说选本乃编者花费大量心血在浩如烟海的图书中精心挑选作品汇辑而成，省却了读者的翻检之劳，为读者节省了时间和金钱。第三，小说选本能够娱人耳目。"① 并总结"正是上述三个方面的原因，使小说选本受到读者的欢迎和喜爱"。笔者认为，这些说法比较有说服力，小说选本正是因为编选者付出心血精心选编，才使它具有了高于原作的价值，阅读价值自然十分宝贵，此点不再赘述。除此，选本对于小说的域外传播具有较大的作用，因此从这方面来讲，选本具有传播学上的意义；同时，小说选本也体现出文本的流传价值和理论批评价值。

第一节　明清小说选本在传播学上的意义

明清小说选本在传播学上的意义主要有以下两个方面：第一，选本的传播中体现出对原作的流传价值和保存价值；第二，选本流传到国外后，对国外小说创作产生影响。本节就这两点进行具体阐述。

一、明清时期小说选本的文本流传价值

（一）选本与原作的传播

对小说的选编本身就是一种传播方式，李玉莲的《中国古代白话小说戏曲传播论》一书将选辑传播分为初级与高级两个阶段，认为如果只重"辑"，那么功效在于保存文本，选择性传播目的在其次。高级阶段的选辑传播，重点在"选"，并通过"选"来体现"删汰繁芜"以使"菁华毕出"的精神，目的则是借选辑阐述文学思想，并促进其传播。② 这段话有一定的道理，本书所论述的选本中的确有一部分仅仅是为了传

---

① 参见任明华：《中国小说选本研究》第四章"小说选本的价值"第一节"小说选本的阅读与传播价值"，华东师范大学博士学位论文，2003 年。
② 李玉莲：《中国古代白话小说戏曲传播论》，太原：山西教育出版社 2005 年版，第160 页。

播或者商业利益而粗制滥造的选本，甚至仅仅是离析原作而改头换面重新出版发行的，但是能够经受时间沉积并且流传下来的选本无疑是具有一定思想意义和价值的选本，如《艳异编》《虞初志》《今古奇观》《虞初新志》等。

（二）"三言二拍"选本对原作的保存价值

小说的保存价值和阅读价值密不可分，两者相互体现，小说选本的编刊、传播客观上有利于小说作品的保存。清初时"三言"尚有流行，如王士禛《香祖笔记》卷十云："《警世通言》有《拗相公》一篇，述王安石罢相归金陵事，极快人意，乃因卢多逊谪岭南事而稍附益之耳。"[①]"二拍"在清代的命运不济，"《二刻拍案惊奇》与《初刻》在明末清初同样流行，到了后来，不知何故忽遭佚失，知者遂较少。鲁迅先生在初写《中国小说史略》时，尚不知有此书，故将《今古奇观》序中'爰有《拍案惊奇》两刻'的'两'字，在引用时改为'之'字"[②]。此后，"三言二拍"便依赖《今古奇观》流传。郑振铎先生曾高度评价《今古奇观》说："平话集的运命是很可悲戚的。不是受了官宪的禁售，便是自然的绝迹于书坛。三四百年来（从初有平话的结集算起），流行最广，最为读者所知，且在实际上是延着平话集不绝一缕的命脉者，只有《今古奇观》一书罢了。"[③]鲁迅云："《喻世》等三言在清初盖尚通行……其非异书可知。后乃渐晦，然其小分，则又由选本流传至今，其本曰《今古奇观》。"[④]《今古奇观》于话本传播和保存的价值，由此可见。这些精选的选本促进了原作的传播，如"三言二拍"系列选本中，许多清代的选本都是参照《今古奇观》而选，也就是说《今古奇观》一定程度上取代了"三言二拍"的流传，如选本《觉世雅言》《再团圆》的标题文字都出自《今古奇观》而非直接取材"三言二拍"原作。《二奇合传》《续今古奇观》等选本则明确声称选自《今古奇观》或者作为《今古奇观》的续编，《删定二奇合传叙》写道："二

---

① （清）王士禛：《香祖笔记》卷十，上海：扫叶山房1926年版。
② 谭正璧：《话本与古剧·三言两拍本事源流述考》，《谭正璧学术著作集》，上海：上海古籍出版社2012年版，第145页。
③ 郑振铎：《西谛书话》，北京：生活·读书·新知三联书店1998年版，第137页。
④ 鲁迅：《中国小说史略》，上海：上海古籍出版社1998年版，第144页。

奇者，《拍案惊奇》《今古奇观》也，合而辑之，故曰二奇也。"①《续今古奇观》选编《今古奇观》未收《拍案惊奇》篇目，清人醉犀生《古今奇闻序》亦称：《古今奇闻》（即《今古奇闻》）"体仿《今古奇观》，无一与《今古奇观》重复"②。可见，无论是在文字、标题，还是在编辑体例诸方面，《今古奇观》都成为后世选本的重要参照。前文所述元明中篇文言传奇，大都是单篇刊行，后被《国色天香》《万锦情林》《绣谷春容》所收，也体现了其保存价值。总之，编者辑选的小说选本，经刊刻或抄写流布到读者手中，最终完成了其阅读、娱乐功能。这在客观上扩大了作品的传播范围，促进了作品的保存。

（三）"虞初""艳异"系列选本对唐传奇的保存价值

唐人小说单行本，至明大多散失。文学发展史证明，单篇小说只有结集才有利于存世，随着宋元大型小说类书、丛书如《太平广记》《类说》《说郛》等重新刊刻，以及明人编辑的《太平广记钞》《古今说海》等问世，唐传奇在明清时期又大放异彩。专辑唐传奇类的小说选本《虞初志》刊于谈恺刻印《太平广记》之前，所收唐人小说文字或有优于《太平广记》之处，校勘价值较高，对保存、传播唐传奇有重要意义。③《续虞初志》另收多种唐传奇，且各篇后附评语，加上《广虞初志》也为选录前代传奇作品，连续出品形成系列，为唐传奇在明代的传播带来较大影响，为唐传奇的保存发展起了重要作用。《艳异编》《广艳异编》《续艳异编》亦是如此，所以篇目较多，形成明代选辑唐传奇作品的风气，扩大了唐传奇的影响，也引起了读者和研究者的重视。从《文苑楂橘》到明末何本《燕居笔记》都体现出唐传奇在明代的受欢迎程度，唐传奇小说也因这些选本而得以保存。

（四）近于通俗类书型的小说选本对明中篇传奇的保存价值

小说选本的传播促进了所选小说作品的传播，特别是专收中篇传奇的几种通俗类书型选本对原作的保存价值更明显，如《三奇合传》《花

---

① （清）芝香馆居士：《删定二奇合传叙》，《古本小说集成》据华东师范大学图书馆藏光绪戊寅年渝城二胜会刊本影印，上海：上海古籍出版社1990年版，第1页。

② （清）醉犀生：《古今奇闻序》，参见丁锡根：《中国历代小说序跋集》，北京：人民文学出版社1996年版，第854页。

③ 参见宁稼雨：《中国文言小说总目提要》，济南：齐鲁书社1996年版，第243页。

神三妙传》《天缘奇遇》《钟情丽集》《娇红记》《刘生觅莲记》等元明中篇文言作品大都是单篇刊行，后被《国色天香》《万锦情林》《燕居笔记》等收录之后，由于选本的销量大、流传也广，都被多次重刊，流行于世，而单行本往往销声匿迹，完全依赖这些结集本而存世，即小说选本的刊刻推动了作品的传播。"小说选本的编刊—读者的阅读趣味—作品的传播"三者形成一种互动关系，因此，研究小说选本的编刊，可以揭示一个时代的小说阅读状况和审美风尚。

二、选本与域外文学

小说在明清时期大量出现，还作为商品出现在各国文化交流中，传播到国外。据明代《永乐实录》卷一二七载，永乐二十一年（1423年），明朝在京城设"会同馆"，以接待来往外宾。在对外贸易中，中国商人往往带有汉文书籍到海外进行贸易，而外国来华商人在贩运回国的货物中也常常包括汉文书籍。明清之际姜绍书著《韵石斋笔谈》云："朝鲜国人最好书，凡使臣入贡限五六十人，或旧典或新书或稗官小说，在彼所缺者，日出市中，各写书目，逢人便问，不惜重直购回，故彼国反有异书藏本。"① 中外之间的小说流通也有记载，《朴通事谚解》中记载了在中国早已亡佚的《西游记平话》的故事梗概，又有一段有趣的对话：

> "我两个部前买文书去来。""买什么文书去？""买《赵太祖飞龙记》《唐三藏西游记》去。""买时买《四书》，既读孔圣之书，必达周公之礼，要怎么那一等平话？""《西游记》热闹，闲时节看看。"②

据《中国古典小说在韩国之传播》可知，中国古代小说传入朝鲜早在1700年前已有记录，其中有《今古奇观》《删补文苑楂橘》手抄

---

① 姜绍书：《韵石斋笔谈》，《丛书集成初编》据知不足斋丛书本排印，第 1561 本第 3 页。
② 参见（韩）闵宽东：《中国古典小说在韩国之传播》，上海：学林出版社 1998 年版，第 11 页。

本等。① 对中国传入的小说进行编选的有《啖蔗》，台湾学者魏子云先生认为"《啖蔗》为一部朝鲜李朝文人读中国'三言两拍'的选抄本，即抄《喻世明言》六篇，《醒世恒言》九篇，《警世通言》七篇，《初刻拍案惊奇》五篇，《二刻拍案惊奇》二篇。"② 但大陆学者王汝梅则认为，《啖蔗》为朝鲜李朝时期的文人据中国明代《今古奇观》的二十六篇作品缩写改作而成。③ 由此可见，白话小说选本《今古奇观》传入朝鲜之后产生巨大影响，不但有抄本、重刊本存世，而且还有根据已有材料改编、汇编的作品。朝鲜文人李宜显（1669—1745 年）对中国小说非常喜爱，他的文集《庚子燕行杂识》中还有在中国购买《艳异编》《国色天香》等小说的记载。

《删补文苑楂橘》是在中国已失传的小说，在朝鲜有保存下来的孤本，据明本《文苑楂橘》传抄或翻刻，共二卷，选唐传奇中的名篇，《韩国藏中国稀见珍本小说》第二卷④录入，其中《韦十一娘传》一篇国内已失传，据顾起元《客座赘语》等书可知，此篇系明中期文学家胡汝嘉（嘉靖八年进士）撰，据目前所知，他写的传奇小说均已失传，只存此篇，弥足珍贵。凌濛初《拍案惊奇》卷四《程元玉店肆代偿钱　十一娘云冈纵谭侠》，基本情节与此篇相同。

黄霖先生在《明清小说研究》1999 年第 3 期发表过一篇论文《关于古小说〈香螺卮〉》，对在东京大学综合图书馆发现的《香螺卮》有大致介绍：为明刊文言小说选本，共十卷十册，所选作品自汉至宋共129 篇，每篇附有眉批、旁批和篇末总评。第一卷卷首题"长洲周之标君建甫选评，同社徐文衡以平甫参订"，以下各卷选评者题名相同，参评者则各异，大概有八人参与评点，所选作品绝大多数是公认的名篇，与明末的文言小说集差别不大。

清代的小说选本也有流传到国外被改写改编的。严明、孙爱玲著

① 参见（韩）闵宽东：《中国古典小说在韩国之传播》，上海：学林出版社 1998 年版，第 21 页。

② 魏子云：《"三言二拍"是〈啖蔗〉原本？》，台湾《大华晚报》，1986 年 12 月 14 日，转引自杨昭全：《中国古代小说在朝鲜之传播及影响》，《社会科学战线》2001 年第 5 期，第 94 – 104 页。

③ 王汝梅等主编：《韩国藏中国稀见珍本小说》第一卷，北京：中国大百科全书出版社 1997 年版，第 274 页。

④ 王汝梅等主编：《韩国藏中国稀见珍本小说》，北京：中国大百科全书出版社 1997 年版。

《东亚视野中的明清小说》第四章"东亚汉文小说的传承流变"中有一节"日本汉文小说中的和臭色彩",指出:"所谓'和臭',是指具有日本本民族特色的艺术风味。汉文小说原来是来源于中国的通俗文学形式,其语言和结构形式深深植根于中国社会的历史文化之中,尤其是通俗白话小说更是如此。汉文小说移植到日本后,想要让其既保留汉文小说的标准语言形式,又能反映出日本社会文化历史的独特风味,这在创作中事实上是做不到的,所以文化模仿之后必须有文化创新。正是在小说的模仿和创新方面,不少日本汉文小说家做出了持续不断的努力。如江户时期菊池纯(1819—1891)的文言小说《本朝虞初新志》。"① 他对清代文言小说十分热爱,菊池纯的《本朝虞初新志》的书名就是直接从《虞初新志》而来的。他将阅读稗官野史视为夏日消暑的良方:"天酷暑困人,甚于毒药猛兽,其中之者,精神困顿,筋懒骨弛,使人往往思华胥槐国之游,庸讵得朝经书史,从事斯文,以磨淬其业乎哉?于是聚举世稗官野乘,《虞初》小说,苟可以为排闷抒情之资者,衰然堆垛,取以置诸其架上,随意抽读。"② "(《虞初新志》)刊行后,很快就传入了日本,在日本书肆也是多次刊印,备受日本文人的欢迎。江户时期各地儒家学堂,聘请学头教官,并为初学者开出汉籍的阅读书目,《虞初新志》便是其中的必读书目之一。"同时,江户汉文小说中也出现了多种模仿《虞初新志》的作品,比如林长孺《鹤梁文钞》卷二中的《高桥生传》就受到《虞初新志》卷一魏禧《大铁椎传》的影响,藤井淑编著的《当世新话》第十三则《义牛救主》,即是仿自《虞初新志》卷十陈鼎的《义牛传》。这些模仿之作正表明了在江户时期日本汉文小说创作中的一种普遍倾向,就是先从模仿中国小说开始,用中国小说的结构笔法,来描写日本社会中出现的新奇事件。除了单篇汉文小说的创作,当时还出现了多种借鉴《虞初新志》的日本汉文小说,比如藤井淑编著的《当世新话》、池田观的《天下古今文苑奇观》、石川雅望的《通俗排闷录》、大槻盘溪的《奇文欣赏》、近藤元弘的《日本虞

---

① 严明、孙爱玲:《东亚视野中的明清小说》,新北:圣环图书股份有限公司2006年版,第473-474页。

② 严明、孙爱玲:《东亚视野中的明清小说》,新北:圣环图书股份有限公司2006年版,第473-474页。

初新志》等都很流行，然而其中最为出名的就是菊池纯《本朝虞初新志》。①

由此可见，明清时期，小说选本传播到国外后，对当地文学产生了较大影响，主要表现为经过抄录、重刊、翻译或改写改编原小说选本，促进了其传播。特别是小说选本，它们或选文言单篇或白话短篇，结集出版更有利于小说的传播，而流传到国外的集子多为精选本，因此，精选过的选本更有利于小说的传播。

第二节　明清小说选本的理论批评价值

小说选本是在一定范围内的作品中选择出来重新编排而成的小说作品集，"选择"本身就是选者审美观念和鉴赏标准的实践，选本就是编撰者文学观念实践的结果。首先，从理论角度来看，中国古代小说理论与诗文理论不同，小说理论的形式主要表现为评点和序跋，由于小说选本编撰者身份的不同，表现出的小说观念也往往差别较大。其次，一些小说编选者通过对小说的编排表达自己的理念。选本序跋表达的小说观念，笔者已在第六章"明清小说选本与小说观念"中做了具体阐述，此节所论小说选本的理论批评价值主要指小说选本的命名②和编排所表现出的以下几点：

（1）选本名称体现出的小说观念。第一，注重"奇、艳"来吸引读者。"奇"是小说创作与编选的一贯宗旨，猎奇好异也是人们的普遍心理，小说选本在选好了小说作品之后，有必要为新作选取一个能产生惊艳效果的名字，于是以"奇"为名成了选者的首选名字。本节所论及的小说选本中，以"奇"或者"艳"来命名的小说选本有十四种，如《艳异编》系列、"三言二拍"系列选本的命名。第二，借用已有书

---

① 本段内容参见严明、孙爱玲：《东亚视野中的明清小说》，新北：圣环图书股份有限公司 2006 年版，第 476 页。

② 参见任明华：《古代"小说选本"命名的理论批评价值》，《文艺理论研究》2008 年第 1 期，第 116 - 121 页。该文从选本命名角度探讨了命名的理论批评价值，具有一定合理性。本节主要从明清小说选本的角度简要介绍命名方面的理论批评价值。

名或沿用前人作品之名，如以"虞初"命名的小说选本有十种，说明编选者都注重以题目来表达审美追求，通过书名来宣传作品内容，从而吸引读者。

（2）明前中期小说选本倾向于将爱情艳遇作品置于卷首，明末到清代选本则倾向于编排上注重将"忠""孝"之作列于卷首。例如《艳异编》将"星部"置于第一卷，《广艳异编》第一卷为"神部"，所收录的均为艳遇题材类作品，其他选本如《虞初志》置于卷首的为《续齐谐记》，明末开始如《今古奇观》第一卷为《三孝廉让产立高名》，《虞初新志》卷首《姜贞毅先生传》[①]，《人中画》卷首为《唐秀才持己端正　元公子自败家声》，《今古传奇》卷首为《李妙惠被逼守节　卢梦仙江上寻妻》等。

从小说选本的命名与编排来看，选本体现出了一定的编选倾向，反映了社会思潮对小说选本的影响。

第三节　选本在小说史上的价值

明代小说创作的繁荣促进了小说选本的编刊，而且只有在小说繁荣的时期，小说选本的兴盛才成为可能。因此，小说创作与小说选本的编刊具有双向互动的作用。小说的发展因种种原因而停滞，小说创作不景气时，选本编选者把前人优秀的小说作品提供给读者，能起到一种替代作用，暂时填补读者的阅读空白，这种情况在小说发展史上是很多的。由于政治的高压和严厉的禁毁政策，小说创作在明初经过《剪灯新话》《剪灯余话》后，很长时间处于沉寂状态。直到嘉靖前的弘治、正德年间，小说创作方始复苏，人们对小说的观念有所改变，重新关注起小说创作，出现《钟情丽集》《双卿笔记》等传奇。显然，这根本无法满足文人学士对小说的爱好。

---

① 清张潮《虞初新志》有多种版本，人民日报出版社据开明书店铅印本排印本第一篇为《姜贞毅先生传》，清康熙刻本第一卷为《大铁椎传》。

一、小说选本填补创作空白的作用

书坊主纷纷从事小说选本的编选，表明了读者的阅读需求十分强烈。小说选本的问世正填补了这一时期小说创作沉寂的空白。陈大康先生在论述明代中篇文言传奇的地位和意义时曾说道："从嘉靖元年（1522）到万历十九年（1591）的七十年里，现已知的新出的通俗小说仅有屈指可数的八部，而此时正是中篇传奇创作与传播的繁盛期，时间的排列显示出这一流派填补阅读市场空白的作用。"① 其实，尽管这些中篇传奇多有单行本流布于世，但主要是被《国色天香》《绣谷春容》《花阵绮言》《万锦情林》《风流十传》等小说选本收录，并一再被重刊，而扩大了其流播范围和社会影响。因此，在明中后期，选录前人之作的小说选本，一定程度上对填补小说创作萎靡不振的市场和读者强烈的阅读欲望，起了不可替代的作用。我们现在研究小说发展史时，决不能忽视小说选本的这种替代作用。

小说选本在清代小说史上有时候也充当了补白的作用，如清中期以后，白话短篇小说的创作接近衰落，《跻春台》被认为是清代最后一部白话短篇小说集，此后的白话短篇小说市场基本上是由选本充实，"三言二拍"选本在清末仍有出现，如光绪年间的《今古奇闻》《续今古奇观》等。

二、通俗类书型选本中的中篇传奇对才子佳人小说创作的推动作用

关于通俗类书所选中篇传奇等言情小说，已经引起研究者的注意，如陈大康在《明代小说史》第三编第十章专门指出这类小说的研究价值，程国赋《明代书坊与小说研究》第七章"明代书坊与小说选本"第四节"中篇文言小说选本分析"② 对中篇文言小说选本重复选文的现象及其原因进行了分析，并阐明了中篇文言小说选本的小说史意义，从"对言情传统的继承与发展""对后世小说流派的影响与启迪"两个方面展开论述。以上已有研究成果都说明，中篇传奇类小说对才子佳人小

---

① 陈大康：《明代小说史》，上海：上海文艺出版社 2000 年版，第 349 页。
② 程国赋：《明代书坊与小说研究》，北京：中华书局 2008 年版，第 226 页。

说创作有巨大的推动作用，本书第二章第三节也论及中篇传奇中的诗文成篇对才子佳人诗文传情有一定的影响。关于才子佳人小说研究的单篇论文也非常多，研究范围涉及才子佳人小说的结构模式、故事衍化、人物原型、美学风貌等方面，[①] 但是才子佳人小说作为一个流派，可以发掘的研究价值仍然不少。在中篇传奇小说创作与编选领域，从明初到明末的这些爱情作品，除了上述特点之外，对清初形成的才子佳人小说流派创作到底还有哪些影响呢？下文将从以下几点进行分析：

（一）人物形象描述相似性

在中篇传奇中，对男性外貌的描写多为丰姿俊俏，对女性外貌的描述多为颜色绝世、光彩照人、美得难以用语言描述。如《钟情丽集》对辜生外貌的描述："丰姿冠玉，标格魁梧，涉猎经史，吞吐云烟，真士林中翘楚者也。"瑜娘："颜色绝世，光彩动人，真所谓'入眼平生未曾有'者也。"《三奇合传》描写男主角廷璋的外貌："丰姿俊俏，词气悠扬。"娇鸾的外貌："体态幽闲，容光潋滟，娇媚时生，惟心神可悟而言语不足以形容之也。"《刘生觅莲记》描写刘一春初见碧莲时的情景："生初见之，月眉星眼，雾鬓云鬟，撇下一天丰韵；柳腰花面，樱唇笋手，占来百媚芳姿。尽态极妍，颜娇色茂，恍若玉环之再世，毛施之复生，其美难将口状。"

在才子佳人小说中，男性外貌描写也以"秀美""俊俏"为着眼点，描述更详细具体，如《玉娇梨》描述吴翰林初见才子时的情景："美如冠玉，润比明珠。山川秀气，直萃其躬，锦绣文心，有如其面。宛卫玠之清癯，俨潘安之妙丽。并无纨绔行藏，自是风流人物。"[②] 对女性的描写相似之处更明显，如《定情人》中双星初见蕊珠的描述："体轻盈，而金莲蹙蹙展花笺；指纤长，而玉笋尖尖笼彩笔。发绾庄老漆园之乌云，肤凝学士玉堂之白雪。"[③] 这与中篇传奇小说中强调佳人的体态、手指、头发、肤色等特点是一致的。从两者的语言比较可知，

---

① 参见邱江宁：《清初才子佳人小说叙事模式研究》，上海：上海三联书店 2005 年版，第 49－118 页。

② （清）荑秋散人编次，冯伟民校点：《玉娇梨》，北京：人民文学出版社 1999 年版，第 41 页。

③ （清）获岸山人编次，魏武挥鞭点校：《定情人》，北京：中国经济出版社 2010 年版，第 19 页。

对人物形象的外貌描写呈现出相似性，从唐传奇开始，就强调佳人"颜色绝世，光彩照人"，中篇传奇继承这些描写手法，才子佳人里的佳人也是个个风华绝代，美得无法用言语形容。

（二）故事情节结构继承性

才子佳人小说的结构模式的几个情节单元已有多人论述过，如陈大康《明代小说史》对十六部清初才子佳人小说情节列表比较，[①] 这些才子佳人小说中主要的情节单元在中篇传奇小说中已有初步表现，如一见钟情、诗笺传递、男主角中进士、大团圆结局等，特别是中篇传奇故事一改唐传奇故事多以悲剧结尾的故事情节，强调男女主人公大团圆。这一团圆结局在才子佳人小说中发挥到极致，既符合了中国人喜欢团圆的审美心理，也使故事呈现喜剧色彩。

第四节　从小说选本的编选看明清之际文人心态

明清时期，由于各种外界因素影响，文人表现出比较矛盾和复杂的心态。这里的"文人"主要指读书人和进行过文学编辑或创作的人，他们在某种程度上有着关怀社会的理想，期待自身价值的实现。"文人"的行为、语言及写下的文字，都表现出一定的情感因素和心理状态，这里的"心态"即指文学作品种种外显现象或文学作品表现出的"欲望"以及人性的复杂、矛盾状态。

当论及文人心态时，往往将文士的政治事功与遭遇明君结合在一起，如么书仪《元代文人心态》中所评述的人物耶律楚材、元好问、谢枋得等，认为他们在其所处的时代存在一定的影响和代表性，他们在帝王身边，实现或曾经实现过文人的才能和政治主张。[②] 罗宗强《明后期士人心态研究》所评述的主要人物张居正、王阳明、顾宪成等，以参与政治并对时代产生重大影响作为论述对象，涉及的文人主要有唐寅、文徵明、祝允明及其他才子，并将这些文人定位于徘徊于入仕与世俗之

---

① 参见陈大康：《明代小说史》，上海：上海文艺出版社 2000 年版，第 352 页。

② 参见么书仪：《元代文人心态》，北京：文化艺术出版社 1993 年版。

间的士人，他们或作为文人在当时产生了巨大影响，或作为政治家对历史产生过一定的推动作用。① 周明初的《晚明士人心态及文学个案》则将士人分为两类：高居庙堂的士人、远处江湖的士人，以此来分析士人心态，并以徐渭、李贽、汤显祖和袁宏道作为文学个案分析。②

由于本节所论心态主要是从文学作品的角度来看，因此，文人心态主要指文人对当时一些社会现象的看法，比如对商人和金钱的看法，对真情的看法，对"物欲观""节义观""情理"等社会现实的看法，以及文人的世俗化等问题，所论注重选本体现出来的文人心态与编选的小说选本给人的整体观感。由于小说作家大多不署真名，且多为落魄文人，所以他们在历史上记载甚少，大多没有政治事功，谈不上对社会、历史有何巨大推动作用。因此，对小说选本的研究很难将所有作家与作品联系起来，做到"知人论世"，或者说从作家生活经历、人生态度来推测作品中体现作者的人生态度等，这些都存在一定的难度。但是也有一些小说选本编选者可考，将这些编选者与整个时代和社会文化思潮结合来看，在阅读小说作品时，我们明显可以感受到作者所处时代的文化氛围，并从中探讨小说选本作品折射出文人的生存环境以及创作心态。文人作为小说作者或编辑者，能把握小说阅读者的审美喜好，能掌握时机创作不同类型的作品，能体会到社会风气和流行风尚对读者的引导作用，才能结合社会环境创作出优秀的作品，受到阅读者的欢迎，但是当社会风气与文人操守、文人习气相背离的时候，一些作品中则表现出文人的矛盾心态。从总体来看，这一时期文人矛盾心态主要体现在以下几点。

一、对商人和金钱的看法

士人的角色转换在明中后期是一种比较明显的现象，士与商在明末表现出一种融合与双向转化的趋势。"学而优则仕"是儒家的一个传统，通过学习掌握知识参加政治生活是历代士人的生活途径，"学成文武艺，货与帝王家"，"万般皆下品，唯有读书高"，这些都激励着每一位士子，给予他们无限美好的希望和遐想。通过考试步入仕途，不仅可

---

① 参见罗宗强：《明后期士人心态研究》，天津：南开大学出版社 2006 年版。

② 参见周明初：《晚明士人心态及文学个案》，北京：东方出版社 1997 年版，第 208 页。

以改变士子贫而无养的窘迫生活境遇，而且还可以升官发财、光宗耀祖，实现自身的价值。明清之际的士人们则不再视科举入仕为自我实现的唯一途径，弃儒从商的现象时有发生。

（一）商人地位的提高

明中期开始，财富成为衡量人的社会地位的标准，以前被称为"贱丈夫""不准穿绸纱的商人"①，现在却受到人们的顶礼膜拜，"满路尊商贾，愁穷独缙绅"②、"以经商为第一等生业，科第反在次着"③，成为明中后期的社会时尚。连经营工商业致富的暴发户，也被人们奉为公侯般的贵人，甚至一些有奇技的艺人也受到社会的尊重，如张岱《陶庵梦忆》中记嘉兴徽州的竹、漆、窑名匠，"其人且与缙绅先生列坐抗礼焉"④。"三言二拍"中《卢太学诗酒傲王侯》叙述了富豪之人凭借财势对县令不够尊敬引起冲突的故事。明末的小说作品是了解当时商业活动和商人命运很好的材料，小说中表现出对商人的关注和其中以商人、商业为中心创作的作品，都意味着商人进入文人创作的艺术视野，从而在小说中塑造了一批商人形象。如《刘小官雌雄兄弟》《叠居奇程客得助　三救厄海神显灵》《转运汉遇巧洞庭红　波斯胡指破鼍龙壳》等都表现了商人的经商活动。这些小说作品中，他们已经摆脱了以前小说中商人奸诈骗钱、欺骗百姓的丑恶形象，商人地位有了一定的提高，正面描写增多。小说故事中对商人的描述中有一定的尊重，特别是一批志诚善良的小商人得到小说作者的极高赞誉。如《卖油郎独占花魁》《施润泽滩阙遇友》《吕大郎还金完骨肉》等小说中的商人，他们经商行善，行为高尚，最终都是好人有好报，表现了小说作者对他们行为的赞赏。从小说选本来看，白话短篇小说选本延续"三言二拍"表现风格，对正义善良的商人多有表彰，如《今古奇观》第二十五卷《徐老仆义愤

---

①　参见田艺衡：《留青日札》卷二十二《我朝服制》："农家许着绸纱绢布，商贾之家止许着绢布，如农民之家但有一人为商贾者，亦不许着绸纱。"《四库全书存目丛书》据浙江图书馆藏明万历三十七年徐懋升重刻本影印，第 105 本第 333 页。

②　（清）孙枝蔚：《溉堂后集》卷四《过仪征县有感》，《四库全书存目丛书》据清华大学图书馆藏清康熙刻本影印，集部第 206 本第 639 页。

③　（明）凌濛初：《二刻拍案惊奇》卷三十七《叠居奇程客得助　三救厄海神显灵》，《古本小说集成》据明尚友堂刊本影印，上海：上海古籍出版社 1990 年版。

④　（明）张岱：《陶庵梦忆·西湖梦寻》，《陶庵梦忆》卷五《诸工》，杭州：浙江古籍出版社 2018 年版，第 71 页。

成家》等，以及上文所提及的六卷，《今古奇观》均选入，从十四种"三言二拍"选本来看，选商人经商活动的作品仅次于选婚恋题材的作品。从明后期小说作品来看，史小军《论中晚明士商关系的转变及士对商的人文关怀》① 一文认为，在明代中后期社会经济和文化因素的影响下，传统士商关系呈现出交互融合和双向转化的特征，小说中对商人的描写体现出士人对商人的人文关怀。

（二）对金钱的重视

随着商人的活跃和经济的发展，社会的价值取向和社会主体的人生追求都发生了隐隐的变化，金钱逐渐成为主宰社会生活的力量和衡量人的社会价值的砝码，人们像追求功名一样追求金钱，金钱对人的行为和价值观念都产生了巨大影响，普通民众认为经商不是贱业，经商发家致富也是正道。士大夫也受其影响，松江士大夫一旦得中进士，"日逐奔走于门下者，皆言利之徒也，或某处有庄田一所，岁可取利若干；或某人借银几百两，岁可生息若干；或某人为某事求一覆庇，此无碍于法者，而可以坐收银若干"②。袁宏道有诗写道："闲来偶读《钱神论》，始识人情今益古。古时孔方比阿兄，今日阿兄胜阿父。"表现在明清小说选本中，金钱正面的作用得到夸大，不少选作赞同人物运用正当手段获取金钱财富，满足生活需求。买卖经商、赚钱致富、发迹变泰成为小说的主要题材，特别是在白话短篇小说中，有很多如前文所列举的表现商人经商活动的作品。同时，一些并不正当的获利行为也得到了作者的赞同。如《巧妓佐夫成名》所述故事：曹妙哥为了让她的相好吴尔知做官发财，首先通过赌的方法骗浮浪子弟的钱，积累了大量财富之后，又让他收买不少年轻秀才的诗文，最后打通秦桧的关节，吴尔知金榜题名，中了进士做了官。随后，曹妙哥审时度势，让他在秦桧失势之前及早抽身，双双归隐。曹妙哥所用方法均不是光明正大的行径，却能实现当时士人理想：金榜题名、坐拥千金。作者对曹妙哥的聪明才智十分赞赏："内中单表一人曹妙哥，是个女中丈夫，真拳头上立得人、胳膊上走得马……果

---

① 史小军：《论中晚明士商关系的转变及士对商的人文关怀》，《湖南商学院学报》2007年第 2 期，第 104 - 106 页。

② （明）何良俊：《四友斋丛说》卷三十四《正俗一》，《四库全书存目丛书》据中国科学院图书馆藏明万历七年龚元成等刻本影印，子部第 103 本第 530 页。

是有智妇人胜如男子。"由此可见，小说作者以金钱为唯一导向，认为能博得功名又能赚到金钱，不管手段如何都值得称赞。当然，这种观点是应受到批判的。

二、对科举的看法

封建时代正统文人的最高理想就是考科举中状元，文人创作小说时会不由自主地受到科举思想的浸染，清代《儒林外史》小说就深刻反映了科举对读书人的巨大影响。总的看来，明清两代小说创作受到科举影响颇深。

（一）重视科举在小说中的作用

中国文人受儒家思想的濡染极深，儒家思想早已融入他们的血液与灵魂。中国文人士子骨子里存在一种功名意识，从"穷则独善其身，达则兼济天下"就可以看出这种心态。自有科举取士以来，通过读书求得功名，是士子文人重要的入仕途径，也自然而然地成为正统的儒家人生观中终极的形而上的价值目标。文士一生深受儒家思想的影响，他们有"以天下为己任"的责任感，有"明道救世"的使命感，以及忠孝观念、仁义礼智信的伦理道德规范等，这些时刻对文人的创作产生重要的作用，甚至可以说浓厚深重的济世思想影响了一代又一代的文人知识分子，但并不是每个文士都有机会进入政治权力中心，真正实现济世的抱负。可以说，明末白话短篇小说，小商人是主角，清初以后，文人又重新成为小说的主角。笔者在第六章第二节中已有论述。与文人成为小说主角相对应，主角的活动与科举紧密联系。可以说，科举在中国文人心中一直占据最重要的地位，反映在小说创作中，就是时时不忘中举实现理想。但是当社会与时代实在不利于去考科举中状元，或者个人难以实现科举梦想，或者将科举梦转换为寄情山水中，在适意游山玩水中排解个人愤懑的时候才会暂时放弃科举考试。

（二）因果报应与科举

与命数观相联系的是因果报应观，因果报应本是佛家以之喻教的说法，重视行善积德。由于科举考试取中的偶然因素，导致众多士子对果报说深信不疑，既为之所吓，又用之吓人。这种心态体现了儒家道统与佛家说教的合一，而其中又杂有某些农民意识，代表了一部分农民出身的士人的思想。流行于明清小说中的果报思想，与社会道德评判联系在一起，对于那些寡廉鲜耻的轻薄士人玩弄女性、始乱终弃的丑恶行径，也在果报的神圣光芒下予以抨击和揭露。这些缺德士人往往于考场中或忽患奇疾，或考卷为女鬼所污，或为女鬼索命而去，这些迷信传闻反映出下层人民的一种愿望，既是对士子道德的约束，也是让冤屈的灵魂从某种角度得到申诉。当然，与对善行的报答相对应，总是让有德之人的后代得以中科举作为报偿，如《今古奇观》第十三卷《沈小霞相会出师表》闻淑女之子"少年登科，与叔父同年进士"。第十四卷《宋金郎团圆破毡笠》中，"子孙为南京世富之家，亦有发科第者"。第十八卷《刘元普双生贵子》中，裴夫人生子，"后来也出仕贵显"。种种结尾的赞语总是表明，有德者必有好报，有好报最好的结果就是科举中进士，当高官。

由以上两种并不完全相融的观点可以看出，重视科举固然是作家的不平衡心理在作祟，但也反映了他们渴望参与政治，渴望实现明道救世的社会责任感和抱负。同时，对物质欲望的重视实际上是文人世俗化的表现，文人传统的价值观念、社会责任、历史忧患意识与现实生活中的拜金主义、物欲主义、享乐主义发生冲突，文人的心态开始发生裂变，不再追求崇高的社会责任而对世俗产生了一定的认同。重视金钱和物质利益是他们对现实的清醒认识，当两种思想交融时，是现实和社会思潮尖锐对立，这在他们的内心世界中形成难以解脱的矛盾冲突。在这种矛盾和痛苦的挣扎之中，他们把目光转向自然，在红尘中放浪以求麻醉，在山林里隐逸，以求得一种心灵的归宿，这也是明清之际遗民、隐士、山人不少的原因之一。

结　语

　　明清小说选本保存了不少小说，其编撰方法和所选内容从明代到清代经历了一个不断调整和完善的过程。总体而言，明清小说选本伴随着小说创作的繁荣兴盛而发展，由于小说创作的衰落而萎缩。根据笔者对明清小说选本概念的界定，本书梳理统计出明清小说选本共计六十三种，对此进行分类研究。研究结论主要有以下几点：

　　（1）笔者将明清小说选本分为三个发展阶段进行论述：明初到嘉靖、万历时期为小说选本的兴起阶段，明泰昌、天启到清乾隆时期是小说选本的鼎盛时期，清嘉庆到清末为小说选本的衰落时期。本书深入探析了小说选本在明清时期不同阶段的兴衰原因，并阐述了每一时期小说选本编选的特色。

　　（2）本书将选本首先分为文言类小说选本、白话类小说选本，在此基础上将文言类选本分为唐传奇类、中篇传奇类、人物传记类选本，并归纳出明清小说选本的题材特点主要表现在：男女恋情占了选本的多数，逸事幻遇类题材以"奇""异"为主要特点，并且小说选本类别的一个重要特点是专题类选本占有较重要的地位。通过将"艳异""虞初"系列小说选本作为研究重点分别论述，总结这两类系列小说选本的特色。通过分析《虞初新志》《西湖拾遗》两种选本，比较原作与选本的异同点，将选本对原作的继承和创新之处展现出来，体现了选本高于原作的艺术价值特点。

　　（3）本书将选本与明清文化思潮结合起来讨论，笔者认为复古思潮是小说选本兴起的原因之一，受其影响，小说选本呈现出"好奇尚异"的特点，审美趣味趋向世俗化。王学思想带给小说选本的影响之一即小说选本中"主情"思想明显，重"情"、重"才学"在小说选本时有出现，特别是对女性地位的认识，如专题类选本中的《青泥莲花记》《才鬼记》《新镌仙媛纪事》等的编选都受到"主情"思想的影响。

（4）小说选本的编选体现了选辑者的思想倾向，因此，小说选本具有理论批评价值。首先，文言类作品编选者体现出重情和自娱倾向，而白话类作品编选者的小说观则体现为重教化、重劝诫，强调小说的社会作用和教化功能。其次，笔者从传播学角度讨论了小说选本的保存价值，论述了小说选本在小说史上的价值，总结出在小说原创作品不够丰富的情况下，小说选本填补了小说读者的阅读需求。最后，笔者从选本编选者的角度讨论了明清之际的文人心态。

由于明清小说数量众多，小说选本的界定有一定的困难之处，本书的界定重在"选"，就是强调所选之作的来源，如《今古奇观》的四十篇作品均有出处可查，但是在文言小说界定方面，一些文言小说比较难以用这一规范去限制，所以在文言小说的界定尺度上有一定的放松。在小说选本发展历史上，由于明代小说刊刻和出版的一种普遍现象就是重复刊刻、伪托名家，中篇传奇小说选作雷同。这些粗制滥造的作品为后来研究者所诟病，本书将通俗类书界定为选本纳入研究范围，对其中有艺术价值的小说作品进行分析，但同时不能否认其中的商业价值的驱动在某种程度上来说远远超过了对艺术价值的认可。

此外，对中篇传奇类小说选本的研究仍有许多可探索的地方，如中篇传奇小说与戏曲的关系。才子佳人小说流派在清初产生较大的影响与明代以来艳情小说的传播有很大关系，明代中篇传奇小说选本组成了小说史上重要的一环，对了解明代风俗习惯、文人情趣、读者倾向也有极其重要的意义。它上继唐人传奇、宋元话本中的爱情小说，又为清初才子佳人小说的涌现开了先河。传奇小说和戏曲传奇的关系尤其紧密，几乎每篇小说都有与其相应的戏曲。如《怀春雅集》，就有《忠节》《怀春》《罗囊》三种戏目，各有所侧重地演述苏道春和潘玉贞的故事。①《龙会兰池录》就有《拜月》《幽闺》等戏与其内容相同。《申厚卿娇红传》与《娇红》，《花神三妙传》与《三妙》内容相符等。小说与戏曲的关系难解难分，说明明代中篇传奇故事对戏曲文学中的爱情戏有较大的影响，在小说史上占据了一定的地位。将这些选中篇传奇的类书视

---

① 参见孙一珍：《明代小说的艺术流变》，成都：四川文艺出版社1996年版，第300页。

为小说选本研究，从小说史的角度来讲，更能肯定它们的审美价值和小说史价值。

但是，由于一些选本内容过于低俗，甚至有不少淫秽描写（如《僧尼孽海》），其价值也并不高，因此，本书在论述中较少提及这部选本，对它具体内容方面的研究也较少。一些价值不高、不是本书研究重点的小说选本未做具体详细的讨论，它们在不少方面仍有较高研究价值，也有可开拓的地方，本书尚未深入研究。

总之，明清小说选本是明清时期小说繁荣发展的产物，它既反映了小说的发展状况，又有其独特的文本价值。对小说选本的分析有利于发掘选本编选者的审美倾向和审美趣味，并将明清小说选本的编选与经济发展、印刷技术进步、时代政策等相结合进行深入探讨，使我们对明清两代小说选本有一个比较清晰的理解。

附录一
明清小说选本叙录

本叙录主要依据笔者对选本概念的界定进行收录，收录明清时期（1368—1911 年）作品。

各作品叙录以书名标目，每部作品内容包含书名、卷数、著录、版本、大致成书时间等，对其主要内容、艺术水准、源流影响亦加以评论和介绍。名称有异者酌定一种以为正题，异名标于后。卷数有歧者亦择定一说，卷数不明则未标出。

选本大致按照著者或成书时间先后排列，但多种选本作者生平失考，时间顺序排列只是大致排列。

本叙录参考了《中国古代小说百科全书》《中国古代小说总目提要》《中国通俗小说总目提要》《中国文言小说总目提要》《中国通俗小说书目》《话本小说概论》《话本叙录》《三言二拍传播研究》《明代书坊与小说研究》等著作。

1.《删补文苑楂橘》

佚名编。国内未见传本，有朝鲜抄本。孙楷第《日本东京所见小说书目》考证为明初文言小说选本。朝鲜人根据明本《文苑楂橘》传抄或翻刻命名为《删补文苑楂橘》，存二卷。现有中国大百科全书出版社根据韩国珍藏中国古典文学名著本排印出版《删补文苑楂橘》。

书中收小说二十篇，多为唐传奇故事如《负情侬传》《韦十一娘传》等，与李昉《太平广记》中篇目相同。

2.《艳异编》

四十卷，题王世贞辑。《千顷堂书目》小说类著录为王世贞《艳异编》三十五卷。《贩书偶记续编》小说家类著录《艳异编》四十五卷，不题撰人。又有一种汤显祖评选，题王世贞撰，增入续编十九卷，约天启年间玉茗堂刊。书前有署"玉茗居士汤显祖题"的叙，署"戊午天孙渡河后三日"。戊午为万历四十六年（1618 年），汤显祖已在两年前去世，所以序及所谓玉茗堂批选当系伪冒。《古本小说集成》中《艳异编》据日本藏明刊本影印，为正编四十卷，续十九卷。有嘉靖四十五年（1566 年）刊本。

四十卷《艳异编》分星、神、水神、龙神、仙、宫掖、戚里、幽期、冥感、梦游、义侠、徂异、幻术、妓女、男宠、妖怪、鬼十七部（类），收作品三百六十一篇；《续艳异编》分神、龙神、仙、鸿象、宫掖、幽期、情感、妓女、梦游、义侠、幻术、鳞介、器具、珍宝、禽、昆虫、兽、鬼、徂异、定数、冥迹、冤报、草木共二十三部（类），收作品一百三十六篇。

3.《剑侠传》

四卷三十三篇，王世贞撰。原本不题撰人，据余嘉锡在《四库提要辨证》卷十九考证为王世贞编撰。[1]《四库全书存目》据北京图书馆藏隆庆三年（1569 年）履谦子刻本影印。是书悉载唐、五代和宋诸朝侠客以奇异的武术打抱不平、助人为乐的事情。《剑侠传》属于辑录前人的作品，二十条出自太平广记，卷一九三至一九六豪侠类十九条，卷四四四畜兽类一条。

更换篇名的有：《扶余国王》原名为《虬髯客传》，《田膨郎》原名为《田膨郎偷玉枕》，《潘将军》原名为《潘将军失玉珠》，《韦洵美》原名为《崔素娥》，《秀州刺客》原名为《张魏公》。

4.《虞初志》

八卷，陆采辑。《千顷堂书目》《四库全书存目丛书》小说家著录，作《陆氏虞初志》。因《续齐谐记》末有跋语说："惟外舅公家藏有之，命余锓梓焉。"都公即陆采的岳父都穆，可据以定为陆采所刻。《四库全书存目丛书》有汤显祖评点的《虞初志》，八卷，据清华大学图书馆藏明刻本印。《古今书刻》著录直隶苏州府刊本，未著编者、卷数。《徐氏家藏书目》小说类著录。《千顷堂书目》卷十二小说类著录。大约成书于嘉靖初年或更早。

《虞初志》是一部选择精当的前代小说选本。所收小说除南朝梁吴

---

① 余嘉锡：《四库提要辨证》卷十九，昆明：云南人民出版社 2004 年版，第 992 页。

均的《续齐谐记》外，其余都是唐人传奇作品。包括《莺莺传》《李娃传》《柳毅传》《虬髯客传》《南柯太守传》《任氏传》等优秀作品。书中《续齐谐记》《集异记》《虬髯客传》《谢小娥传》《莺莺传》《霍小玉传》《飞烟传》《高力士传》八篇署有作者姓名，其余二十三篇都不署作者名。

5.《国色天香》

十卷。除卷一题作"新刻京台公余胜览国色天香"外，其余九卷均题为"新锲幽闲玩味夺趣群芳"。万历丁亥（1587年）吴敬所编辑。书前有谢有可万历十五年（1587年）序，万历丁酉（1597年），金陵书林周氏万卷楼重锲。《古本小说集成》影印本即以此为底本。

这部小说集编辑形式特别，所以有"类书"之称。每页分上下两层，上层一至七卷分别标目为"珠渊玉圃""搜奇览胜""戛玉奇音""快睹争先""士民藻鉴""规范执中""名儒遗范""山房日录""台阁金声""资谈异语""修真秘旨""客夜琼谈"等杂录文字，另加文言短篇小说十二篇。其内容广而杂，文体多样，计有诗词歌赋、诏贴铭箴、行序书文、状赞录论等，无所不包，多为流行的时文，亦有辑录的古文。

下层共有七篇小说，以浅近文言写成，即《龙会兰池录》《刘生觅莲记》《寻芳雅集》《双卿笔记》《花神三妙传》《天缘奇遇》《钟情丽集》。其中，有的篇章早在嘉靖间已经流传，多为单行本。《双卿笔记》仅见于此书，其他六篇与万历间编辑的《绣谷春容》重复，有四篇被收入《万锦情林》，有四篇编入《燕居笔记》，这些一再重复编选入集的作品，只不过篇目稍加变动而已，如《钟情丽集》在《绣谷春容》中为《辜生钟情丽集》，内容多写青年男女的爱情、婚姻以及家庭问题。

6.《绣谷春容》

十二卷。题"羊洛救里起北赤心子汇辑，建业大中世德堂主人校锲"。《古本小说集成》据中国艺术研究院戏曲研究所藏世德堂刻本影印。卷首有碧莲居士序，卷十二选有申时行《恭谢天恩表》，内称"一品六年考满"。据《明史宰辅年表》：万历十年（1582年）六月，晋太子太保，从一品。六年考满，当为万历十五年（1587年）。

是书分上、下两栏，上为《芸窗清玩》，选收小说；下为《骚坛撷粹》《嚼麝谭苑》，是各种诗文词曲的选录。所选小说共十一篇：《吴生寻芳雅集》（即《三奇传》）、《龙会兰池录》、《刘熙环觅莲记》、《古杭红梅记》、《祁生天缘奇遇》、《辜生钟情丽集》、《联芳楼记》、《柳耆卿玩江楼记》、《申厚卿娇红记》、《白潢源三妙传》、《李生六一天缘》。其中前六篇与《国色天香》所选篇目重复。

7.《万锦情林》

六卷，余象斗编。存明万历双峰堂刻本。藏日本东京大学图书馆，中有缺页，书末有牌记"万历戊戌冬余文台绣梓"，即明万历二十六年（1598 年）。

是书分上、下两栏，所收小说要目为《钟情丽集》《三妙全传》《刘生觅莲》《三奇传》《情义表节》《天缘奇遇》等，实为二十八篇。上栏多杂采《太平广记》及宋元以来传奇小说，如《玩江楼记》《裴航遇仙》《甘节楼记》等；下栏则全为明人所作诗词散文相间的通行小说，如《钟情丽集》《白生三妙记》《天缘奇遇》等。文言和白话小说混收，如《聚景园记》《联芳楼记》出瞿佑《剪灯新话》，《秋香亭记》亦是瞿佑所作；《听经猿记》《连理树记》《芙蓉屏记》出李昌祺《剪灯余话》等。《万锦情林》所收小说，多见于《国色天香》《风流十传》《绣谷春容》《燕居笔记》等选集，唯卷二所选话本小说《秀娘游湖》为其他选集所未收，弥足珍贵。

8.《刻注释艺林聚锦故事白眉》

十卷，邓志谟补、书林余元熹订，万历二十七年（1599 年）萃庆堂刊。

9.《青泥莲花记》

十三卷。梅鼎祚编。《徐氏家藏书目》卷四小说类、《千顷堂书目》卷十二小说类著录，《四库全书存目丛书》据北京图书馆藏明万历三十年（1602 年）鹿角山房刻本印。卷首有万历庚子江东梅鼎祚禹金《青泥莲花记序》，阐明了自己的编辑目的和宗旨，体现了其严谨的选辑态度。此"庚子"当为万历二十八年（1600 年），本书盖编于是年。

序后有凡例，再后有"青泥莲花记采用书目"，所举书目有禅、玄、史、说、集类书目计 203 种，此处不一一列举。书中所叙多数为下层倡女，虽出身卑贱，然才色出众，重情尚义。选录了霍小玉、严蕊、薛涛、王朝云、王翘儿等名妓的许多传闻故事和诗篇，表现了她们的出众才情和深远影响，也流露出编者以才怜才的心态。

10. 《才鬼记》

十六卷。梅鼎祚撰。《千顷堂书目》小说类著录，《四库全书存目丛书》著录，据上海图书馆藏明万历三十三年（1605 年）蟫隐居刻三才灵记本，其中正编十三卷，末有箕语三卷。

书中取历代鬼才故事，按故事时间顺序排列成书。上起周秦"吴王小女"，下迄明代"王秋英"。各条皆注明出处。所取多为历代名篇，如《吴王女紫玉》《崔少府君女》等。所写之鬼，或男或女，大都具有别样之才情韵致，令人爱怜，其中尤以写鬼深情相恋的作品为多，如卷一《紫玉》《崔少府君女》《陈阿登》，卷二《娇羞娘》《王济女》，卷十《聚景园记》《爱卿传》《翠翠传》等。编者大多于篇末注明出处，同见数书记载者，或略加考校，或数文并录，如《崔少府女》二则、《西施》二则、《苏小小》二则。

11. 《续剑侠传》

五卷，周诗雅撰。孙楷第《小说戏曲书录解题》提及。前有万历壬子（1612 年）作者自序，称前曾刻《剑侠传》，今再续之，则此书成于是年。《续剑侠传》采古今史传杂书中侠义行为编纂而成，上起春秋，下逮于元，凡一百一十九事，但所引诸书，皆不注其出处。

12. 《精选故事黄眉》

十卷，邓志谟辑、羊城丘毛伯校。万历四十二年（1614 年）萃庆堂刊。

13. 《续艳异编》

十九卷。《古本小说集成》中《艳异编》据日本藏明刊本影印，为正编四十卷，续十九卷。

14. 《风流十传》

八卷。又名《闲情野史风流十传》。存万历四十八年（1620 年）顾廷宠序刻本。顾序云："陈仲醇所删八传，其笔阵不减于汉，其风采不让于唐。"是书首有陈继儒、顾廷宠、韩敬序。中有陈眉公评，后有跋，叙故事本末及作者情况。收有传奇、小说八篇：《钟情丽集》、《双双传》、《三妙传》、《天缘奇遇》、《娇红传》、《三奇传》（即《寻芳雅集》）、《融春集》（即《怀春雅集》）、《五金鱼传》。明代这类选集，作品雅俗共赏，为多种小说选本、通俗类书收录，流传较广，促进了小说的传播、普及和发展。但大都彼此抄袭，辗转翻刻，刻印较粗劣。所选亦非佳作，但意在雅俗共赏，促进了明代小说的普及与发展。

15. 《续虞初志》

四卷。汤显祖编。《千顷堂书目》小说类著录，《澹生堂藏书目》卷七小说家"说汇"类著录："《虞初志正续》，十二卷，汤显祖续，钟人杰刊。"则《续虞初志》当为四卷。《明史·艺文志》子部小说家类均著录："汤显祖《续虞初志》八卷。"又有明《虞初志》八卷与汤显祖评点续四卷合刻本。《四库全书存目丛书》即为此本。当成书于万历初年。

卷首为《续虞初志总目》，卷之一收《杜牧传》《王远传》《雷民传》《紫花梨传》《月支使者传》《李暮传》《薛弘机传》，卷之二收《聂隐娘传》《兰陵老人传》《裴越客传》《崔玄微传》《薛灵芸传》《刘积中传》《独孤遐叔传》《贾人妻传》，卷之三收《许汉阳传》《刘景复传》《东方朔传》《欧阳詹传》《一行传》《崔汾传》《陶山见传》《许云封传》，卷之四收《昆仑奴传》《韦皋传》《裴沆传》《松滋县士人传》《儌羽传》《张和传》《却要传》《韦斌传》《吕生传》，凡四卷三十二篇。

16. 《广艳异编》

三十五卷，每卷题"印月轩主人汇次"，卷首有作者自序和凡例。自序后署"东宇山人吴大震书于印月轩"，附印章两枚，一曰"长孺氏"，另一曰"印月主人"。凡例起始作"延陵生曰"，估计是吴大震自称。《古本小说集成》据日本内阁文库藏明刻本影印。《徐氏家藏书目》中据书前序知成书于万历庚申（1620 年），则此书当辑成于 1593 年到 1620 年之间。

《艳异编》作正续两编，其续编十九卷，分为二十三部，《广艳异编》尽数载入。而吴大震自序、凡例均未说明在编《广艳异编》时，《艳异编》即已有续编，两者谁先谁后不得而知。《广艳异编》共二十五部，是在《艳异编》分类基础上略加调整而成。《广艳异编》所收内容自唐人传奇至宋元明小说，颇为丰富，凌濛初《拍案惊奇》等书多采其事。吴大震在凡例中称"是编覆以新裁，准其故例，微函殊旨，特著其凡"。《艳异编》"宫掖部"有十卷之多，几占全书篇幅的四分之一，殊显不当，而《广艳异编》仅占一卷。"妓女部"等，《广艳异编》

所占篇幅也较《艳异编》小，《广艳异编》还删掉了"男宠部""戚里部"等，增加了"淑诡部""夜叉部"。总的来看，《广艳异编》的分类较《艳异编》合理，各部所占篇幅也比较适当，显示出编选体例的进步。另有天启间刊本《艳异编》，后有《续艳异编》十九卷，实为《广艳异编》的精选本，是选本的选本。由此可见《艳异编》《广艳异编》的影响之大。也有研究者认为《广艳异编》或是据《续艳异编》扩展而成的（《古本小说集成》之《广艳异编》"前言"）。

17. 《小说传奇合刊》（一集）

不详，据《小说传奇合刊》书末所题"三集下"，知有一、二集。

18. 《小说传奇合刊》（二集）

不详，据《小说传奇合刊》书末所题"三集下"，知有一、二集。

19. 《小说传奇合刊》（三集）

残。佚名编。此书未见著录。路工藏有此书，其《访书见闻录·替穷贱人说话的三篇话本》论及此书。书约刊于明万历年间。原书无名，因书为小说传奇合刊，故拟名《小说传奇合刊》。

书分上、下两栏，上栏为小说，凡五篇。此书一前缺二叶半，未见篇名，叙郑元和、李亚仙故事，疑为《李亚仙》；二为《女翰林》，叙苏小妹事，即冯梦龙《醒世恒言》第十一卷《苏小妹三难新郎》；三为《王魁》，叙王魁、敫桂英故事；四为《贵贱交情》，叙俞伯牙、钟子期故事，即《警世通言》第一卷《俞伯牙摔琴谢知音》；五为《玉堂春》，残存一叶，所叙与李春芳《海刚峰先生居官公案传》第二十九回《妒妾成狱》大致相近。下栏为传奇，亦五种，依次为《绣襦记》《焚香记》《水浒记》《南楼记》《玉王央记》，然非全本，每种选若干出不等。书末有"三集下"三字，则应有一集、二集，可知缺失甚多。

20. 《广虞初志》

四卷二十篇。邓乔林编。成书年代大约在万历间。

卷首有西陵邓乔林仙甫撰《广虞初志引》，表明了作者的编选主旨和审美追求。卷一收《飞燕外传》《汉杂事秘辛》《柳归舜传》《板桥记》《虬髯传》，卷二收《薛昭传》《洛京猎记》《杜子春传》《楼叔韶异游记》《李章武传》，卷三收《山庄夜怪录》《张遵言传》《裴谌传》《巴西侯传》《陆颙传》，卷四收《窦玉传》《崔炜传》《中山狼传》《何让之获书记》和《虢国夫人小猿》，共收传奇小说二十篇，唯《中山狼传》是明人作品。

21.《新镌仙媛纪事》

九卷，补遗一卷，共十卷。杨尔曾编撰。《中国民间信仰资料汇编》本（台湾学生书局刊行）。根据书中跋和书前序可推测大约成书于万历中期。书中所收部分作品与张文介的《广列仙传》、赵道一的《仙鉴》、李昉的《太平广记》中"仙部"相同，如第二卷《太真夫人》《魏夫人》《玉女》等篇目与《太平广记》中作品相同。全书配图多幅，较为精美。

书前有冯梦祯、邵于峄和沈调元序，书末有杨尔曾跋，全书共收作品一百七十九篇。所收均为神仙题材作品，大多为女仙或与女仙有关故事。卷一至卷七收明代以前的神仙故事，卷八、九收明代传说故事，如卷八《云阳子》中提及："万历之甲戌，师年十七矣。"卷九《刘香姑》提及"嘉靖丙辰"等，表示所录故事为明代近事。

22.《燕居笔记》（原刻本）

作者不详。据林近阳、何大抡、冯梦龙等增补《燕居笔记》可知，必有原刻本，今佚。

23.《古今清谈万选》《新镌全像评释古今清谈万选》

周近泉编辑。未见著录。美国国会图书馆藏万历间刻本一部，四卷，题《新镌全像评释古今清谈万选》，末署"泰华山人书于金陵之大有堂"。近人王重民《中国善本书提要》据本书卷一"张生冥会"为万历三年（1575年）事，卷二"昙阳仙师"记昙阳仙化去，王世贞谓昙阳访道在万历八年（1580年）四月，九月即化去，考定本书必纂在万历八年以后。周近泉事迹无考，仅可知为万历间金陵人。

书中选唐代以来传奇小说，卷一、卷二为《人品灵异》，三十一篇；卷三、卷四为《物汇经凝》，三十六篇，全书共六十七篇。所选各篇均不注出处，然如卷三"洛中袁氏"，即《太平广记》卷四四五引"孙恪"条，系出裴铏《传奇》，卷四"宛中奇辨"即《太平广记》卷四一六"崔玄微"条，出《酉阳杂俎》与《博异记》；同卷"西顾金车"即《太平广记》卷三六四"谢翱"条，出《宣室志》。其余所记金、元、明事，亦俱有所本。考其文字，与原书略有删节，又有评释，其评在眉端，释在夹注。每篇配有一插图，雕刻古拙，无徽刻之纤巧。

24. 《新刻增补燕居笔记》

《燕居笔记》，全称《新刻增补燕居笔记》，署"林近阳增编"，显然尚有原编、原刻在先，已不存，无考。

本书无序和目录，全书上下栏写刻，上栏并有插图七十余幅。其内容为：上栏全系文言小说，计卷一《浙湖三奇志》，卷二、三《三妙摘锦》（或称《花神三妙传》），卷四、五《天缘奇遇》，卷六、七《钟情丽集》，卷八、九《拥炉娇红》，卷九、十《怀春雅集》。下栏系诗文杂类，计卷一诗类，卷二吟、词、歌、行、赋、曲类，卷三题图、文、赞、箴、铭、状类，卷四判、辨本、疏类，卷五书、联、记类，卷六、七、八记类，卷九传类，卷十闻见杂录。值得注意的是，与上栏所收六篇小说的同时，下栏卷五至卷八的记类中，收辑了包括《玩江楼记》《芙蓉屏记》等共三十一篇各类小说，这在小说研究史上有重要意义。书署"书林余泗泉梓行"，又署"萃庆堂余泗泉梓行"，余氏萃庆堂为明代福建建阳有相当影响的书坊，余泗泉活跃于明代万历年间，以此推断，本书大约出现于万历年间，应该早于现存何大抡序本《重刻增补燕居笔记》，更早于署名"冯梦龙增编"的《增补批点图像燕居笔记》。

25. 《重刻增补燕居笔记》

《燕居笔记》，全名《重刻增补燕居笔记》，以此推断，该书当有原刻本，然今已不见。全书除引言外，均为写刻，分为上下两栏，各为十卷。上栏十卷收文言小说五篇，即《天缘奇遇》、《钟情丽集》、《三妙摘锦》（或称《花神三妙传》）、《拥炉娇红》和《怀春雅集》；下栏十卷中，卷一至卷八题《客座琼谈》，实为诗文杂录，卷一诗类，卷二词类、歌类、赋类，卷三文类、书类、联类、曲类、吟类、图类、赞类，卷四箴类、铭类、行类、判类、辨本类、供状类、疏类，卷五、六记类，卷七、八传类；卷九、十题《大家说锦》，收《张于湖宿女真观》《红莲女淫玉通禅师》等六篇，连卷五、六记类和卷七、八传类，合计收传奇和话本小说二十六篇，其中，《红莲女淫玉通禅师》《杜丽娘慕色还魂》《绿珠坠楼记》都是在古代小说、戏曲史上有重大影响的篇目。古本小说集成本据复旦大学图书馆藏本影印。

26. 《增补批点图像燕居笔记》

《燕居笔记》，又称《增补批点图像燕居笔记》。署冯梦龙增编，前有魏邦达序，写刻。有图三十八幅，颇精。卷次的划分显然沿袭了《燕居笔记》原刊本双栏的形式，故一至九卷（其中第五、六卷各析为上、下卷）以外，又有"下之"一至十三卷，所以实有二十二卷。本书同现存另外两种明刊《燕居笔记》对比，书的杂录性质和基本内容固然一致，但编排远为完整详备，刊刻亦明显精美清晰，内容也更加丰富充实，这都可证本书是在各种刊本的基础上作了较大改进和充实后的新编，时代亦稍晚于其他各刊本。

从内容方面看，较重要的增补为：五卷上书类中的《古今尺牍》，五卷下的《雁鱼笺附活套笺》，六卷上联类中的"古今对"，六卷下的《金声巧附捷用联》，八卷记类《田洙遇薛涛联句记》后附薛涛诗存和薛涛小传，下之十三新增《南窗笔记》和《南窗诗集》。尤其重要的是，小说总数达到六十一篇，已经超出另两种刊本一倍以上，其中蕴含着相当的文献价值。各卷正文前署"明曳冯梦龙增编""书林余公仁批补"。从魏邦达在序中所说："余子仁公，抱膝南窗，燕居之暇，供笔喜随记，无所不备，刻成小本，顿改新观。"这应该是书林余公仁编辑的成果。古本小说集成本据原本影印。

27. 《僧尼孽海》

三十二则。存日本抄本，题"南陵风魔解元唐伯虎（寅）选辑"，唐伯虎卒于嘉靖癸未（1523年），而书中却有万历四十六年（1618年）事，故显系伪托。崇祯四年（1631年）刊古吴金木散人所编《鼓掌绝尘》第三十九回引此书，则书当成于万历至天启年间。《话本小说概论》和《中国通俗小说总目提要》均有著录，现有台湾政治大学古典小说研究中心主编的明清善本小说丛刊影印本，天一出版社印行。

该书所叙内容多为僧尼淫乱事，故事多用浅近文言写成，也有文白相间甚或全用白话。书中偶有批评，但价值不大，主要表达了对和尚的憎恨和嘲讽、对百姓愚信僧人的不满。

28. 《今古奇观》

明末拟话本选集，共四十卷，每卷一回，抱瓮老人选辑，笑花主人序。原名《古今奇观》，一名《喻世明言二刻》。《中国通俗小说书目》《伦敦所见中国小说书目提要》《中国通俗小说总目提要》著录。版本较多，孙楷第《中国通俗小说书目》卷三《明清小说部甲》称："存。明刊本。"清代刻本有吴郡宝翰楼刊本、文盛堂刊本、同文堂刊本、乾隆年间刊本，大约成书于明崇祯五年（1632年）至崇祯十七年（1644

年）间。

本书有八卷选自《喻世明言》、十卷选自《警世通言》、十一卷选自《醒世恒言》、八卷选自《拍案惊奇》、三卷选自《二刻拍案惊奇》。

29.《觉世雅言》

明末拟话本选集，佚名辑。共八卷，今存五卷，缺六至八卷正文。有署名绿天馆主人序，残，序之内容与《警世通言叙》大致相同。孙楷第《中国通俗小说书目》卷三《明清小说部甲》著录有明刊本，藏于法国巴黎国家图书馆。《古本小说集成》据以影印，其中富翁勾引小娘子一节，影印时有遗漏。

本书选自《喻世明言》者二篇，选自《警世通言》者一篇，选自《醒世恒言》者四篇，选自《拍案惊奇》者一篇。其中卷三《夸妙术丹客提金》内容与《拍案惊奇》卷十八相同，然而款式与明代尚友堂原刊本《拍案惊奇》有所出入，故孙楷第《中国通俗小说书目》认为此篇"实据《今古奇观》录入"，并由此推知"是编成书在抱瓮老人《今古奇观》之后"。

30.《花阵绮言》

十二卷。楚江仙叟石公纂辑。根据题跋所述，大概成书于万历中期。

《花阵绮言》总目，收《三奇合传》、《花神三妙传》、《天缘奇遇》、《钟情丽集》、《娇红并记》（正文作《娇红双美》）、《金谷怀春》和《觅莲雅集》七篇元明中篇文言传奇。所收篇目与《万锦情林》《国色天香》多有重复。

31.《香螺卮》

文言小说选集。中缝题"香螺卮"，下刊"益吾原版"，现藏日本东京大学综合图书馆。选汉至宋文言小说一百二十九篇，每篇附有眉批、旁批和总评。

第一卷卷首题"长洲周之标君健甫选评，同社徐文衡以平甫参订"，以下各卷选评者相同，参订者则有"同社"申绍芳维烈、吴思穆静腑、汤本沛行仲、徐文坚、赵玉成彦琢、徐遵汤仲昭、曹玑子玉、郑敷教士敬。选评者周之标，明末清初通俗文学家、批评家，生平不详，尝为《吴歈萃雅》题词、《封神演义》作序，还作有《赛征歌》《珊瑚集》和《兰嗽集》等。① 书中评语体现了批者一定的小说鉴赏能力，如评魏陈群《公孙瓒别传》："棱棱翼翼，古厚中饶有英气。写英雄本色处，使人神壮。"评南齐刘悛《山中异树记》："辟境幻，开语新，非后代人所及。"

32.《海内奇谈》

明清拟话本选集，佚名编，孙楷第《大连图书馆所见小说书目·短篇总集》著录，未见。选自《西湖二集》九篇、《人中画》三篇、《喻世明言》十四篇、《僧尼孽海》（已缺）四书。有日本抄本。

33.《一枕奇》②

明拟话本集。二卷。华阳散人撰。大约成书于明末清初。孙楷第《大连图书馆所见小说书目·短篇总集》著录。即《鸳鸯针》之第一、第二两卷。每卷四回，有回目，演一个故事。第一卷为《打关节生死结冤家　做人情始终全佛法》，第二卷为《轻财色真强盗说法　出生死大义侠传心》。

34.《双剑雪》

明拟话本集。二卷。华阳散人撰。孙楷第《大连图书馆所见小说书目·短篇总集》著录。即《鸳鸯针》之第三、第四两卷。第一卷为《真文章从来波折　假面目占尽风骚》，第二卷为《欢喜冤家一场空热闹　赚钱折本三合大姻缘》。

35.《二刻拍案惊奇》（别本）

明末清初拟话本选集，三十四卷，题"即空观主人编次"，即凌濛初之作。有清初刊本。第一卷至第十卷选自《二刻拍案惊奇》，第十一卷至第三十四卷选自《型世言》。

36.《四巧说》

四卷，署"吴中梅庵道人编辑"，四卷四篇，每篇演一故事。《古本小说丛刊》《古本小说集成》据中国艺术研究院戏曲研究所藏本影印。收小说四篇，其中第一篇《补南陔》、第二篇《反芦花》，即《八洞天》第一、第二篇同名小说；第三篇《赛他山》，即《照世杯》第一篇《七松园弄假成真》；第四篇《忠义报》，即《八洞天》第七篇《劝

---

① 参见黄霖：《关于古小说〈香螺卮〉》，《明清小说研究》1999 年第 3 期，第 174 – 180 页。
② 叙录中将离析原作的作品暂录于此，如《一枕奇》《双剑雪》分别为《鸳鸯针》的第一、二卷和第三、四卷。

匿躬》。选编者对入选各篇都做了程度不同的删改，其中第三篇《赛他山》还改换了人名。

37.《遍地金》①

四卷。笔炼阁主人撰。胡士莹《话本小说概论》第十五章"清代的说书和拟话本"第三节"清人编刊的话本集叙录"二"专集——《清夜钟》等三十三种"之《五色石》云："大连馆又有《遍地金》四卷，实即《五色石》之前四卷。"此书有清本衙本藏版本，题《笔炼阁编述遍地金》，四卷，署"笔炼阁主人编次"，首有哈哈道士序。此书即笔炼阁主人《五色石》之前四卷。

38.《补天石》

四卷。笔炼阁主人撰。胡士莹《话本小说概论》第十五章"清代的说书和拟话本"第三节"清人编刊的话本集叙录"二"专集——《清夜钟》等三十三种"之《五色石》云："北大图书馆又有《补天石》四卷，实即《五色石》之后四卷。"此书有清紫云阁刊本，题《笔炼阁编述补天石》，四卷，署"笔炼阁主人编次"，此书即笔炼阁主人《五色石》之后四卷，唯颠倒目次而已。

39.《八段锦》

孙楷第《中国通俗小说书目》卷三《明清小说部甲·自著总集》著录。此书有清醉月楼刊本，题《新镌小说八段锦》，内封题《新编八段锦》，署"醒世居士编集""樵叟参订"，八段，每段演一故事。《古本小说集成》醉月楼刊本影印。

40.《人中画》

清初拟话本集。十六卷，佚名撰。孙楷第《中国通俗小说书目》、日本大冢秀高《增补中国通俗小说书目》著录。现存啸花轩刊本，收《风流配》四回、《自作孽》二回、《狭路逢》三回、《终有报》四回、《寒彻骨》三回。据路工《访书闻见录》考证，当为清初顺治间刊本；乾隆乙丑（1745年）植桂楼刊本未见，三卷，即《唐季龙传奇》《李天造传奇》《柳春荫传奇》，现存抄本保存于《海内奇谈》中；乾隆庚子（1780年）泉州尚志堂刊四卷本，较植桂楼本多出《女秀才》一篇，

---

① 叙录中将离析原作的作品暂录于此，《遍地金》《补天石》分别为《五色石》的前四卷和后四卷。

选自"二拍"。(其他三篇补上)中华书局《古本小说丛刊》、上海古籍出版社《古本小说集成》均据尚志堂本影印。

41.《飞英声》

四卷。钓鳌逸客编。有清可语堂刊本,题《飞英声》,署"钓鳌逸客选定""古吴憨憨生",四卷共八篇话本,即《闹青楼》《合玉环》《风月禅》《三古字》《破胡琴》《宋伯秀》《三义卢》《孝义刀》。第四篇残缺,实存七篇,每篇演一故事,《古本小说集成》据日本东京大学图书馆藏本影印。

42.《纸上春台》

胡士莹《话本小说概论》第十五章"清代的说书和拟话本"第三节"清人编刊的话本集叙录"三"选集——《觉世雅言》等十三种"著录,云:"日本元禄间《舶载书目》有此书。题《新小说纸上春台第三献目录》。第三献,即第三集之意。总目凡六篇:一、《换锦衣》,二、《倒鸾凤》,三、《移绣谱》,四、《错鸳鸯》,五、《十二峰》,六、《锦香亭》。"孙楷第《中国通俗小说书目》卷三《明清小说部甲·总集》著录有《锦绣衣》,收小说《换嫁衣》《移绣谱》二种,各六回。

43.《锦绣衣》

清代小说选集。题"潇湘迷津渡者编次""西陵醉花樵叟,吴山热肠驿史细评",所收小说从《纸上春台》选出,书名由《锦香亭》《移绣谱》《换嫁衣》三篇小说各取篇名一字合成。潇湘迷津渡者真实姓名不详,唯知其尚编有《都是幻》《笔梨园》两种小说,今仅存残本两篇,约六万字。

44.《警世奇观》

清代拟话本选集,题"古闽龙钟道人汇辑""豫金呵呵主人校阅",共十八帙,今残存一、二、三、四、六、九、十、十一、十二帙。孙楷第《中国小说通俗书目》卷三《明清小说部甲》著录,称"日本长泽规矩也藏清刊袖珍本"。序后二章,一题"岑翁",一题"龙钟道人"。编者及序、评作者均为福建人叶岑翁。据胡士莹《话本小说概论》第十五章"清代的说书和拟话本"第三节"清人编刊的话本集叙录",选自"三言"及《拍案惊奇》《无声戏》《西湖佳话》等,刊于康熙癸丑年(1673年)之后。其中,选自《喻世明言》《警世通言》《醒世恒言》《拍案惊奇》者各三篇。

45. 《今古传奇》

清初小说选集，十四卷十四篇。此书所署名称颇不一致，除目次所署全称为《新刻今古传奇》外，书函题签和牌记均作《古今称奇传》；序作《古今传奇》。孙楷第《中国通俗小说书目》著录为《今古传奇》，有小字注云："今古，亦作古今。"此书作者，牌记和《序》均署"梦闲子漫笔"，当是编者的化名，其生平未详。有嘉庆戊寅（二十三年，1818 年）集成堂本（"集成堂"三字见书函题签上端）。胡士莹《话本小说概论》第十五章第三节在叙录清人编刊的拟话本小说时，谓本书有"康熙十四年（1675 年）乙卯坊刊本"，此当从梦闲子"序"所说的"岁次乙卯春月"判定，则梦闲子为清初人。此书十四卷，是从《石点头》和"三言二拍"以及《欢喜冤家》等书选编而成。

46. 《虞初新志》

二十卷，明末清初张潮辑。有康熙三十九年（1700 年）刻本，乾隆庚辰（1760 年）诒清堂重刊袖珍本。据其序跋，知其书着手于康熙二十二年（1683 年），约经二十年始编成，其生前曾有过增益。

此书共收当时八十多家共二百二十余篇作品，分别采撷了明清两代笔记杂著集和抄本凡六十余种，集志怪、传记、神话、寓言、游记、随笔、杂录于一编。其事无庸分夫门类，序爵序齿，从来选政所无，或后或先，总以邮筒为次……随到随评，即付剞劂之手。故为清初文言小说的重要选本。所收作品题材广泛，有近于实录的真人真事，如《徐霞客传》《柳敬亭传》《郭老仆墓志铭》等；也有据真人加以铺饰的传奇故事，如《补张灵崔莹合传》等；有谈狐说鬼、情节怪异的志怪故事，如《鬼母传》《剑侠传》《烈狐传》等。

47. 《警世选言》

清代拟话本选集，全名《李笠翁先生汇辑警世选言》，六回，题李渔编，《中国通俗小说总目提要》、日本学者大冢秀高《增补中国通俗小说书目》著录。此书对原作删节较多。有聚升堂刊本，刊于清康熙四十年（1701 年）。现存贞祥堂本，刊于清康熙年间。另有道光九年（1829 年）继溪堂刊本、集圣堂刊本。《古本小说集成》《古本小说丛刊》据日本天理所藏刊本影印。本书有四篇选自"三言"。

48. 《再团圆》

清代拟话本选集，步月主人编，五卷。孙楷第《中国通俗小说书目》卷三《明清小说部甲》称，此书有清代泉州尚友堂刊本，刊于乾隆四十五年（1780 年）。藏日本内阁文库。中华书局 1990 年《古本小说丛刊》影印出版。此书皆选自"三言"及《拍案惊奇》。

49.《幻缘奇遇小说》

明清之际拟话本选集，撮合生编，十二卷十二回，仅存第二、七两卷。日本天明四年（乾隆四十九年，即 1784 年）秋水园主人作《小说字汇》曾引此书，此书刊行当在此之前。《古本小说集成》据大连图书馆所藏日本抄本影印。此书选自《欢喜冤家》、《喻世明言》、《贪欣误》、"二拍"诸书。

50.《西湖拾遗》

清代拟话本选集，钱塘陈树基搜辑，四十八卷，前三卷为图，末尾一卷为"止于至善"，实为四十四卷，从《西湖二集》《西湖佳话》《醒世恒言》等书中选录以西湖为背景的拟话本四十四篇。《中国通俗小说书目》卷三《明清小说部甲》、《中国通俗小说总目提要》著录。乾隆辛亥（1791 年）自愧轩原刊本，另有嘉庆辛未（1811 年）刊本、道光二十七年（1847 年）晋祁书业堂刊本、申报馆排印本，《古本小说集成》据自愧轩本影印。

此书选自明冯梦龙《醒世恒言》一篇、明周清原《西湖二集》二十八篇、清古吴墨浪子《西湖佳话》十五篇。所选作品，皆西湖名胜古迹及名人事，或有神怪传说。编者为杭人，于西湖颇有感情，其自序云："庶几观西湖之秀，不啻揽天下山水之奇，而知钟灵毓异，寄迹栖心者之实非无所自也云尔。"

51.《梅魂幻》

二卷六回，清康熙年间刊本，未见内封，无序跋。题"潇湘迷津渡者"辑。内容与《都是幻》之《梅魂幻》同。此书分上下卷，卷各三回，为八字单目。应为书商从《都是幻》中抽出单行。《都是幻》编刊于清初顺治年间，《梅魂幻》应在其后，这里暂系于康熙年间。

52.《姻缘扇》

八回。清康熙年间刊本，清目次页及正文卷端均题"姻缘扇"，版心题"风流配"。且次页题"琴韵书舍校订"。不分卷，八回演一故事，回目为七字偶句。此书内容与《人中画》之《风流配》同，只是将原书四回析为八回，并改换回目。该书"玄"字缺笔，应刊刻于康熙年间。

53. 《虞初续志》

十二卷，清郑澍若编。有嘉庆七年（1802 年）养花草堂刊袖珍本、咸丰元年（1851 年）琅环山馆刻本及《笔记小说大观》本等。此书为续张潮《虞初新志》而编，收清初著名文人如汪琬、侯方域、魏禧、毛奇龄、方苞等人文集与当时说部成书。其中以传记文为主。书中所收，多为忠孝节烈类，也有少数故事别开生面，如袁枚《书麻城狱》《毛生》《张献忠降生记》等。

54. 《广虞初新志》

四十卷，清黄承增编。刊于嘉庆癸亥（1803 年）。书中摘录名家文集杂书，全沿张潮旧例，所收范围更加宽泛。其中传记不足三分之一，其余均为诗、记、说、序及奇闻异事等。所选诸篇题材及作者与郑澍若《虞初续志》互有异同。如同是《海烈妇传》，郑书选陆次云之作，本书选周篔之作。又如记奇女子沈云英事，郑氏选毛奇龄《沈云英传》，本书选《游击将军列女沈云英墓志铭》。而吴江潘耒之《遂初堂集》，则同为二书所选。孙楷第《戏曲小说书录解题》责此书沿张潮之误，将私家传记视为小说，为文章体例不明，其说切中其病。

55. 《西湖遗事》

十六卷。胡士莹《话本小说概论》第十五章"清代的说书和拟话本"第三节"清人编刊的话本集叙录"三"选集——《觉世雅言》等十三种"著录，云："此书孙目未著录。清咸丰六年（1856 年）刊本。凡十六卷，像十六幅，题'东冶青坡居士搜辑'。书前有青坡居士自序云：'搜辑旧事未经传诵者录之。'"

全书十五篇故事采自《西湖二集》，唯第二卷《文世高反魂续成两度姻缘》一篇采自《西湖佳话》卷十一《断桥情迹》，又杜撰回目以惑读者。然编选者于《西湖二集》未尝寓目，其所选乃从陈树基的《西湖拾遗》转录者。陈氏于选录时往往删改《西湖二集》的原文，此书文字多因袭《西湖拾遗》，其来源自甚明显。此书今传本缺十三、十四两卷，书流传不多。

56. 《二奇合传》

清代拟话本选集，全名《删定二奇合传》，十六卷四十回，芝香馆居士编，《中国通俗小说书目》卷三《明清小说部甲》、《中国通俗小说总目提要》著录。芝香馆居士叙称："二奇者，《拍案惊奇》《今古奇观》也。合而辑之，故曰二奇也。"有咸丰辛酉（1861 年）成都守经堂刊本，未见，另有光绪戊寅（1878 年）渝城二胜会重刊本。《古本小说集成》《古本小说丛刊》均据光绪刊本影印。《古本小说丛刊》复印时，其中卷十二第二十六回《东廊僧片念遭魔障》、第二十七回《老门生三世报恩》前后次序有所颠倒。

此书选自《今古奇观》者二十四篇，选自《拍案惊奇》者十三篇，选自《二刻拍案惊奇》者一篇，另有两篇即第三十四回、第三十六回，不见今传之《今古奇观》及"二拍"，孙楷第《中国通俗小说书目》"疑所据是别本"。因为《今古奇观》即选自"三言二拍"，所以从这个角度来看，本书实际上选自《喻世明言》者四篇，选自《警世通言》者五篇，选自《醒世恒言》者七篇，选自《拍案惊奇》者二十篇，选自《二刻拍案惊奇》者二篇。

57.《荟蕞编》

二十卷，俞樾编。书前有作者自序和何庸弁言，均作于光绪七年（1881 年），有《申报馆丛书》本、《清代笔记丛刊》本等。

自序谓清代以来人物事迹，其大者已为《国朝献征录》《先正事略》《耆献类征》诸书所收，"惟匹夫匹妇一节之奇往往淹没不著"。故采集清代以来诸名家文集中异闻琐事成书。各条下皆注出处，间有作者议论。书名袭唐郑虔《荟蕞》一书，言多小碎之事，如草之小而多也。其中内容有的为忠孝节义之事，有的反映了封建制度的残暴属性，有的反映了豪侠之风。

58.《今古奇闻》

清代拟话本集，全名《新选今古奇闻》，一名《古今奇闻》，王寅编，二十二卷，署"东壁山房主人编次，退思轩主人校订"。《中国通俗小说书目》卷三《明清小说部甲》、《中国通俗小说总目提要》著录。王寅，字冶梅，金陵（今江苏南京）人，号东壁山房主人，光绪十三年（1887 年）上海东壁山房原刊本，《古本小说集成》据以影印。孙楷第《中国通俗小说书目》称，此书尚有光绪辛卯铅印本，封面署"燕山耕余主人校刊"。

此书所选，卷一《张淑儿巧智脱杨生》、卷二《刘小官雌雄兄弟》、卷六《陈多寿生死夫妻》、卷十八《十五贯戏言成巧祸》选自冯梦龙《醒世恒言》，卷十《梅屿恨迹》选自古吴墨浪子《西湖佳话》，卷十四

【附录一 明清小说选本叙录】

213

《刘媚姝得良遇奇缘》选自墅西逸叟《过墟志》（清末毛祥麟改写，易名《媚姝殊遇》），卷二十二《林蕊香行权计全节》则选自清末王韬《遁窟谰言》，其余十五篇采自清草亭老人《娱目醒心编》，共二十篇拟话本。

59.《谈史志奇》

六卷，松泉、彦臣辑。有 1914 年上海扫叶山房石印本。彦臣序谓其曾见二少年向众人谈说今人说部，问其古史所载奇怪之事却懵然不知。作者感叹史书所载奇事不仅确有可据，而且能寓劝惩之意。"倘斯人于稠人广众中亦能娓娓而谈，使闻之者有所警劝，岂不贤于徒夸牛鬼之奇哉！"

书中从历代正史及别史中选择奇异故事，编成此书，自汉代起，至宋代止。按时代顺序排列，分汉、晋、南北朝、唐、五代、宋等六段。每段为一卷。所取多为史书中脍炙人口的故事，反映人们对史书中小说成分的关注和肯定。

60.《续剑侠传》

四卷，清郑观应辑。光绪年间刊本。河北人民出版社 1986 年出版《剑侠图传全集》，将《剑侠传》《续剑侠传》合刊排印。

本书在明清人文集及文言笔记小说中选取武侠故事，共三十九条，条后皆注出处。所取最多为乐钧《耳食录》，共七篇。次为王韬《遁窟谰言》，共五篇。为文言武侠作品选本中较为优秀的选本。

61.《斯陶说林》

十二卷，清王用臣编。《贩书偶记》小说家类收录。有光绪十八年（1892 年）深泽王氏刊本，书前有编者序言及例言。例言称其书共分十门，前九门十一卷皆采录前人成说，或注明出处，并有所删削，其十二卷《随笔》一门则为作者自记。所收皆为前人书中事有蕴而文笔佳的故事。

62.《续今古奇观》

清代拟话本选集，又名《今古奇观续集》，佚名撰，题即空观主人撰，六卷三十回。《中国通俗小说书目》卷三《明清小说部甲》、《中国通俗小说总目提要》著录。此书有光绪甲午（1894 年）上海石印本、光绪丙申（1896 年）上海书局石印本、光绪癸巳（1893 年）上洋书局排印本。除第二十七回《赔遗金暗中获隽　拒美色眼下登科》选自

《娱目醒心编》卷九以外，其余二十九篇均选自《拍案惊奇》，且为《今古奇观》所未选者。

63.《剑侠》

分上下二册，清胡汝才编。书前《录剑侠引》称："余读《剑侠传》，录其快心者。"末署"黄龙江上七十七翁胡汝才识"。目录列七十七篇，上册"郭循"一篇未入目，实为七十八篇。自第三篇"曹沫·鲁"开始，有八篇录自《史记》，十篇录自《太平广记》。编者在引言中自称其有慨于剑侠之道，故将历史上真正"固自可嘉可骇"者加以辑评，所选作品题旨与王世贞《剑侠传》、周诗雅《续剑侠传》大致相同。

另附民国初年小说选本五种：

1.《女聊斋志异》

四卷，清末民初贾茗编。有中华图书馆石印本、上海春明书店铅印本等。书中取历代史书、小说及笔记中女子事迹荟萃成编，如《卓文君》《王嫱》《赵飞燕》《李娃》《红线》等。此书与以专记女子"三从四德"为主的李清《女世说》和严蘅《女世说》实迥异其趣。

2.《虞初续新志》

原书二卷，仅存一卷。全书共二十多篇，记载有关近代史事。据朱承鉽自记，因身经战乱，避处深山，精神寂苦，无书可读，因此对于古今战争惨状，深为悯恻，于乡邦人物的遭遇，更为关怀。记载近代史事的篇章有《乱后上家君书》《金陵癸甲纪事略》《庚申北略》等篇。

3.《虞初近志》

十二卷，清末民初胡怀琛编。原编于1912年，1932年增订重编。全书仿张潮《虞初新志》、郑澍若《虞初续志》等，收数十年来名人文集及笔记，以编辑先后为次序。所取多为名人传记。但所收作品大多缺乏小说意味，沿张潮《虞初新志》所创以传记文为小说之路已愈来愈远，几乎已将小说与传记混为一谈。

4.《虞初广志》

十六卷，清末民初姜泣群编。成书于民国三年，增辑修改完成于民国四年。据书中序可知，所采之书，皆明季迄今数百年来名家记载，以文章丰赡、事实瑰奇、兴味秾醇三大要点为原则，体例"一如《新·续志》"，内容上自宫闱，下逮闾巷，"于事则朝章国典，风土民情；于人则忠孝义烈，优异畸侠"。选忠孝如《沈光禄传》《侯将军传》《诸天佑传》等，武侠如《彭七事》《异僧普涛》《丐侠》等。讲述儿女之情的有《一梦缘记》《阿婕》《花情花理花姻缘》等。

5.《虞初支志》

四卷，清末民初王葆心编。今有商务印书馆 1912 年铅印本，题《虞初支志甲编》，由序跋知本书始编于光绪、宣统年间，搜集材料不下千篇，至 1920 年成书。书中取明清以来文集及小说笔记杂书中可惊可喜之事，仿张潮《虞初新志》之体，采洪迈《夷坚支志》、胡氏《唐音统鉴》及近人梁恭辰《劝戒录》之例，编成此书。与"虞初"系列他书相比，本书小说意味稍强。

（附）（录）（二）
明清小说选本列表①

序号	选本名称	编者	成书或刊刻时间	选目情况
1	《删补文苑楂橘》二卷二十篇	不详	嘉靖初年，有朝鲜抄本	文言小说选本。选唐人小说十五篇、唐前及宋代小说各一篇，明代小说三篇
2	《艳异编》四十卷	题王世贞辑	有嘉靖间刊息庵居士序本、隆庆刊本、苏州叶启元玉夏斋万历四十六年刊本（四十卷）、杭州段景亭读书坊天启刊本（五十三卷）等	文言小说选本。四十卷本分十七部（类），收作品三百六十一篇，包括唐人小说及明代《剪灯新话》《剪灯余话》等书中作品
3	《剑侠传》四卷	题王世贞辑	有毗陵履谦子隆庆三年翻刻本、吴琯《古今逸史》本、《秘书廿一种》等	文言小说选本。收唐宋小说三十三篇。履谦子本另收唐人小说，宋、明小说各一篇

---

① 本表明代部分参见程国赋《明代书坊与小说研究》第七章"明代书坊与小说选本"（中华书局 2008 年版，第 206 页）、笔者《明代小说选本研究》（暨南大学硕士学位论文，2006 年）。

（续上表）

序号	选本名称	编者	成书或刊刻时间	选目情况
4	《虞初志》八卷	陆采辑	有如隐草堂刊八卷本、乌程凌濛初万历刻袁宏道评《虞初志》七卷本、凌性德天启刻《虞初志》七卷本等	文言小说选本。除南朝梁吴均《续齐谐记》以外，其余皆选唐人传奇小说
5	《国色天香》十卷	吴敬所编	金陵书林周氏万卷楼万历十五年（1587年）刊本、万历二十五年（1597年）重刊本等	分上下两层，收话本、文言小说等
6	《绣谷春容》十二卷	羊洛敕里起北赤心子汇辑	金陵世德堂万历十五年（1587年）刊	上层收中篇文言小说十三篇，下层收多种诗文词曲，含短篇小说近二百篇。封面题"起北斋辑"
7	《万锦情林》六卷	余象斗编	余象斗（文台）双峰堂万历二十六年（1598年）刊	上栏收唐宋传奇、话本以及各类文体的作品，下栏收中篇文言小说七篇
8	《刻注释艺林聚锦故事白眉》十卷	邓志谟补、书林余元熹订	万历二十七年（1599年）萃庆堂刊	
9	《青泥莲花记》十三卷	梅鼎祚辑	万历三十年（1602年）鹿角山房刻本	所收均为志行高洁、有节有义的倡女故事，共二百多篇
10	《才鬼记》十六卷	梅鼎祚辑	万历三十三年（1605年）蟫隐居刻本	四库存目丛书据明万历三十三年蟫隐居刻三才灵记本影印

序号	选本名称	编者	成书或刊刻时间	选目情况
11	《续剑侠传》五卷	周诗雅	万历四十年（1612年）左右	前有万历壬子年（1612年）自序（孙楷第《戏曲小说书录解题》）
12	《精选故事黄眉》十卷	邓志谟辑、羊城丘毛伯校	万历四十二年（1614年）萃庆堂刊	
13	《续艳异编》十九卷	不详	万历四十六年（1618年）苏州叶启元玉夏斋刊本	文言短篇小说选本。收作品一百六十三篇，选自《鸳渚志余雪窗谈异》《晋安逸志》等
14	《风流十传》十卷	不详	万历四十八年（1620年）即泰昌元年刊	中篇文言选集。收元、明中篇文言小说十篇
15	《续虞初志》四卷	汤显祖编	明钱塘钟人杰万历间刊	文言小说选本。多收唐人小说，各篇后附汤显祖等人评点
16	《广艳异编》三十五卷	吴大震辑	万历年间明刻本	文言小说选本。收唐、宋、元、明志怪传奇小说百余篇
17	《小说传奇合刊》一集	不详	不详	据《小说传奇合刊》书末所题"三集下"，知有一、二集
18	《小说传奇合刊》二集	不详	不详	同上
19	《小说传奇合刊》三集	不详	约刊于万历年间	上栏选话本小说《李亚仙》《女翰林》《王魁》《贵贱交情》《玉堂春》共五篇

（续上表）

序号	选本名称	编者	成书或刊刻时间	选目情况
20	《广虞初志》四卷二十篇	邓乔林编	万历间刊	文言短篇小说选集。其中《中山狼传》为明人撰，其余皆选前人传奇小说
21	《新镌仙媛纪事》十卷	杨尔曾编	万历中期	文言短篇小说选集。书中所收部分作品与张文介的《广列仙传》、赵道一的《仙鉴》、李昉的《太平广记》中仙部相同，共收一百七十九篇
22	《燕居笔记》（原刻本）	不详	不详	作者不详。据林近阳、何大抡、冯梦龙等增补《燕居笔记》可知，必有原刻本，今佚
23	《新刻增补燕居笔记》十卷	林近阳增编	建阳余泗泉萃庆堂万历间刊	上栏收文言中篇小说六篇，下栏收诗词杂类、文言短篇小说
24	《古今清谈万选》四卷	不详	金陵周近泉大有堂万历间刊	皆选唐以来传奇故事
25	《重刻增补燕居笔记》十卷	何大抡编	金陵李澄源崇祯六年（1633年）刊	分上下两栏，上栏收文言中篇小说五篇，下栏收录含传奇、话本在内的各种文体作品
26	《增补批点图像燕居笔记》二十二卷	冯梦友增编，余公仁批补	明末书坊余公仁刊	收中、短篇文言小说及诗词杂类，无上下栏格式，与前几种《燕居笔记》相比，篇幅增加，编排完善，刊刻较精

序号	选本名称	编者	成书或刊刻时间	选目情况
27	《僧尼孽海》三十二则	题唐寅选辑	明末刊	皆选僧尼故事，揭示其恶行，全书文字风格不尽统一，或文言或白话
28	《今古奇观》四十卷	抱瓮老人编	苏州龙云鄂宝翰楼崇祯刊本	明末拟话本选集。作品均选自"三言二拍"
29	《觉世雅言》八卷	不详	明末刊	拟话本选集。今存五卷，实据《今古奇观》而选
30	《花阵绮言》十二卷	楚江仙叟石公纂辑	万历中期	收中篇文言小说七篇，无此类选本较常见的上、下栏格式
31	《香螺卮》十卷	周之标选评	明末刊	文言小说选集。选汉至宋代文言小说一百二十九篇
32	《海内奇谈》	不详	不详	拟话本选集。选录《西湖二集》《人中画》《喻世明言》《僧尼孽海》等
33	《一枕奇》二卷八回	华阳散人	明末清初，广东坊刊本	选《鸳鸯针》之第一、二卷，每卷四回演一个故事
34	《双剑雪》二卷八回	华阳散人	明末清初，广东坊刊本	《鸳鸯针》之第三、四卷
35	《二刻拍案惊奇》（别本）三十四卷	托名凌濛初	清初	拟话本选集。一至十卷选自《二刻拍案惊奇》，十一至三十四卷选自《型世言》

（续上表）

序号	选本名称	编者	成书或刊刻时间	选目情况
36	《四巧说》四卷	题吴中梅庵道人编辑	清刊本	拟话本选集。从《八洞天》和《照世杯》选作品四篇
37	《遍地金》四卷	题笔炼阁主人编次	清本衙藏版本	实为《五色石》前四卷
38	《补天石》四卷	题笔炼阁主人编次	清本衙藏版本	实为《五色石》后四卷
39	《八段锦》八段（回）	题"醒世居士编集"，"樵叟参订"	清醉月楼刊本	拟话本选集。有两段选自《喻世明言》
40	《人中画》十六卷	佚名撰	清乾隆十年（1745年）乙丑植桂楼刊本、啸花轩刊本、乾隆四十五年（1780年）庚子泉州尚志堂刊本等	拟话本选集。选自《二刻拍案惊奇》及其他书
41	《飞英声》（残）四卷八篇	题钓鳌逸客编	国内失传，日本东京大学文学部有藏	拟话本选集。选《移绣谱》《石点头》等书
42	《纸上春台》（残）	不详	不详	或选《换嫁衣》《移绣谱》等作
43	《锦绣衣》（残）	题"潇湘迷津渡者编次""西陵醉花樵叟，吴山热肠驿史细评"		拟话本选集。所收小说从《纸上春台》选出，书名由《锦香亭》《移绣谱》《换嫁衣》三篇小说各取篇名一字合成
44	《警世奇观》十八帙（篇）	署叶岑翁	刊于康熙癸丑（1673年）之后，有清刊巾箱本	拟话本选集。选自"三言"和《拍案惊奇》以及《无声戏》等

序号	选本名称	编者	成书或刊刻时间	选目情况
45	《今古传奇》十四卷	不详	康熙十四年乙卯（1675年）坊刻本，嘉庆二十三年戊寅（1818年）集成堂刊本	拟话本选集。选自"三言二拍"及《石点头》《欢喜冤家》等
46	《虞初新志》二十卷	张潮编	成书于康熙二十二年癸亥（1683年），有清康熙刻本，乾隆庚辰诒清堂重刊袖珍本等	文言小说选集。多收明末清初八十多家作品集中二百二十余篇作品
47	《警世选言》六回（卷）	署李笠翁先生汇辑	康熙间贞祥堂刊本、清溪堂刊本、聚升堂刊本等	拟话本选集。选自"三言"等
48	《再团圆》五卷（篇）	步月主人编	乾隆四十五年（1780年）庚子泉州尚志堂刊本	拟话本小说选集。选自《喻世明言》三篇，《警世通言》《拍案惊奇》各一篇
49	《幻缘奇遇小说》十二卷（回）	撮合生编	乾隆甲辰（1784年）左右	拟话本小说选集。选自《古今小说》《欢喜冤家》等
50	《西湖拾遗》四十八卷	陈树基编	乾隆辛亥（1791年）自愧轩原刊本、嘉庆十六年复刊本、道光晋祁书业堂刊本等	拟话本小说选集。选自《醒世恒言》《西湖二集》《西湖佳话》
51	《梅魂幻》二卷六回	题"潇湘迷津渡者"辑	清康熙年间刊本	内容与《都是幻》之《梅魂幻》同。该书分上下卷，卷各三回，为八字单目。应为书商从《都是幻》中抽出单行

（续上表）

序号	选本名称	编者	成书或刊刻时间	选目情况
52	《姻缘扇》八回	题"琴韵书舍校订"	清康熙年间刊本	目次页及正文卷端均题"姻缘扇"，版心题"风流配"。此书内容与《人中画》之《风流配》同，只是将原书四回析为八回，并改换回目
53	《虞初续志》十二卷	郑澍若编	嘉庆七年（1802年）养花草堂刊本、咸丰元年（1851年）琅环山馆刻本	文言小说选集。收清初汪琬、侯方域、毛奇龄、方苞等人文集及当时说部，以传记文为主
54	《广虞初新志》四十卷	黄承增编	嘉庆八年（1803年）寄鸥闲舫刊巾箱本	文言小说选集。摘录名家文集成书，沿张潮旧例，所选诸篇题材及作者与《虞初续志》互有异同
55	《西湖遗事》十六卷	青坡居士辑	清咸丰六年（1856年）刊本	拟话本选集。十五篇选自《西湖二集》，一篇选自《西湖佳话》
56	《二奇合传》十六卷四十回	芝香居士编	咸丰辛酉（1861年）刊本、光绪四年（1878）戊寅渝城二胜会重刊本	拟话本选集。选自《今古奇观》《拍案惊奇》《二刻拍案惊奇》
57	《荟蕞编》	俞樾	作于光绪七年（1881年）	文言小说选本。采集清代以来诸名家文集中异闻琐事成书，各条下注出处，间有作者议论
58	《今古奇闻》二十二卷	王寅编	光绪十三年（1887年）东壁山房刊本、光绪十七年北京文成堂刊本	拟话本选集。选自《过墟志》《遁窟谰言》《醒世恒言》及《娱目醒心编》《西湖佳话》

（续上表）

序号	选本名称	编者	成书或刊刻时间	选目情况
59	《谈史志奇》六卷	松泉、彦臣	光绪十四年（1888年）序，上海扫叶山房石印本	文言小说选。选汉至宋奇异故事
60	《续剑侠传》四卷三十九条	郑观应辑	光绪间与《剑侠传》合刊本	文言小说选集。从明清笔记、文集及文言小说中选取武侠故事，共三十九条。选乐钧《耳食录》七篇、王韬《遁窟谰言》五篇等
61	《斯陶说林》十二卷	王用臣编	光绪十八年（1892年）深泽五氏刊本	《贩书偶记》收录，共分十门，前九门十一卷皆采录前人成说
62	《续今古奇观》六卷三十回	佚名	光绪甲午年（1894年）上海石印本等	拟话本选集。选《拍案惊奇》和《娱目醒心编》
63	《剑侠》上下两册	胡汝才编		文言小说选本。八篇选自《史记》、十篇录自《太平广记》

参 考 文 献

［1］（清）张廷玉等：《明史》，北京：中华书局 1974 年版。

［2］赵景深：《中国小说丛考》，济南：齐鲁书社 1980 年版。

［3］王利器：《元明清三代禁毁小说戏曲史料》，上海：上海古籍出版社 1981 年版。

［4］柳存仁：《伦敦所见中国小说书目提要》，北京：书目文献出版社 1982 年版。

［5］王重民：《中国善本书提要》，上海：上海古籍出版社 1983 年版。

［6］杜信孚：《明代版刻综录》，扬州：广陵古籍刻印社 1983 年版。

［7］刘世德：《中国古代小说研究》，上海：上海古籍出版社 1983 年版。

［8］郑振铎：《中国俗文学史》，上海：上海书店 1984 年版。

［9］侯忠义：《中国文言小说参考资料》，北京：北京大学出版社 1985 年版。

［10］（明）张瀚：《松窗梦语》，北京：中华书局 1985 年版。

［11］李泽厚、刘纲纪主编：《中国美学史》，北京：中国社会科学出版社 1984 年版。

［12］朱光潜：《朱光潜全集》，合肥：安徽教育出版社 1987 年版。

［13］陈平原：《中国小说叙事模式的转变》，上海：上海人民出版社 1988 年版。

［14］王先霈、周伟民：《明清小说理论批评史》，广州：花城出版社 1988 年版。

［15］（美）韩南著，尹慧珉译：《中国白话小说史》，杭州：浙江古籍出版社 1989 年版。

［16］安平秋、章培恒：《中国禁书大观》，上海：上海文化出版社 1990 年版。

［17］孙楷第：《戏曲小说书录解题》，北京：人民文学出版社 1990 年版。

［18］陈平原：《小说史：理论与实践》，北京：北京大学出版社 1993 年版。

［19］陈大康：《通俗小说的历史轨迹》，长沙：湖南出版社 1993 年版。

［20］石昌渝：《中国小说源流论》，北京：生活·读书·新知三联书店 1994 年版。

［21］杨义：《中国古典小说史论》，北京：中国社会科学出版社 1995 年版。

［22］丁锡根：《明代志怪传奇小说研究》，北京：人民文学出版社 1996 年版。

［23］徐朔方：《小说考信编》，上海：上海古籍出版社 1997 年版。

［24］谢水顺、李珽：《福建古代刻书》，福州：福建人民出版社 1997 年版。

［25］程国赋：《唐代小说嬗变研究》，广州：广东人民出版社 1997 年版。

［26］左东岭：《李贽与晚明文学思想》，天津：天津人民出版社 1997 年版。

［27］陈平原：《20 世纪中国小说史》，北京：北京大学出版社 1998 年版。

［28］林辰：《神怪小说史》，杭州：浙江古籍出版社 1998 年版。

［29］苗壮：《笔记小说史》，杭州：浙江古籍出版社 1998 年版。

［30］黄霖等：《中国小说研究史》，杭州：浙江古籍出版社 1998 年版。

［31］鲁迅：《中国小说史略》，上海：上海古籍出版社 1998 年版。

［32］郭英德：《中国古代文人集团与文学风貌》，北京：北京师范大学出版社 1998 年版。

【参考文献】

［33］路工、谭天合编：《古本平话小说集》，北京：人民文学出版社1999年版。

［34］薛亮：《明清稀见小说汇考》，北京：社会科学文献出版社1999年版。

［35］袁世硕：《文学史学的明清小说研究》，济南：齐鲁书社1999年版。

［36］林岗：《明清之际小说评点学之研究》，北京：北京大学出版社1999年版。

［37］赵园：《明清之际士大夫研究》，北京：北京大学出版社1999年版。

［38］王彬：《清代禁书总述》，北京：中国书店1999年版。

［39］左东岭：《王学与中晚明士人心态》，北京：人民文学出版社2000年版。

［40］陈大康：《明代小说史》，上海：上海文艺出版社2000年版。

［41］孙楷第：《小说旁证》，北京：人民文学出版社2000年版。

［42］黄霖、韩同文：《中国历代小说论著选》，南昌：江西人民出版社2000年版

［43］（明）胡应麟：《少室山房笔丛》，上海：上海书店出版社2001年版。

［44］程毅中、薛洪勣编：《古体小说钞》（明代卷），北京：中华书局2001年版。

［45］程毅中、石继昌、于炳文编：《古体小说钞》（清代卷），北京：中华书局2001年版。

［46］谭帆：《中国小说评点研究》，上海：华东师范大学出版社2001年版。

［47］邓绍基、史铁良主编：《明代文学研究》，北京：北京出版社2001年版。

［48］陈桂声：《话本叙录》，珠海：珠海出版社2001年版。

［49］黄霖、杨红彬：《明代小说》，合肥：安徽教育出版社2001年版。

［50］王平：《中国古代小说叙事研究》，石家庄：河北人民出版社2001年版。

［51］王清原、牟仁隆、韩锡铎编纂：《小说书坊录》，北京：北京图书馆出版社 2002 年版。

［52］朱一玄、刘毓忱：《〈西游记〉资料汇编》，天津：南开大学出版社 2002 年版。

［53］朱一玄、刘毓忱：《〈水浒传〉资料汇编》，天津：南开大学出版社 2002 年版。

［54］宋克夫、韩晓：《心学与文学论稿——明代嘉靖万历时期文学概观》，北京：中国社会科学出版社 2002 年版。

［55］聂付生：《冯梦龙研究》，上海：学林出版社 2002 年版。

［56］吴光正：《中国古代小说的原型与母题》，北京：社会科学文献出版社 2002 年版。

［57］王昕：《话本小说的历史与叙事》，北京：中华书局 2002 年版。

［58］陈文新：《文言小说审美发展史》，武汉：武汉大学出版社 2002 年版。

［59］刘尚恒：《徽州刻书与藏书》，扬州：广陵书社 2003 年版。

［60］朱一玄、刘毓忱：《〈儒林外史〉资料汇编》，天津：南开大学出版社 2003 年版。

［61］孙立群：《中国古代的士人生活》，北京：商务印书馆 2003 年版。

［62］占骁勇：《清代志怪传奇小说集研究》，武汉：华中科技大学出版社 2003 年版。

［63］周先慎：《明清小说》，北京：北京大学出版社 2003 年版。

［64］李忠明：《17 世纪中国通俗小说编年史》，合肥：安徽大学出版社 2003 年版。

［65］陈平原：《中国小说叙事模式的转变》，北京：北京大学出版社 2003 年版。

［66］杨守敬：《日本访书志》，沈阳：辽宁教育出版社 2003 年版。

［67］蔡铁鹰：《中国古代小说的演变与形态》，北京：中国文史出版社 2003 年版。

［68］余嘉锡：《四库提要辨正》，昆明：云南人民出版社 2004 年版。

［69］谢国桢选编，牛建强、王学春、汪维真校勘：《明代社会经济史料选编》，福州：福建人民出版社2004年版。

［70］谢国桢：《明清之际党社运动考》，上海：上海书店出版社2004年版。

［71］葛永海：《古代小说与城市文化研究》，上海：复旦大学出版社2004年版。

［72］莎日娜：《明清之际章回小说研究》，北京：北京师范大学出版社2004年版。

［73］宋莉华：《明清时期的小说传播》，北京：中国社会科学出版社2004年版。

［74］高玉海：《明清小说续书研究》，北京：中国社会科学出版社2004年版。

［75］王旭川：《中国小说续书研究》，上海：学林出版社2004年版。

［76］陈宝良：《明代社会生活史》，北京：中国社会科学出版社2004年版。

［77］崔际银：《诗与唐人小说》，天津：天津古籍出版社2004年版。

［78］邱绍雄：《中国商贾小说史》，北京：北京大学出版社2004年版。

［79］韩云波：《中国侠文化：积淀与承传》，重庆：重庆出版社2004年版。

［80］郑振铎：《西谛书话》，北京：生活·读书·新知三联书店2005年版。

［81］（清）刘廷机：《在园杂志》，北京：中华书局2005年版。

［82］上海古籍出版社编：《明代笔记小说大观》，上海：上海古籍出版社2005年版。

［83］（明）高儒：《百川书志》，上海：上海古籍出版社2005年版。

［84］黄卓越：《明中后期文学思想研究》，北京：北京大学出版社2005年版。

［85］陈文新：《传统小说与小说传统》，武汉：武汉大学出版社

2005 年版。

[86] 苗怀明：《中国古代公案小说史论》，南京：南京大学出版社
2005 年版。

[87] 邱江宁：《清初才子佳人小说叙事模式研究》，上海：上海三
联书店 2005 年版。

[88] 李明军：《禁忌与放纵——明清艳情小说文化研究》，济南：
齐鲁书社 2005 年版。

[89] 李玉莲：《中国古代白话小说戏曲传播论》，太原：山西教育
出版社 2005 年版。

[90] 许振东：《17 世纪白话小说的创作与传播：以苏州地区为中
心的研究》，北京：中国社会科学出版社 2005 年版。

[91] 方正耀：《中国古典小说理论史》，上海：华东师范大学出版
社 2005 年版。

[92] 齐裕焜、王子宽：《中国古代小说研究》，福州：福建人民出
版社 2005 年版。

[93] 朱恒夫：《宋明理学与古代小说》，上海：上海古籍出版社
2005 年版。

[94] 严绍璗：《日本藏汉籍珍本追踪纪实：严绍璗海外访书志》，
上海：上海古籍出版社 2005 年版。

[95] 徐学林：《徽州刻书》，合肥：安徽人民出版社 2005 年版。

[96] 陈洪：《中国小说理论史》，天津：天津教育出版社 2005
年版。

[97] 陈大康：《古代小说研究及方法》，北京：中华书局 2006
年版。

[98] 陈国军：《明代志怪传奇小说研究》，天津：天津古籍出版社
2006 年版。

[99] 程毅中：《明代小说丛稿》，北京：人民文学出版社 2006
年版。

[100] 程毅中：《程毅中文存》，北京：中华书局 2006 年版。

[101] 韩结根：《明代徽州文学研究》，上海：复旦大学出版社
2006 年版。

[102] 李梦生：《中国禁毁小说百话》，上海：上海书店出版社

2006 年版。

[103] 刘天振：《明代通俗类书研究》，济南：齐鲁书社 2006 年版。

[104] 罗宗强：《明代后期士人心态研究》，天津：南开大学出版社 2006 年版。

[105] 陶慕宁：《青楼文学与中国文化》，北京：东方出版社 2006 年版。

[106] 谭邦和：《明清小说史》，上海：上海古籍出版社 2006 年版。

[107] 王庆华《话本小说文体研究》，上海：华东师范大学出版社 2006 年版。

[108] 张秀民著，韩琦增订：《中国印刷史》，杭州：浙江古籍出版社 2006 年版。

[109] 朱一玄编、朱天吉校：《明清小说资料选编》，天津：南开大学出版社 2006 年版。

[110] 秦川：《中国古代文言小说总集研究》，上海：上海古籍出版社 2006 年版。

[111] 程国赋：《三言二拍传播研究》，北京：中国社会科学出版社 2006 年版。

[112] 李军均：《传奇小说文体研究》，武汉：华中科技大学出版社 2007 年版。

[113] 戚福康：《中国古代书坊研究》，北京：商务印书馆 2007 年版。

[114]（明）张岱：《陶庵梦忆》，北京：中华书局 2007 年版。

[115]（清）赵翼：《廿二史札记》，北京：中华书局 2008 年版。

[116]（明）袁宏道著，钱伯城笺校：《袁宏道集笺校》，上海：上海古籍出版社 2008 年版。

[117] 程国赋：《明代书坊与小说研究》，北京：中华书局 2008 年版。

[118] 张廷兴：《中国古代艳情小说史》，北京：中央编译出版社 2008 年版。

[119] 张建业主编：《李贽全集注》，北京：社会科学文献出版社

2010 年版。

　　[120] 孙楷第：《中国通俗小说书目》，北京：中华书局 2012 年版。

　　[121] 乔光辉：《明清小说戏曲插图研究》，南京：东南大学出版社 2016 年版。

　　[122] 胡士莹：《话本小说概论》，北京：商务印书馆 2017 年版。

　　[123] 纪德君：《民间说唱与古代小说交叉互动研究》，北京：中国社会科学出版社 2020 年版。

　　[124] 程国赋：《命名文化视域下的中国古代小说研究》，北京：中华书局 2023 年版。